Alessandro Gallenzi
Irgendwohin

PIPER

Zu diesem Buch

Eine Jeans, drei Hemden, Unterwäsche, einen Pullover, eine Karte von Europa, einen Notizblock, einen Stift und zwei Bücher ... Das ist alles, was der junge Francesco im Gepäck hat, als er die Enge der elterlichen Wohnung am Rande einer kleinen italienischen Provinzstadt verlässt, um sich mit einem zusammengesparten Interrail-Ticket auf große Fahrt zu begeben. Irgendwohin soll die Reise gehen, einen festen Plan hat er nicht. Da schubst ihn das Schicksal in Form einer alten ungeduldigen Dame beim ersten Halt direkt vor die Füße des liebenswerten Hochstaplers Pierre Cordier, der in seinem Sportwagen gleich vor drei wütenden Frauen auf der Flucht ist.
Ein unglaubliches Abenteuer beginnt, das kreuz und quer durch Europa führt und schließlich in einem furiosen Finale in der Stadt sein Ende findet, wo alle Wege hinführen ...

Alessandro Gallenzi gründete die Verlage Hesperus Press und Alma Books. Selbst aus Italien stammend lebt der Verleger, Übersetzer, Dramaturg und Schriftsteller heute mit seiner Frau und seinen beiden Kindern in Richmond. »Irgendwohin« ist der erste Roman des Autors, der in deutscher Sprache erscheint.

Alessandro Gallenzi

Irgendwohin

Roman

Aus dem Englischen von
Karl-Heinz Ebnet

Piper München Berlin Zürich

Mehr über unsere Autoren und Bücher:
www.piper.de

MIX
Papier aus verantwortungsvollen Quellen
FSC® C083411

Ungekürzte Taschenbuchausgabe
Piper Verlag GmbH, München/Berlin
Juni 2015

Titel der englischsprachigen Originalausgabe:
»InterRail«, Alma Books, Richmond 2013

Umschlaggestaltung: Buerosüd, München
Umschlagabbildung: Elektrons 8/plainpicture
Satz: Christine Paxmann · text · konzept · grafik, München
Gesetzt aus der Bembo
Druck und Bindung: CPI books GmbH, Leck
Printed in Germany   ISBN 978-3-492-30464-1

Für meine Familie, die recht hatte

Wie können Sie einen Mann verdammen,
der mit einem so großen Herzen gesegnet ist,
dass er alle liebenswerten Frauen der Welt lieben kann?
... Welch ungerechte, absonderliche Laune
sollte ein Herz wie meines in die engen Grenzen
einer einzigen Gesellschaft zwingen?

XAVIER DE MAISTRE

DON GIOVANNI:

È tutto amore!
Chi a una sola è fedele
verso l'altre è crudele, io che in me sento
sì esteso sentimento,
vo' bene a tutte quante:
Le donne poi ché calcolar non sanno,
il mio buon natural chiamano inganno.

1

Rom, Bologna, München

Nichts dürfte wahrer und auch unheimlicher sein als Blaise Pascals Ausspruch, dass, wenn Kleopatras Nase nur ein paar Zentimeter kürzer gewesen wäre, die Welt eine ganz andere geworden wäre. An jenem Samstagmorgen, als Francesco am Münchner Hauptbahnhof aus dem Zug stieg, ließ eine der drei alten Jungfern, die angeblich unser Schicksal in den Lebensfaden weben, für einen kurzen Moment die Spindel aus den Augen, und der Faden in ihrer Hand verhedderte sich heillos. Ein Zwischenfall dieser Art, wie er nicht unbedingt selten im Leben eines Menschen vorkommt, kann jemanden auf unbekannte und unvorhergesehene Bahnen lenken.

Der Tag versprach schön zu werden. Das Sonnenlicht war durch die Vorhänge in Francescos Abteil gefallen und hatte ihn sanft geweckt. Verschlafen hatte er die Tür zum Gang aufgeschoben und hinausgespäht: Vor den Fenstern huschten in diesiges Sonnenlicht getauchte Alpengipfel vorbei. Und während er so hinaussah, fiel ihm wieder seine einsame Abreise von der Stazione Termini ein, dazu das Mädchen aus Berlin, das er kennengelernt und mit dem er bis Bologna Schach gespielt hatte, sein gespenstisch-mitternächtlicher Streifzug durch das ausgestorbene Stadtzentrum, bevor er um 00.47 Uhr den Nachtzug nach München genommen hatte. Und schließlich das Bild seines Vaters, der ihm in saucenbeflecktem Unterhemd seine Abschiedsgrüße entgegengedonnert hatte.

»Wenn du dieses Inter-Ray machen willst, nur zu!«, hatte der Alte gesagt. »Du hast dir die Fahrkarte mit deinem eigenen Geld gekauft, also dann alles Gute. Aber wenn was schiefläuft, brauchst du nicht auf die Idee kommen, hier anzuklopfen! Kapiert?« Und um seinen Worten Nachdruck zu verleihen, hatte er seinem Sohn die Tür vor der Nase zugeknallt.

Bald rührten sich auch die anderen Passagiere. Draußen stieg die Sonne höher, grüne Wiesen mit Schafen und Kühen tauchten auf, Bäume und Hütten krallten sich in die hoch aufragenden Berge, während im Waggon die Reisenden aufwachten und durch die Gänge schlurften, die steifen Glieder reckten oder die erste Zigarette des Tages rauchten. Schließlich kreischten die Räder, und der Zug fuhr in den Münchner Hauptbahnhof ein. Passagiere verließen die Abteile, schleppten schwere Koffer, übergroße Kartons, Surfbretter, in einem Fall sogar eine Tischtennisplatte. Francesco reihte sich im Gang in die Schlange ein und hatte in seiner kleinen Invicta-Schultertasche alles, was er brauchte: eine Jeans, Hemden, Unterwäsche, einen Pullover, eine Karte von Europa, einen Notizblock, einen Stift und zwei Bücher.

In diesem Augenblick verlor die Schicksalsschwester ihren Faden. Als er den Fuß anhob, um auszusteigen, versetzte ihm die alte Dame hinter ihm, die es kaum erwarten konnte, den Zug zu verlassen, einen unabsichtlichen Schubs, wodurch er das Trittbrett verfehlte und mit dem Gesicht voran auf den Bahnsteig fiel. Für eine geraume Weile versank alles in Finsternis. Als er wieder zu sich kam, hatte sich eine neugierige Zuschauermenge um ihn versammelt. Er setzte sich auf, erhob sich langsam, bedeutete den Umstehenden, dass alles in Ordnung sei, obwohl seine Nase blutete und sich anfühlte, als stünde sie in Flammen, und er Blut im Mund schmeckte. Als sich die Menge zerstreute und zu den Ausgängen strebte, tippte ihm jemand auf die Schulter. Francesco drehte sich um und erkannte im Dunst einer Zigarette einen etwa vierzigjährigen Mann in beigefarbenem Baumwollanzug und einem lockeren, oben aufgeknöpften weißen Hemd. Er hatte ein ganz außerordentliches Gesicht, eine Adlernase mediterranen Zuschnitts, hängende Augen, einen großen Mund und ein markantes Kinn.

»Tutto a posto?«, fragte der Fremde und nahm einen Zug von seiner Zigarette. »Alles in Ordnung?«

»Sì.«

»Hier, nimm«, sagte der andere und zog ein Taschentuch aus der Tasche.

»Danke.«

Francesco betupfte sich die Nase sowie die Innenseite seiner Lippen und begutachtete die Blutflecken an seinen Händen und auf dem T-Shirt.

Der Mann klopfte ihm auf die Schulter. »Du wirst es überleben. Los, besorgen wir dir einen Cappuccino und einen halben Liter Blut.«

Sie setzten sich an einen Tisch in einem Café in der Bahnhofshalle. Der Mann winkte die Bedienung herbei und bestellte Cappuccino, Mineralwasser und Croissants. Dann zog er ein schmales Silberetui aus seiner Brusttasche und bot Francesco eine Zigarette an.

»Danke.« Francesco nahm sich eine Zigarette und steckte sie sich zwischen die Lippen.

Der Fremde hielt ihm zum Anzünden seine eigene Zigarette hin, und nach einem weiteren tiefen Zug sagte er: »Also, was machst du in München?«

»InterRail.«

»Allein?«

Er zuckte mit den Schultern. »Ein Freund – Leonardo – hat mich in letzter Minute versetzt. Er hat angeblich zu viel zu tun. Will nämlich ein Buch schreiben und ist lieber bei seiner Mama geblieben.«

»Ha! Schon lang unterwegs?«

»Nein. Erst seit gestern.«

»Woher?«

»Rom.«

»Rom? Da komme ich auch gerade her. Wo übernachtest du?«

»Weiß noch nicht. In irgendeiner Jugendherberge wahrscheinlich.«

»Also, wenn du dich umziehen willst oder kurz mal ausruhen oder auch einen Platz für die Nacht suchst, ich hab hier gleich um die Ecke ein Hotelzimmer gebucht.«

Francesco erwiderte nichts darauf.

»Keine Sorge«, fügte der andere lächelnd hinzu und trat die Zigarette am Boden aus. »Es geht mir nicht um das, was du denkst.«

Die Bedienung brachte ihre Bestellung und die Rechnung. Der Fremde bestand darauf, sie zu begleichen.

»Schon mal in München gewesen?«

Francesco schüttelte den Kopf. »Ich war eigentlich noch nie irgendwo.« Er nahm einen letzten Zug von der Zigarette und drückte sie im Aschenbecher aus. »Woher kommst du?«

»Ich? Aus Korsika. Ajaccio. Ich heiße übrigens Pierre. Pierre Cordier.«

»Ich bin Francesco.« Sie gaben sich die Hand.

Nachdem Sie den Bahnhof verlassen hatten, fragte Francesco seinen Begleiter, ob er irgendwelche Sehenswürdigkeiten empfehlen könne.

»Da gibt es eine ganze Menge. Hör zu – gib mir eine halbe Stunde Zeit zum Einchecken und Frischmachen, dann können wir zusammen durch die Stadt ziehen. Wie klingt das?«

»Nicht schlecht.«

Zum Einchecken war es offenbar noch zu früh, also ließ Pierre kurzerhand sein Gepäck an der Hotelrezeption stehen und ging nach draußen zum wartenden Francesco. Anschließend schlenderten sie in fast gerader Linie zum Stadtzentrum, bis sie auf einen Platz mit einer großen Menschenansammlung trafen, die zum Turm eines neugotischen Gebäudes hinaufstarrte. Pierre erklärte, dass dreimal am Tag – um elf, zwölf und siebzehn

Uhr – der Glockenturm die Stunde schlug, begleitet von einem Glockenspiel mit sich drehenden Figuren. Da es kurz vor elf war, beschlossen sie zu warten und sahen den tanzenden Figuren zu, bis ein vergoldeter Hahn mit dreimaligem Krähen das Spiel beendete. Dann folgten sie einer schnatternden italienischen Touristengruppe zu einem kleineren Platz, auf dem noch größeres Gedränge herrschte. An zahlreichen Ständen wurden dort Lebensmittel verkauft, und die Menschen saßen auf langen Holzbänken und tranken aus riesigen Krügen Bier. In der Mitte des Platzes stand ein mit Figurengruppen, Schildern und Fahnen dekorierter Maibaum.

»Lust auf ein Bier?«, fragte Francesco, offensichtlich animiert von der fröhlichen Atmosphäre, die auf dem Platz herrschte.

»Klar. Und was zu essen. Das kleine Lokal dort drüben … das sieht doch ganz nett aus.«

Pierre ließ sich an einem leeren Tisch nieder und bestellte die Getränke. Die Biere kamen. Francesco trank einen Schluck und wischte sich den Schaum von den Lippen. »Also, was machst du so beruflich?«

»Was ich beruflich mache? Nun ja« – Pierre ließ sich einige Zeit mit der Antwort – »man könnte sagen, ich habe überall meine Finger im Spiel. Aber eigentlich bin ich Dichter.«

»Ein Dichter?«

»Ja. Ich betreibe Finanzgeschäfte. Geld hat eine ganz eigene Art von Poesie.«

Francesco lachte.

»Auch wenn manche behaupten, Finanzgeschäfte seien die höchste Form institutionalisierten Diebstahls«, fügte Pierre noch an.

»Ach ja? Warum das denn?«

»Warum? Weil ihrer Meinung nach das profitbringende Kapital den ausgebeuteten Arbeitern gehören sollte. Aber es gibt ja auch zwei Arten von Menschen auf der Welt: die einen, die den Karren ziehen, und die anderen, die drinsitzen.« Er steckte sich eine Zigarette an. »Geld hält die Welt am Laufen und bewahrt die Gesellschaft vor dem Zerfall. So war es immer schon – die Geschichte hat nicht mit dem Zähmen des Feuers oder der Erfindung des Rads begonnen, sondern mit dem Prägen der ersten Münze.« Er nahm einen langen Zug von seiner Zigarette, blies eine gewaltige Rauchwolke aus und leerte sein Glas. »Du solltest mal *Das Kapital* lesen, das ist mindestens so unterhaltsam wie die *Gazzetta dello Sport*.«

Man bestellte Essen, das aufgetragen wurde, gefolgt von einer weiteren Runde Bier. Und nachdem alles gegessen und getrunken war, erschienen vor ihnen zwei weitere schaumgekrönte Krüge. Das Gespräch geriet ins Philosophische. Pierre erzählte von Heiligen, die in die Wüste flohen, von Einsiedlern in den Bergen, Diogenes und anderen Denkern, die der Gesellschaft entsagten, um Armut und persönliche Freiheit zu erfahren. Er erklärte, alle großen Menschen hätten das Geld sowie die von der Gesellschaft auferlegten Zwänge und Regeln verachtet – einer Gesellschaft, die er mit einem großen Hühnerkäfig verglich.

»›Sehet die Vögel unter dem Himmel an‹«, fuhr er mit tiefer Stimme fort. »›Sie säen nicht, sie ernten nicht, sie sammeln nicht in die Scheunen; und euer himmlischer Vater nährt sie doch.‹ Du weißt, wer das gesagt hat? Lange Haare, Ziegenbart, wandelt übers Wasser …«

»Sollen wir jetzt alle in die Wüste gehen?«, entgegnete Francesco trocken.

»Ich wünschte, wir könnten es, aber das Leben ist hinterhältig und gemein. Geld kann dir Freiheit schenken, dich aber auch zu einem Gefangenen machen.«

Als die Rechnung kam, beharrte Pierre erneut darauf, sie zu übernehmen. Es gab nur ein Problem: Keine seiner Kreditkarten schien zu funktionieren, zudem hatte er nicht genügend Bargeld bei sich. Francesco bot an, mit den D-Mark zu bezahlen, die er vor seiner Abreise umgetauscht hatte, aber Pierre sagte nur:

»Nein, ich übernehme das. Du bist mein Gast. Warte hier.«

Die Banken hatten allerdings am Wochenende geschlossen, und auch die beiden Geldautomaten in der Nähe verweigerten sich seinem Zugriff, so kehrte er leise fluchend zurück und leerte mit theatralischer Geste seine Hosentaschen, wobei er knapp achtzehn D-Mark zusammenbrachte. Francesco warf ihm von unten einen Blick zu.

»Dann werde ich heute wohl mithelfen müssen, die Gesellschaft vor dem Verfall zu bewahren.«

Nach zwei weiteren Bieren, die Francescos Großzügigkeit geschuldet waren, gingen sie auf der Kaufingerstraße zurück, betrachteten die Frauenkirche von außen und St. Michael von innen und kühlten sich dort etwas ab. Dann schlugen sie eine andere Richtung ein, verließen die Stadtmitte und steuerten den Englischen Garten an.

»Da war ich oft, als ich noch so jung und spitz gewesen bin wie du«, sagte Pierre. »Um am FKK-Bereich herumzustrolchen.«

»FKK-Bereich?«

»Na, die Teutonen sonnenbaden gern *au naturel*«, sagte Pierre. »Was machst du so ein Gesicht? Du glaubst mir nicht? Ich bring dich hin und zeig dir ein paar hübsche Äpfelchen und Birnen – und auch Bananen, wenn dir danach mehr der Sinn stehen sollte.« Er zwinkerte Francesco zu und grinste. »Komm, ich erzähl dir eine Geschichte. Einmal war ich mit einem deutschen Freund im Englischen Garten. Wir waren Studenten und hatten nur Blödsinn im Kopf. Außerdem hatten wir ein Fernglas und ein kleines Megaphon dabei, so eines, wie wir sie zu den Demos mitnahmen. Und vor uns lag also ein Paar, wirklich nicht mehr die Jüngsten. Sie waren als Erste gekommen und hatten sich splitterfasernackt ausgezogen – *uno spettacolo magnifico*. Er mit mächtigem Bauch, Hühnerbeinen und drei Haaren auf dem Schädel, sie ein dürres Weiblein mit tausend Falten. Jedenfalls, der Mann sucht sich eine Stelle, breitet das Handtuch aus und stellt seinen Picknickkorb ab … Sie nimmt einen Apfel heraus und reicht ihn ihm. Und als er gerade reinbeißen will, brüllt mein Freund ins Megaphon: ›Das Essen im Park ist *strengstens* verboten!‹« Pierre kratzte sich an der Nase und unterdrückte ein Lachen. »Junge, du hättest ihre Gesichter sehen sollen. Der Alte hätte vor Schreck fast seine dritten Zähne verschluckt. Die Frau springt auf, sieht sich um und fuchtelt wild mit den Armen. Und mein Freund brüllt wieder: ›Das Essen im Park ist *strengstens* verboten.‹ – und die beiden nehmen Reißaus, ohne auch nur einen Gedanken daran zu verschwenden, dass sie …«

»Adam und Evas Vertreibung aus dem englischen Gartenparadies, also«, lautete Francescos Kommentar. Er klatschte in die Hände. »Dann wollen wir doch mal sehen, was für ein Bier im irdischen Paradies gebraut wird.«

Nachdem sie lange durch den Park spaziert waren, mehrere Zigaretten geraucht, drei weitere Biere getrunken und sich hinter einem Baum beim Chinesischen Turm von der ganzen Flüssigkeit befreit hatten, kehrten sie in die Innenstadt zurück.

»Ich brauch eine Dusche«, verkündete Pierre, der mittlerweile unüberhörbar die Worte verschliff. Er winkte ein Taxi heran. »Also zurück ins Hotel.«

»Aber ich hab kein Geld mehr«, warf Francesco ein.

»Immer rein mit dir«, sagte Pierre und hielt ihm die Tür auf.

»Ich hab kein Geld mehr«, flüsterte Francesco erneut, als er einstieg. »Wie sollen wir bezahlen?«

Der Fahrer, ein Türke mit Goldzahn, wuchtigem Schnauzer und dunkler Sonnenbrille, fragte nach ihrem Ziel.

»Zum Flughafen, über Hotel Europa, bitte«, antwortete Pierre und zog die Tür zu.

»Flughafen?«, dachte Francesco und sah fragend zu seinem Gefährten hinüber, der ihm aber nur verstohlen den Arm drückte.

Es herrschte ziemlicher Verkehr, und das Taxameter zählte unablässig vor sich hin. Francesco brach der Schweiß aus.

Zehn Minuten später hielten sie vor einem großen Hotel, das jedoch keineswegs jenes war, an dem sie am Morgen ihre Sachen abgestellt hatten.

»Warten Sie bitte einen Moment, wir holen schnell unser Gepäck«, sagte Pierre zum Taxifahrer, während sie bereits ausstiegen.

Sie betraten das Hotel, gingen an einer lächelnden Rezeptionistin vorbei und direkt zu den Aufzügen, mit denen sie ins erste Untergeschoss fuhren, zum gegenüberliegenden Ende des Parkdecks durchgingen und an der Rückseite des Gebäudes auf einer belebten Straße wieder herauskamen.

»Und jetzt nimm die Beine in die Hand«, sagte Pierre. »Manche Taxifahrer kennen den Trick. Sie lernen schnell dazu.«

Kurze Zeit später saßen sie lachend und Bier trinkend in Pierres Hotelzimmer, schliefen anschließend etwa zwei Stunden, duschten, zogen wieder los und verbrachten den restlichen Nachmittag in mehreren Biergärten, bis das zusätzliche Geld, das Francesco in der Nähe des Hauptbahnhofs in einer Wechselstube zu einem miserablen Kurs umgetauscht hatte, auf wenige Pfennige zusammengeschmolzen war.

»Ich hab zu viel getrunken«, sagte Francesco. Ihm drehte sich alles.

»Du hast recht. Wir sollten was essen.«

Sie gingen in ein italienisches Restaurant, wo sie im Freien saßen, ein dreigängiges Menü verputzten, Champagner und das ausgefallenste Dessert auf der Speisekarte bestellten und sich ebenfalls wieder ohne zu zahlen aus dem Staub machten. Völlig außer Atem, ließen sie sich unter einem Baum am Rand der Theresienwiese nieder, zündeten sich eine Zigarette an und brachen von Zeit zu Zeit in irres Gelächter aus.

Es ging auf den Abend zu, und sie spürten, wie erschöpft sie nach dem langen, heißen Tag waren. Francesco schlug vor, ins Hotel zurückzukehren, und erinnerte Pierre daran, dass er die Nacht zuvor kaum geschlafen hatte.

»Ach was«, erwiderte Pierre nur. »Vor uns liegt eine ganze Nacht.«

»Ohne Geld.«

»Ich hab Kreditkarten.«

»Die nicht funktionieren. Wie sollen wir das Hotel bezahlen? Wir haben die Minibar leergetrunken. Ich weiß nicht, ob ich noch so viel Bares habe.«

»Wir brauchen kein Geld. Wir sind intelligente Wesen.«

»Sogar intelligente Wesen brauchen Geld.«

»Da irrst du dich.« Damit schnippte er seinen Zigarettenstummel auf die Straße.

Mit seinen grauen Augen verfolgte Pierre zwei Ameisenprozessionen, die sich am Randstein parallel zueinander in unterschiedliche Richtungen bewegten. Es war nicht klar, woher sie kamen oder wohin sie wollten, an einem Punkt des langen Zugs aber herrschte aufgeregtes Treiben. Die Ameisen schleppten ein totes Insekt – einen schwarzen Käfer. Francesco bewunderte die Beharrlichkeit, Entschlossenheit und den Opfergeist, die die emsigen Tierchen an den Tag legten, und musste aus irgendeinem Grund an das Kerzenrennen von Gubbio denken, das er im Jahr zuvor gesehen hatte. Der Käfer schien auf einer schwarzen Welle zu schwimmen, seine Bewegungen waren kaum wahrzunehmen. Pierre beugte sich vor und hob das tote Insekt auf. Nachdem er es betrachtet hatte, wickelte er es in ein Stück Papier und schob es sich in die Hosentasche.

»Intelligente Wesen zahlen nicht: Sie nehmen sich, oder ihnen wird gegeben. Nur Dummköpfe zahlen.«

»Und du bist entweder verrückt oder betrunken«, sagte Francesco lächelnd. »Oder beides.« Er ließ sich ins Gras fallen und sah zum Himmel hinauf, an dem allmählich die ersten Sterne sichtbar wurden. Wieder kam ihm sein Vater in seinem verfleckten Unterhemd in den Sinn, aber er verscheuchte ihn mitsamt der anderen unangenehmen Erinnerungen an zu Hause. Im Jahr zuvor war er aus der Wohnung seiner Eltern ausgezogen, er war ohne ihre Hilfe zurechtgekommen, aber das Leben war doch sehr anstrengend gewesen. Er hatte ein Universitätsstipendium, aber die Bücher für seine Sprachkurse waren sehr teuer, so dass er an den Abenden und Wochenenden arbeiten und den Sprösslingen wohlhabender Ladenbesitzer und Kleinunternehmer Englischunterricht erteilen oder, schlimmer noch, in von despotischen Wirten geführten Kaschemmen kellnern oder fetttriefendes Geschirr spülen musste. Und jetzt hatte er in zwei Tagen fast die Hälfte des für die Reise zusammengesparten Geldes ausgegeben, in seinem Kopf drehte sich alles, sein Hals brannte, aber er war glücklich und frei und hatte das Gefühl, er könnte immer weiter reisen und die Welt erobern.

Die Nacht schien kein Ende nehmen zu wollen, und am folgenden Tag wachten sie erst kurz vor Mittag auf. Sie duschten und gingen mit ihrem Gepäck nach unten.

»Sie reisen ab?«, fragte die junge blonde Frau an der Rezeption und entblößte lächelnd ihr Pferdegebiss und viel rosa Zahnfleisch.

»Nun ja, eigentlich haben wir ein großes Problem«, sagte Pierre mit angewiderter Miene. »Ich würde gern mit dem Geschäftsführer dieses Etablissements reden.«

Der jungen Frau verging das Lächeln und sämtliche Zähne verschwanden.

»Worum geht es? Vielleicht kann ich Ihnen ja weiterhelfen.«

»Ich glaube nicht. Ich möchte mit dem Geschäftsführer persönlich reden.«

»Mal sehen, ob sein Stellvertreter hier ist.«

»Ich habe mich vielleicht nicht deutlich genug ausgedrückt«, erwiderte Pierre bestimmt und erhob die Stimme. »Die Sache lässt sich nicht mit dem Stellvertreter oder dem Stellvertreter des Stellvertreters regeln.«

Die junge Frau lief knallrot an. Sie war allein an der Rezeption, andere Gäste warteten hinter Pierre und Francesco, und in diesem Augenblick begann auch noch das Telefon zu klingeln.

»Einen Moment, bitte«, sagte sie und verschwand durch eine Tür hinter der Rezeption. Eindringliche Stimmen waren zu hören, einige unterdrückte aufbrausende Worte, Papier raschelte, Tasten wurden gedrückt, es wurde telefoniert. Kurze Zeit später kehrte die sichtlich angespannte Rezeptionistin zurück, teilte Pierre mit, dass der Geschäftsführer in einer Minute da sein würde, und wandte sich den anderen Gästen zu.

Ein paar Minuten vergingen und Francesco wurde es unbehaglich zumute. Er rechnete damit, dass ein bayrisches Urgestein im Türrahmen auftauchen würde, ein Zwei-Meter-Riese mit Doppelkinn und Rauschebart. Stattdessen erschien eine Art Zwerg – kein hinterhältiger Troll, wie man ihn aus gruseligen Schauergeschichten kennt, sondern ein freundlicher Kobold mit dem gutmütigsten Gesicht der Welt; ein Knirps, ein Meter fünfzig klein und dürr wie ein Weberknecht. Und er hatte auch einen Bart, ja doch, allerdings einen fusseligen kleinen Spitzbart – mehr war an ihm nicht dran.

Pierre brauchte keine Sekunde, um ihn zu taxieren. »Sie sind der Chef?«

Der andere schien sich weder vom schroffen Ton noch vom finsteren Blick des Fragestellers abschrecken zu lassen. »Ja, was kann ich für Sie tun?«

»Ihr Hotel ist unsauber, Herr Mansur«, fuhr Pierre fort, dessen flinken grauen Augen das Namensschild am Anzug des Geschäftsführers nicht entgangen war.

»Unsauber? Also … ich sehe keinen Müll herumliegen«, versuchte der Geschäftsführer zu witzeln. Er räusperte sich. »Ich kann Ihnen versichern, alle unsere Zimmer werden täglich gründlich gereinigt.«

»So, so. Und wann ist bei Ihnen das letzte Mal eine Hygieneinspektion durchgeführt worden?«

Das rechte Augenlid des Geschäftsführers zuckte.

»Hygieneinspektion? Wieso? … Ich kann … das kann ich gleich nachprüfen, wenn Sie das wünschen.« Er griff zum Telefon und wählte eine interne Nummer, dann folgte ein kurzer Wortwechsel. »Mein Kollege sieht nach.«

»Sie wollen mir jetzt nicht im Ernst sagen, dass Sie, der Geschäftsführer dieses Hotels, nicht wissen, wann die letzte Hygieneinspektion stattgefunden hat, oder? Unglaublich! Befinden wir uns hier in einem Vier-Sterne-Hotel oder in einer billigen Absteige?«

Bei dieser letzten Bemerkung drohte der Geschäftsführer seine Selbstbeherrschung zu verlieren. Doch bevor er mit einer scharfen Zurechtweisung kontern konnte, klingelte erneut das Telefon, und auf seinem Gesicht erschien wieder der Ausdruck des gütigen Kobolds.

»Mein Kollege bringt die Bescheinigungen«, sagte er. »Aber Sie haben mir noch nicht gesagt, worin Ihr Problem eigentlich besteht …«

»Unser Problem, Herr Mansur«, sagte Pierre mit zusammengebissenen Zähnen, »besteht darin, dass wir heute Morgen beim Aufwachen feststellen mussten, nicht allein in unserem Zimmer zu sein.«

»Nicht allein?«

»Ganz recht. Wir hatten Gesellschaft.«

Das ältere amerikanische Ehepaar, das von der jungen Frau an der Rezeption bedient wurde, sowie die kleine japanische Reisegruppe, die es sich im Foyer bequem gemacht hatte, spitzten bei diesen Worten die Ohren.

»Verzeihung?«, entgegnete der Geschäftsführer.

»Nun, wie würden Sie sich fühlen, wenn Sie über zweihundert D-Mark pro Nacht zahlen und feststellen müssen, dass eine Kakerlake über Ihr Bett krabbelt? Ich jedenfalls konnte anschließend nicht mehr schlafen.« Mit diesen Worten zog er das Insekt aus seiner Tasche, das er am Abend zuvor auf der Straße aufgesammelt hatte, und legte es auf den Empfangstresen. »Behalten Sie es und rahmen Sie es sich ein. Denn es gehört offenbar zu Ihrem ach so sauberen Hotel. Ungeziefer. *Capisce?*« Er hielt sich die Hände an die Schläfen und ahmte mit wackelnden Zeigefingern die Fühler eines riesigen kafkaesken Insekts nach.

Seine Vorführung zeitigte unmittelbare Folgen. Die Rezeptionistin vertiefte sich umgehend in die erste Gästeliste, die sie in die Finger bekam. Der Geschäftsführer murmelte einen unverständlichen Fluch, die Amerikanerin stieß ihren Mann an und warf ihm einen vielsagenden Blick zu, und die Japaner brachen in aufgeregtes Geplapper aus.

In diesen ganzen Tumult kam ein junger Mann aus dem Raum hinter dem Empfangstresen. Seinem Aussehen nach zu schließen war er der jüngere Bruder des Geschäftsführers. Er war der »Kollege«, der die Bescheinigungen bringen sollte. In seiner Eile hatte er sich allerdings gleich einen ganzen Aktenkasten gegriffen, der, als er auf die Rezeption gestellt wurde, muffigen Kellergeruch verströmte.

»Sind Sie sicher, dass da keine Kakerlaken drin sind?«, sagte Pierre mit einem schiefen Grinsen.

Alle Augen waren auf Mansur gerichtet, der nun die Akten durchging, aber noch nicht einmal eine längst abgelaufene Bescheinigung finden konnte, nur Rechnungen, Packlisten, Quittungen und anderen belanglosen Papierkram.

»Also«, sagte Pierre nach einer Weile und räusperte sich ungeduldig, »in einer halben Stunde geht unser Zug. Ich nehme an, dass wir für dieses verwanzte Zimmer nichts zu zahlen brauchen. Dürfen wir stattdessen mit einer irgendwie gearteten Entschädigung rechnen?«

»Natürlich … es tut mir schrecklich leid«, entgegnete der Geschäftsführer, dem anzusehen war, dass er um jeden Preis aus dieser peinlichen Situation herauskommen wollte. »Wir übernehmen die Rechnung selbstverständlich. Und ich werde Ihnen entsprechende Gutscheine ausstellen, die Sie in einem unserer Hotels in Paris oder London einlösen können.«

»Das ist sehr freundlich von Ihnen, Herr Mansur …«

Kurz darauf passierten sie die Schiebetüren des Hotels und eilten zum Bahnhof.

Pierre wollte nach Köln. Sein Zug dorthin ging in weniger als zehn Minuten. Sie erreichten ihn gerade noch, bevor die Türen geschlossen wurden.

Es war eine lange, aber vergnügliche Fahrt. Mit seiner üblichen Abgebrühtheit und seinem sechsten Sinn verschwand Pierre in einem anderen Abteil, kurz bevor der Schaffner zur Fahrkartenkontrolle erschien, und kreuzte wieder auf, sobald die Luft rein war.

»Nur Dummköpfe zahlen die Fahrt«, sagte er vergnügt, als er wieder Platz nahm.

Immer wieder führten sie die Szene im Hotel auf: ahmten die entgleisten Gesichtszüge der Rezeptionistin nach, den fassungslosen Blick des Geschäftsführers, als er das tote Insekt erblickte, die wackelnden Fühler – Pierre verstand es so wunderbar, die Stimmen und das Gebaren der anderen zu imitieren, dass Francesco sich vor Lachen nicht mehr einkriegte.

»Also, wo geht's als Nächstes hin?«, wollte Pierre wissen, nachdem sie etwa eine Stunden gefahren waren.

»Keine Ahnung. Erst mal Richtung Norden.«

»Dann bleib doch für die Nacht bei uns. Meine Frau wird nichts dagegen haben. Wir haben ein kleines Gästeapartment, außerdem steigt heute Abend bei uns eine coole Party.«

»Wenn es wirklich keine Umstände macht …«

In Mannheim mussten sie umsteigen, und gegen fünf Uhr fuhr der Zug in den Kölner Hauptbahnhof ein. Weiter ging es mit der Straßenbahn, und eine halbe Stunde später standen sie vor einer wunderbaren Villa mit Blick auf den Rhein. Das Haus war von weiten Rasenflächen und Bäumen umgeben, durch die eine gepflasterte Auffahrt führte, an deren Ende ein roter Maserati Biturbo Spyder stand. Begrüßt wurden sie am Tor von einem riesigen Schäferhund, der von Pierre ausgiebig gestreichelt wurde und anschließend Francesco beschnüffelte und ihm die Hände ableckte.

»Er mag dich«, sagte Pierre. »Warte hier. Ich hole dir die Schlüssel für das Apartment.«

Kurz darauf kam er zurück und begleitete Francesco zu einem Anbau an der Rückseite der Villa.

»Fühl dich ganz wie zu Hause. Die Pornos sind im Schrank unter dem Fernseher.« Er grinste.

»Ha, ha.«

»Okay, ich muss los und Vanessa, meiner Frau, bei den Vorbereitungen zur Vernissage helfen. Ich hätte schon vor einer Stunde da sein sollen. Kannst du so zwischen halb acht und acht kommen? Es gibt genügend zu trinken und zu essen. Hier ist die Adresse.« Er kritzelte etwas auf einen Zettel. »Und hier ein Stadtplan von Köln. Wir sind hier, in Rodenkirchen, die Galerie liegt ungefähr hier.« Er malte einen Kreis um eine Kreuzung. »Wenn du dir erst den Dom ansehen willst, kannst du von dort zu Fuß hingehen. Es dauert nur zwanzig Minuten. Alles klar? Wir sehen uns dann später.« Er ging hinaus auf die Auffahrt und Francesco hörte, wie er dem Hund, der um ihn herumsprang, lautstark zuredete: »So ist es brav, Jester, guter Junge!«

2

Köln

Francesco sah sich um. Er befand sich in einem herrlichen Studio-Apartment, das sehr viel größer war als seine eigene Wohnung oder die, in der er bis zum Jahr zuvor mit seinen Eltern und seiner Schwester Marcella gelebt hatte. An den Wänden hingen Karten und Gemälde, dazwischen ein völlig deplatziert wirkender roter Che-Guevara-Druck, es gab Topfpflanzen und Statuen und Regalbretter, die sich unter Kunstbänden und Ausstellungskatalogen bogen. An der gegenüberliegenden Wand stand eine Staffelei mit einer leeren Leinwand. Auf einem niedrigen Holztisch lag neben einem Telefon ein illustrierter Katalog, der aufgeschlagen war. Francesco besah sich den Einband. *Gemälde von Vanessa Schreiber, 1985–90.* Das Foto neben dem Klappentext zeigte eine gutaussehende blonde Frau um die dreißig, die Biographie beschrieb die Künstlerin als führende Vertreterin der »oneirischen« Bewegung, einer radikalen Malschule, die linksextremen Ideologien nahestand. Sie schien in den renommiertesten Kunstgalerien der Welt ausgestellt zu haben, zwei New Yorker Museen hatten Werke von ihr für ihre ständigen Sammlungen erworben. Unter dem gewichtigen Katalog verborgen war ein dünnes Pamphlet mit dem Titel *Kunst und Revolution*, 1983 erschienen. Dies mussten Vanessa Schreibers marxistische Beiträge zur Kunsttheorie sein.

Francesco sah sich die Bilder an den Wänden genauer an – erst jetzt bemerkte er, dass die meisten von dieser Vanessa Schreiber selbst stammten. Er konnte nicht sagen, ob sie ihm gefielen oder ob sie ihn sonderlich beeindruckten. Zweifellos hätte so mancher Kenner in ihnen raffinierte Werke der abstrakten Kunst gesehen – und zweifellos gab es Leute, die bereit waren, dafür einen schönen Batzen Geld hinzulegen –, für ihn aber war das nichts weiter als sinnloses Gekritzel. Jedes Kind konnte so etwas mit Zahnpasta und Schuhcreme auf eine leere Leinwand schmieren, dachte er sich und verwarf den Gedanken gleich wieder, weil er ihn zu sehr an seinen Vater erinnerte, der solche voreingenommenen Äußerungen gern von sich gab und sich dabei ausgiebig in der Nase bohrte oder am Hintern kratzte.

Er duschte, zog sich an und verließ das Haus. Die Abendluft war angenehm kühl und eine kleine Brise wehte ihm entgegen. Der Himmel hatte sich aufgeklart, der Fluss lag glatt und schimmernd vor ihm, und in den Bäumen wimmelte es von Singvögeln – kurz, das alles unterschied sich kaum von einer typischen *serata italiana*.

Als er später vor den beiden riesigen Türmen des Kölner Doms stand, summte es ganz merkwürdig in seinem Herzen. Er hatte nie zuvor eine gotische Kathedrale gesehen, und seine eher an romanischen Prunk gewohnten Sinne waren überwältigt von dem gewaltigen dunklen

Bau. Er wanderte eine Weile um das Gebäude herum, ließ sich auf einer niedrigen Mauer nieder und betrachtete die Menschen, die aus allen Richtungen herbeiströmten und sich wieder auf dem Platz verteilten. Ganz in seiner Nähe blieb eine Touristengruppe stehen, deren Reiseleiterin, eine stupsnasige Rothaarige, die Stimme erhob und mit einem gelben Fähnchen auf den Dom zeigte:

»1248 war das Jahr der Grundsteinlegung, allerdings dauerte es mehr als sechshundert Jahre, bis der Dom fertiggestellt war. Generationen von Steinmetzen und Arbeitern haben daran mitgewirkt, während Kriege, die Pest, Feuer und andere Katastrophen in Europa wüteten. Der Dom ist nicht nur Denkmal und Zeugnis für die tiefe Religiosität der Menschen, sondern auch für ihren Ehrgeiz und die Unbeirrbarkeit des menschlichen Geistes. So, und für alle, denen der Sinn eher nach Kuchen und Schokolade steht, gibt es hier auf dieser Domseite ein wunderbares Café, das ich Ihnen jetzt gerne zeigen möchte.«

Die Gruppe eilte weiter, und Francesco erhaschte noch den Wortwechsel eines italienischen Paares:

»Nicht übel, was?«, bemerkte die Frau.

Der Mann zuckte hilflos mit den Achseln. »Diese Kirchen sehen für mich irgendwie alle gleich aus.«

Francesco ging daraufhin selbst in den Dom, er schob sich durch die vollen Gänge und setzte sich schließlich auf eine Kirchenbank, wo er den Blick über die leuchtenden Figuren in den Buntglasfenstern schweifen ließ. Und als er gerade die Tiefe des Raums und die schwindelerregende Höhe der Kuppeln auf sich wirken lassen wollte, trat ein Priester in das Mittelschiff und verkündete, dass man nun schließen werde. Francesco ging hinaus in die einsetzende Dämmerung, kehrte dem Dom den Rücken zu und marschierte in westlicher Richtung davon.

Wie sich herausstellen sollte, war Pierres schnell hingekritzelter Kreis auf dem Stadtplan zwei Straßen von der eigentlichen Adresse entfernt. Das hatte zur Folge, dass Francesco erst einige Zeit in die falsche Richtung ging, bevor er schließlich doch noch vor der Kunstgalerie anlangte, wo bereits einiges los war.

Sein Gastgeber stand mitten im Raum und bezauberte die zahlreichen Besucher mit seinem charmanten Geplauder, das er in einem Mischmasch aus Italienisch, Französisch und Deutsch zum Besten gab. Francesco gelang es nicht, auch nur ein Wort zu verstehen, aber die Leute begrüßten seine Kommentare mit Gelächter und Applaus. Es folgte eine kurze Rede, diesmal auf Englisch, gehalten vom Künstler selbst, einem jungen mexikanischen Bildhauer namens Philodemus, der die Ausstellung eröffnete. Er erklärte, dass seine Kunst darauf abziele, »die zweidimensionalen bürgerlichen Wahrnehmungsmuster zu revolutionieren, und zwar mit Hilfe von dreidimensionalen mechanischen Skulpturen« – mit anderen Worten, mit Hilfe von kleinen Figurentheatern. Ein Besucher, der aussah wie ein alter italienischer Immigrant, fragte ihn, ob sein Werk von der *presepe napoletano* beeinflusst sei, der neapolitanischen Weihnachtskrippe. Philodemus war zunächst etwas verwirrt, bis Pierre ihm die Frage verdolmetschte. Der Künstler schien darüber nicht wenig verstimmt und führte sehr pikiert aus, dass der »natürliche Quell seiner Fantasie« über jeden Einfluss erhaben sei, und falls dennoch Einflüsse vorlägen, dann höchstens von den größten zeitgenössischen Meistern wie Carlos María Gutiérrez y Gallardo oder Luís María Alvarez y Petardo – Namen, die weder Francesco noch dem Immigranten noch den meisten anderen Anwesenden geläufig waren und die für die Vermählung traditioneller Maya-Kunst mit spanischer Modernität stünden, wie Philodemus bedeutungsschwer raunte.

Amüsiert sah sich Francesco um. Moderne Kunst war seine Sache nicht, und im Scheinwerferlicht der Galerie erschien ihm der Schöpfer dieser mechanischen Sächelchen, der sich durch einen Tarnkampfanzug, einen wuchtigen Stiernackenschädel und langen, an einen Pithecanthropus gemahnenden Armen auszeichnete, als wäre er selbst die Hauptfigur seiner mechanischen Figurentheater.

Zur Erleichterung des Publikums dauerte die Präsentation keine zehn Minuten, und so konnte sich bald jeder der eigentlichen Aufgabe zuwenden, dem angeregten, von einem Glas Wein oder Champagner inspirierten Small Talk. Francesco besah sich gerade eines der ausgestellten Werke, als der mexikanische Künstler, der Francescos müßige Neugier fälschlicherweise für ernsthaftes Interesse hielt, auf ihn zukam und auf Englisch ein Gespräch mit ihm begann.

»Meine Kunstwerke sind vollständig aus recycelfähigen Materialien gemacht.«

»Hoffentlich wird es nie nötig sein, sie zu recyceln.«

Der Bildhauer starrte Francesco einen Moment konsterniert an – dann kapierte er den Witz, lächelte und zeigte seine riesigen weißen Zähne, in deren Zwischenräumen schwarze Tabakreste nisteten. Ständig kaute er auf einem Priem herum, den er aus einem kleinen Beutel in der Brusttasche seiner Tarnjacke zog.

»Nein, ich hab mich nicht richtig ausgedrückt«, korrigierte er sich. »Ich meine, sie sind ganz aus recycelten Materialien hergestellt.«

»Hm. Interessant.«

»Sie verstehen, es geht um die Parallele zwischen der modernen Gesellschaft, in der alte Ideen und Konventionen recycelt werden, und meinen Theatern, deren Materialien aus Plastikgegenständen, Schrauben, Muttern, Zahnstochern, Zeitungen bestehen ... kurz, aus dem Abfall unserer Zivilisation.«

»Wie im Mittelalter, als die Städte mit den Marmorblöcken und Steinen antiker Monumente errichtet wurden«, sagte ein kleinwüchsiger Alter hinter ihnen, bevor er in einem Zug sein Glas Champagner kippte.

»Wie recht Sie haben!«, stimmte Philodemus zu und setzte daraufhin zu einer detaillierten Analyse seines Werks an, wobei er den Bogen von den präkolumbianischen Anklängen bis zu den »intertextuellen« Anspielungen spannte – intertextuell, jawohl, sei das Werk, da er das Material, das er im »gedruckten« Teil benutzte, mit allergrößter Sorgfalt ausgewählt und er einzig Artikel genommen habe, die Amerikas neoimperialistische Politik des Kapitalismus, der Globalisierung etc. etc. anprangerten. Vielleicht, dachte Francesco, waren manche dieser Ideen ja ganz richtig, aber wenn sie von einem jungen Mann vorgetragen wurden, der mehr oder weniger in seinem Alter war und auf dessen Riesenschädel sich schwarzes Wuschelhaar türmte … Und außerdem, sagte er sich, war es immer angeraten, argwöhnisch zu sein, wenn jemand so viele Erklärungen bemühen musste, um die Schönheit eines Kunstwerks zu erläutern. Wie sein empiristischer Vater gesagt hätte: Schöne Worte allein bringen dir nicht die Butter aufs Brot.

Er musste an das gewaltige Bauwerk des Doms denken, die Türme und Spitzen, dieses ungeheure Kunstwerk, hervorgegangen aus der gemeinsamen Anstrengung der Menschen, die ihrer Sehnsucht nach dem Göttlichen Ausdruck verleihen wollten … und sein leerer Blick streifte über Philodemus' billigen Plunder, in dem die Menschenfiguren aus altem Krimskrams bestanden und die Bäume aus Kautabak. Jedenfalls *hoffte* Francesco, dass es Kautabak war.

Weiter ging es an dem Abend in Pierres Villa, wo eine ausgewählte, etwa zehnköpfige Gruppe zum Essen geladen war. Die Gäste wurden im Flur von der gefeierten oneirischen Künstlerin Vanessa begrüßt, die ein freizügiges veilchenblaues Kleid trug, das ihre blonden Haare und ihren Goldschmuck aufs Wunderbarste betonte.

Nach der Begrüßung versammelten sie sich in einem großen Wohnzimmer, das mit jedem erdenklichen Luxus ausgestattet war – angefangen von den protzigen Gegenständen, mit denen die Häuser jener vollgestopft sind, die sich den Anschein von Vornehmheit verleihen wollen, bis hin zu den unvermeidlichen Swarovski-Kristallen, dem unverzeihlichen Tribut an die Geschmacklosigkeit. Und natürlich herrschte kein Mangel an kostbaren Kunstwerken aus allen Epochen und Stilrichtungen, die dem Raum die Anmutung eines Museums verliehen.

Gegen halb elf, nach einem von weißlivrierten Kellnern servierten Aperitif, wurden die Gäste an den Esstisch gebeten. Francesco kam zwischen einem amerikanischen Bildhauer und einem Professor für orientalische Sprachen zu sitzen. Pierre saß Francesco gegenüber neben zwei deutschen Malern, während Vanessa am anderen Ende des Tisches Platz genommen hatte, gleich neben Philodemus, der keines der aufgetragenen Gerichte anrühren wollte, da ihn »Essen überhaupt nicht interessierte«. Überaus anspruchsvolle Diskussionen über die Kunst wurden im Lauf des Abends geführt, so kam man zum Beispiel darauf zu sprechen, dass »die Konzeptkunst eine der größten Errungenschaften des Menschen« sei, befreie sie doch die Idee, das Vollkommene, von der Form, seiner unvollkommenen Hülle, die die Idee lediglich verkörpere, oder dass der Tod eine Reise sei und es keine Kunst ohne den Tod gebe.

Francesco konnte sich nicht erinnern, jemals in seinem Leben so ausgiebig gegähnt zu haben, nicht weil er die ästhetischen Ausführungen trivial oder uninteressant gefunden hätte, sondern weil er hundemüde war und sich nur danach sehnte, sich bei erstbester Gelegenheit ins Bett zu verdrücken.

Die Party zog sich aber bis weit nach Mitternacht hin. Vanessa sprach den gesamten Abend über kein einziges Wort mit Pierre; sie gab sich mürrisch und distanziert, obwohl sie hin und wieder Francesco einen kurzen Blick oder ein Lächeln schenkte.

Schließlich wurden nach guter italienischer Sitte die Verdauungsschnäpse kredenzt.

»Also, was hast du für morgen vor?«, fragte Pierre, der mit dem Orientalistik-Professor den Platz getauscht hatte.

»Ich wollte eigentlich gleich in der Früh weiterfahren«, erwiderte Francesco aus Höflichkeit gegenüber den anderen Gästen auf Englisch.

»Wohin?«, fragte einer der deutschen Maler.

»Ach, Berlin, wahrscheinlich …«

»Und dann?«, fragte Pierre.

»Das weiß ich noch nicht … Mein InterRail-Pass gilt ja fast noch einen ganzen Monat. Ich würde gern ein bisschen durch Deutschland reisen, dann Amsterdam besuchen, London, Paris … mal sehen. Ich habe noch keine festen Pläne.«

»Wenn Sie nach Paris kommen«, quiekste die einzige sonst noch anwesende Frau, eine verschrumpelte, alte, knochige Schachtel in schwarzer Witwenkleidung, »müssen Sie unbedingt den Friedhof Père Lachaise besuchen. Das ist ein so wunderbarer Ort.«

»Ohne Zweifel …«

»Hey«, fuhr Pierre leise fort, ein schummriger Glanz lag in seinen Augen, Folge des Champagners und einer dicken Havanna, die er geraucht hatte. »Wenn du nach London kommst, sollten wir uns treffen … Ich werde nämlich in zehn Tagen dort sein, wegen einer Auktion bei Christie's. Wir könnten uns auf einen Drink verabreden … Außerdem habe ich noch die Hotelgutscheine von diesem Zwerg … wie hieß er noch?«

»Mansur?«

»Genau!« Er verpasste Francesco einen freundschaftlichen Stoß in die Seite und lehnte sich dann sichtlich beschwipst in seinem Stuhl zurück.

»Na klar. Lass uns morgen darüber reden … ich hau mich jetzt aufs Ohr«, flüsterte Francesco und bemerkte, dass Vanessa ihn ganz seltsam ansah.

Sobald er in seinem Zimmer war, zog er sich aus und ging unter die Dusche. Es war fast zwei Uhr morgens, als er endlich das Licht ausdrehte und sich hinlegte.

Aber der Schlaf wollte sich nicht einstellen. Er rieb sich die Augen, massierte seine Nase, die noch immer wehtat von dem Sturz vom Vortag (oder waren es mittlerweile zwei Tage?), und sinnierte über Pierre, diesen merkwürdigen Kerl, der für ein Leben ohne Geld eintrat, während er in einer luxuriösen Villa wohnte und sämtliche Vorzüge eines großbürgerlichen Lebens genoss. Er dachte an seine Schwester Marcella, mit der er sich bis zum vergangenen Sommer ein Zimmer geteilt hatte, an seinen von Arbeitslosigkeit bedrohten Vater und an seine sich immer Sorgen machende, vorzeitig gealterte Mutter – sie alle schienen mit ihrem kleinen Leben zufrieden zu sein und hatten sich vom ersten Atemzug an in ihr Schicksal gefügt.

Er war gerade im Begriff wegzudämmern, als ihn ein Geräusch – vorsichtige Schritte auf knarrenden Bodendielen – im Bett hochfahren ließ.

»Wer ist da?«, fragte er erst auf Italienisch, dann auf Englisch.

Statt einer Antwort wurde hinter einem Vorsprung ein Licht angemacht. Nun war eine offene Tür zu sehen und eine Treppe, die den Anbau mit dem Haus verband.

»Hallo?«, rief er, und in seiner Stimme schwang ein kleines bisschen Angst mit. Dann dachte er, es müsse Pierre sein, der sich aus einer beschwipsten Laune heraus einen Spaß erlaubte, und er wollte schon seinen Namen rufen, als eine Frauenstimme sagte:

»Haben Sie was dagegen, wenn ich auch das andere Licht anmache?« Im fahlen Schimmer, der durch die offene Tür fiel, zeichnete sich eine dunkle Gestalt ab. Bevor er etwas erwidern konnte, wurde ein weiteres Licht angeknipst. Im Zimmer stand Vanessa, immer noch in ihrem veilchenblauen Kleid, unter dem sich ihr wohlgeformter Körper und die verführerischen Umrisse ihrer Unterwäsche abzeichneten. Ihre Augen waren gerötet, als hätte sie geweint, und über ihre Stirn zogen sich zarte Sorgenfalten.

»Entschuldigen Sie, dass ich Sie um diese Uhrzeit noch störe«, sagte sie mit ihrem durch den Alkohol noch verstärkten deutschen Akzent, während sie an Francescos Bett trat, »und auf diese Weise in Ihr Zimmer eindringe ... aber ich muss mit Ihnen über eine wichtige Sache reden, weil ich fürchte, dass morgen dafür keine Zeit mehr sein wird.«

Francesco verschlug es die Sprache. Mit einer kaum merklichen Bewegung zog er das Laken hoch und bedeckte sich die Brust.

»Ich habe gehört, Sie fahren nach Amsterdam«, sagte Vanessa, »deswegen dachte ich mir, Sie könnten mir vielleicht einen Gefallen tun ...«

»Hmm-hm«, antwortete Francesco.

»Es ist nur ein kleines Paket ... vertrauliche Dokumente ... ich kann sie nicht per Kurier senden. Sie müssen persönlich bei dieser Adresse abgegeben werden.« Die Verbindungstreppe hinter ihnen knarrte und sie sah sich erschrocken um, doch da war nichts. »Können Sie das für mich erledigen? Wenn es Ihnen nichts ausmacht. Hier, das ist die Adresse.« Sie reichte Francesco einen kleinen längsgefalteten Zettel. Es folgte eine lange Pause, die Vanessa offenbar als ein Ja deutete. »Sollten Sie Probleme haben, die Adresse zu finden, können Sie mich auf dieser Nummer erreichen. Und hier das Päckchen.« Nach einer weiteren Pause fügte sie lächelnd an: »Wenn Sie das für mich machen, haben Sie bei mir etwas gut.« Sie strich ihm zärtlich über die Wange und Francesco wurde ein wenig schwindelig. Sein Kopf fühlte sich an wie ein Ballon, aus dem zischend die Luft entwich, während er durch das Zimmer sauste.

»Und bitte sagen Sie Pierre nichts davon, ja?«, flüsterte sie. »Wir bleiben in Kontakt. *Bon voyage.*«

Dann gingen nacheinander die Lichter aus, er hörte, wie die Tür geschlossen wurde, dann ihre leichten Schritte, die sich auf der Holztreppe entfernten.

»Was zum Teufel …«

Francesco betastete in der Dunkelheit das Päckchen und wog es in den Händen. Es war ein gefütterter Umschlag, sehr leicht, vermutlich mit Papieren gefüllt. Er schaltete die Lampe neben dem Bett an, suchte nach einem Platz zum Ablegen und beschloss dann, das Päckchen in seiner Schultertasche zu verstauen. Wieder im Bett, überlegte er, ob er ihre Bitte wirklich erfüllen und Pierre nichts davon erzählen sollte und was genau eine schöne Frau wie sie darunter verstand, wenn sie sagte, »er hätte noch etwas bei ihr gut«. Schon stellte er sich die unglaublichsten Abenteuer vor und brauchte einige Zeit, bis er wieder einschlafen konnte. Am folgenden Morgen, es war so gegen halb acht, hörte er draußen Jester jaulen. Gleich darauf klopfte es leise an der Tür und er hörte Pierres Stimme:

»Francesco?«

»Einen Moment …«

Er sprang aus dem Bett, schlüpfte in seine Sachen und öffnete die Tür. Das helle Morgenlicht blendete ihn so sehr, dass er mit einer Hand die Augen bedecken musste.

»Hab ich dich geweckt?«, fragte Pierre, sah an ihm vorbei in das Zimmer und nahm einen Zug von seiner Zigarette. »Was ist los? Schlecht geschlafen?«

»Nein, aber wir sind spät ins Bett gekommen«, antwortete Francesco und rieb sich die Augen. »Ich kann ja später im Zug schlafen.«

»Na, hast du dich gut amüsiert letzte Nacht?«

»Ja, sehr interessante Leute.«

»Schade, dass du dich gar nicht mit Vanessa unterhalten konntest«, sagte Pierre mit suchendem Blick.

»Na ja, sie saß am anderen Tischende ...«

»Und?«, fuhr Pierre fort. »Schon eine Entscheidung getroffen? Wegen London?«

»London? Klar treffen wir uns dort ... wenn es für dich kein Problem ist.«

»Problem? Warum sollte es für mich ein Problem sein? Wir werden unseren Spaß haben. Genau wie in München. Ich werde am einundzwanzigsten eintreffen – also morgen in einer Woche. Ich muss ein paar Sachen rüberschaffen, deshalb fahre ich mit dem Auto. Hier ist die Hoteladresse. Ich habe unter meinem Namen gebucht, Pierre Cordier. Dann können wir uns so gegen drei Uhr nachmittags treffen, einverstanden?«

»Einverstanden.«

»Willst du noch mal ins Bett, oder kommst du zu uns auf einen Kaffee?«

»Gib mir fünf Minuten.«

Vanessa ließ sich beim Frühstück nicht blicken, wie Francesco erleichtert zur Kenntnis nahm. Pierre witzelte, seine Frau sei ganz versunken im Quell ihrer künstlerischen Inspiration und lasse ausrichten, es täte ihr leid, dass sie sich nicht mehr persönlich von ihm verabschieden könne. Francesco las in ihre Abwesenheit etwas ganz anderes hinein. Sie traten hinaus auf die Auffahrt, und Pierre bestand darauf, ihn zum Bahnhof zu bringen. Francesco, der sich zerschlagen und müde fühlte, nahm das Angebot gern an. Eine Minute später bedauerte er seine Entscheidung. Pierre gehörte offenbar zu jenen Zeitgenossen, die im tiefliegenden Sitz eines Sportwagens unweigerlich von Omnipotenzgefühlen übermannt wurden und mit lockeren 90 Stundenkilometern durch innerstädtische 50er-Zonen jagten. Eine Viertelstunde später, nachdem sie eine rote Ampel überfahren hatten und beinahe mit einem anderen Auto kollidiert wären, kamen sie mit quietschenden Reifen vor dem Kölner Hauptbahnhof zum Stehen.

»So eilig hatte ich es überhaupt nicht«, brachte Francesco heraus, nachdem er wieder sicheren Boden unter den Füßen hatte. »Mein Zug fährt erst in gut einer Stunde.«

»Die Zeit und die Gezeiten warten auf keinen … Apropos, bevor ich's vergesse, hier ist noch etwas Geld, für die Getränke gestern.« Er zog zwei Hundert-Mark-Scheine aus der Tasche und reichte sie Francesco.

»Schon in Ordnung, keine Ursache.«

»Sei nicht dumm – du brauchst das Geld mehr als ich. Intelligente Wesen brauchen kein Geld.« Er zwinkerte ihm zu. »Mach's gut … und bis in einer Woche in London, *ciao*!«

Er zog die Autotür zu und raste mit aufheulendem Motor davon, so dass sich alle Umstehenden umdrehten und ihm hinterhersahen.

3

Berlin, Wittenberg

Allein zu reisen ist nicht dasselbe wie in Gesellschaft zu reisen, lautet eine alte Binsenweisheit. Die fünfstündige Fahrt von Köln nach Berlin schien sehr viel länger zu dauern, als die Zeiger seiner Uhr angaben. Nach den Abenteuern der vergangenen drei Tage erschien ihm die Zugfahrt mit einem Mal gähnend langweilig und er war von einer seltsamen Rastlosigkeit erfüllt. Immer wieder kehrten seine Gedanken zu Pierre, Vanessa und dem merkwürdigen Päckchen zurück, und das alles huschte ihm so geschwind durch den Kopf wie die Landschaft, die vor dem Fenster vorbeizog.

Er drehte das Päckchen hin und her, hielt es gegen das Licht, schüttelte es vorsichtig und lauschte, ob er etwas hören konnte, schnupperte sogar daran, hatte aber nicht den geringsten Ahnung, was sich darin befinden könnte. Enthielt es wirklich Dokumente? Oder schmuggelte er Geld? Ein kleines Kunstwerk? Drogen? Unmissverständlich klar waren nur die Anweisungen zur Ablieferung des Umschlags: Nach seiner Ankunft am Bahnhof Amsterdam Centraal sollte er die und die Straßenbahn nehmen, an der und der Haltestelle aussteigen, zu Fuß geradeaus weitergehen, anschließend links abbiegen etc. Knappe, präzise Angaben in bester Agententhriller-Manier. Aber warum die schmeichelnden Worte von Vanessa? Und warum wollte sie nicht, dass er Pierre davon erzählte? Je mehr er darüber nachdachte, desto mehr beschlich ihn das Gefühl, dass er sich darauf nicht hätte einlassen sollen.

Drückende Asphalthitze schlug ihm entgegen, als er aus dem Zug stieg. Vor dem Bahnhof wurde er vom durchdringenden Geruch gerösteter Zwiebeln begrüßt. Er fragte den Verkäufer am Hotdog-Stand, halb auf Englisch, halb auf Deutsch, wo es zum Brandenburger Tor oder zum Alexanderplatz gehe. Aber der Mann schien ihn nicht zu verstehen und fuchtelte nur mit den Armen, bis Francesco kapierte, *nein*, er könne nicht zu Fuß dorthin, er müsse die U-Bahn nehmen. Er nickte, dankte dem Hotdog-Verkäufer und trottete würstchenkauend davon.

Der Alexanderplatz war eine Enttäuschung. Er brauchte alles in allem keine Viertelstunde, um dorthin zu kommen, um sich dort umzusehen und gleich wieder zu flüchten. Zu dieser Tageszeit war der Platz verlassen, und seine Leere machte alles noch grässlicher. Er war nichts als ein großer geometrischer Raum ohne jeden architektonischen oder ästhetischen Anspruch: die Verkörperung funktionaler Architektur, wie sie grauer nicht sein konnte. Das Ganze, dachte Francesco, musste sich jemand in einem stalinistischen Planungsbüro an einem schwülheißen Nachmittag wie diesem ausgedacht haben, zwischen einer Tasse schwarzen Tee und einer filterlosen Zigarette, während ein klappriger sowjetischer Ventilator vor sich hin gedröhnt hatte.

Das Brandenburger Tor war nicht viel interessanter. Es war älter, ja, und hatte sich mit der Quadriga und den Reliefs an den Innenseiten der Durchfahrten etwas von seiner Erhabenheit bewahrt, trotzdem wirkte es auf ihn als Ergebnis kalkulierter imperialistischer Propaganda und war von der gleichen pompösen Rhetorik erfüllt wie die Nachfolgebauten aus der Sowjetära. Francesco musste an die Fernsehbilder drei Jahre zuvor denken: an die tanzenden, feiernden Menschen, die Jugendlichen, die freudetrunken und bierselig die »Ode an die Freude« und obszönere Lieder gesungen hatten. Und die Mauer kleingehämmert hatten. Sie hatten Geschichte geschrieben. Was war von der Mauer jetzt noch übrig – von dem Hass, der Teilung, dem Leiden, das sie verursacht hatte? Mauerreste, Steinbruchstücke, ordentlich verpackt in kleine Plastikbeutel, die man für eine D-Mark das Stück erwerben konnte – eine D-Mark für ein buntes Stück Geschichte …

Es war Viertel nach zwei, und er war mit den Hauptsehenswürdigkeiten Berlins schon durch. Was jetzt? In den nächsten Zug springen und woandershin fahren? Sich den Bahnhof Zoo ansehen? Dann fiel ihm die Deutsche ein, die er vor einigen Tagen im Zug nach Bologna kennengelernt hatte. Sie hatte ihm gesagt, er solle sich melden, falls er in Berlin wäre. Er kramte in der Tasche nach seinem Notizbuch. Elke. Elke Wassermann, Rheinsberger Straße, Berlin. Ja. Vielleicht könnten sie spazieren gehen, wenn sie Zeit hatte. Oder sie konnte ihm sagen, was sonst noch einen Besuch lohnen würde. Er beschloss, sie anzurufen.

Nach dem ersten Klingeln meldete sich eine tiefe, dröhnende Stimme. Francesco war im ersten Moment sprachlos, schaffte es dann aber, ein paar Brocken Deutsch zusammenzustoppeln und zu fragen, ob Elke zu sprechen sei. Kurz darauf war sie am Telefon. Sie freute sich, von ihm zu hören, wollte auch gern etwas mit ihm unternehmen, hatte aber am Nachmittag keine Zeit.

»Vielleicht können wir uns ja abends auf eine Pizza treffen«, sagte sie. »Und auf eine Partie Schach?«

»Das wäre toll.«

»Um halb neun, Pizzeria Fortuna in der Schöneweider Straße. Das ist nicht weit von meiner Wohnung.«

Er brauchte eine Weile, bis er sich Adresse und Wegbeschreibung notiert hatte, dann war gerade noch Zeit, um sich zu verabschieden, bevor die letzte Münze durchrutschte und die Verbindung beendet wurde.

Er schlenderte zum nahegelegenen Pariser Platz und pfiff vor sich hin ... Sogar das alte Ostdeutschland mit seinen Lastwagen, Baukränen, Baggern, Baustellen und Schlaglöchern wirkte urplötzlich sehr viel freundlicher. Francesco sah auf seine Uhr, und eine alte literarische Erinnerung brachte ihn auf die Idee, wie er die Zeit bis zum Abend herumbringen könnte.

Er sprach eine junge Frau auf der Straße an. Ob sie ihm sagen könne, wie er nach Wittenberg komme? Sie schüttelte ihre blonden Haare: Sie sprach kein Wort Englisch.

»Wittenberg?«, wiederholte er.

»Ach ja, Lutherstadt Wittenberg?«, antwortete sie auf Deutsch.

Er nickte. Lächelnd schrieb sie ihm das Wort »Ostbahnhof« in sein Notizbuch und zeigte zur S-Bahn-Station. Mit den Fingern deutete er an, ob er zu Fuß dorthin laufen könne, aber sie schüttelte nur den Kopf und lächelte ihn an.

»Alles in diesem Land ist so schön«, dachte er sich. »Ich könnte mich geradewegs in die nächste Straßenlaterne verlieben.«

Er dankte ihr, rannte zur nächsten S-Bahn-Station und erreichte gerade noch den Zug nach Wittenberg.

Die Stadt samt ihren wirklichen und erfundenen Persönlichkeiten übte eine ungeheure Faszination auf ihn aus. Ehrfürchtig saß er unter der Eiche, wo Luther die päpstliche Bulle verbrannt hatte, was seine Exkommunizierung nach sich zog. Mit melancholischen Glücksgefühlen streifte er durch die gepflasterten Altstadtgassen und stellte sich einen abgezehrten Hamlet vor, der Arm in Arm mit Güldenstern und Rosenkranz nach einem Zechgelage durch die Straßen wankte – und dann sah er den Schatten des einsamen, desillusionierten, der Welt überdrüssigen Doktor Faustus vor sich, der in sein düsteres Arbeitszimmer zurückeilte.

Am besten aber gefiel ihm an Wittenberg, dass es kaum Touristen gab. Ihm begegneten lediglich zwei Amerikaner, Vater und Sohn, die, mit Rucksäcken und riesigen Kameras bewaffnet, dieses und jenes der Vergänglichkeit entreißen wollten – den Marktplatz mit seinen Statuen und Tauben, die Kirchen, die Häuser und die Tür, an die der protestantische Reformator seine fünfundneunzig Thesen angeschlagen hatte. Als sie hinter sich Francesco bemerkten, fragten sie ihn, ob er wisse, wer Eigentümer des »Schlosses« sei.

»Es will sich mir nicht erschließen, ob das Schloss wirklich König Luther gehört hat«, sagte der Vater.

»Es steht hier nicht auf Englisch«, fügte sein lockenköpfiger Sohn an, »und die Schrift sieht so komisch aus.«

Francesco warf einen Blick auf den Text in Frakturschrift, schüttelte bedauernd den Kopf, zuckte mit den Schultern und ging weiter. Nach einer schnellen Runde durch die Altstadt kehrte er zum Bahnhof zurück, um den Zug um achtzehn Uhr fünfzehn nach Berlin zu erreichen.

Der Zug ratterte durch das flache Land, mit einem Mal aber wurde er langsamer und kam, als sie sich einem winzigen Bahnhof näherten, ganz zum Halt. Fünf Minuten verstrichen, dann zehn. Der Zug rührte sich nicht. Francesco trommelte mit den Fingern auf die Oberschenkel, warf unruhige Blicke aus dem Fenster und sah fragend zu den beiden älteren Mitreisenden hinüber, die mit ihm im Abteil saßen. Nach weiteren zehn Minuten, die ihm wie eine Ewigkeit vorkamen, zog ein Schaffner die Tür auf und grummelte etwas auf Deutsch. Die beiden Mitreisenden erhoben sich stöhnend und nahmen ihr Gepäck, woraus Francesco schloss, dass ihnen nahegelegt worden war, den Zug zu verlassen. Er versuchte sie nach dem Grund dafür zu fragen, aber beide schienen ihn nicht zu verstehen.

Bald darauf standen alle Reisenden auf dem Bahnsteig der kleinen Station mitten im Nirgendwo. Alle bewahrten die Ruhe, als wäre überhaupt nichts passiert und als würde jeden Moment ein Space Shuttle zu ihrer aller Rettung kommen. Jedenfalls regte sich niemand auf oder begann lauthals zu fluchen oder stampfte vor Wut mit dem Fuß auf, wie es in Italien in einer solchen Situation – die eher die Regel als die Ausnahme war – geschehen wäre. Die Leute blieben ruhig, lasen ihre Zeitung und sahen hin und wieder mit einem Ausdruck der Gleichgültigkeit auf, wie ihn auch weidende Kühe ihrer Umwelt entgegenbrachten. Francesco war zum Schreien zumute.

Unter den Reisenden entdeckte er auch den amerikanischen Vater mit seinem Sohn, die er nun ganz direkt ansprach. Wenn sie es richtig verstanden hatten, schien ein Güterzug vor ihnen liegengeblieben zu sein, der nun die Strecke nach Berlin blockierte.

»Ein deutscher Zug, der liegenbleibt? Das kann doch nicht sein!«

»Es soll noch mindestens eine Stunde dauern«, sagte der Vater, »bis die Strecke wieder frei ist.«

Francesco sah auf die Uhr: Seine Verabredung mit Elke würde er nie und nimmer einhalten können. Vielleicht konnte er sie wenigstens anrufen und ihr Bescheid geben.

Er ging zu dem kleinen Bahnhofsgebäude, suchte nach einem Stationsvorsteher, spähte in ein Zimmer, dessen Tür nur angelehnt war, und fragte den Mann drinnen, ob es irgendwo ein öffentliches Telefon gebe. Der Mann streckte lässig den Arm aus und wies auf das Ende einer langen Schlange von Menschen, die am einzigen Telefon im Bahnhof warteten. Niedergeschlagen kehrte Francesco zu den beiden Amerikanern zurück, die mittlerweile Anzeichen beginnender Ungeduld zeigten. Sie wollten nämlich am Abend noch ihre Maschine nach Los Angeles erreichen und hatten nicht die geringste Lust, in dem gottverdammten Nest festzusitzen und Gefahr zu laufen, nicht rechtzeitig zum Flughafen zu kommen.

»Wir brauchen ein Taxi«, sagte Francesco.

»Wo sollen wir hier ein Taxi auftreiben?«, erwiderte der Vater und sein Sohn nickte stumm.

Francesco schlug vor, sich an die Straße zu stellen, um eine Mitfahrgelegenheit nach Berlin zu ergattern. Die Amerikaner begrüßten den Vorschlag mit Begeisterung und verloren keine Zeit, den Daumen in die Höhe zu recken, kaum dass sie an der Straße standen.

Das erste Fahrzeug, das anhielt, war ein mit verchromten Stoßstangen, Spoilern und Drucklufthörnern bestückter LKW. Der Fahrer, ein wuchtiger Wikinger mit nietenbesetzten Armbändern, Pferdeschwanz und Piraten-Ohrringen, grinste sie gutmütig an. Zu beiden Seiten des *Hochentzündlich*-Schilds, das an der Seite des Tankaufliegers angebracht war, prangten zwei große orangefarbene Aufkleber mit Totenkopfschädel und gekreuzten Knochen. Francesco tauschte mit seinen amerikanischen Weggefährten einen kurzen Blick: Jetzt war nicht die Zeit, pingelig zu sein. Sie kletterten in die Kabine und quetschten sich auf die breite Bank neben dem Fahrer. Tim, der amerikanische Vater, meinte leider erwähnen zu müssen, dass sie ihre Maschine in die USA erwischen müssten – was sich der Wikinger nicht zweimal sagen ließ; er schaltete sofort einen Gang rauf und überholte auf den schmalen Landstraßen unter dem Fanfarengeheul seiner Drucklufthörner in halsbrecherischer Manier jedes Fahrzeug, das sich ihm in den Weg stellte.

Als sie endlich eine U-Bahn-Station am äußersten Stadtrand von Berlin erreicht hatten, war es halb neun. Francesco bat darum, abgesetzt zu werden, äußerte schnell noch ein paar Worte des Danks und spurtete los.

Er rannte und rannte, sprang von einem U-Bahn-Zug in den nächsten, tigerte den Bahnsteig auf und ab, wenn er auf den Anschluss warten musste, studierte ungeduldig die Karte von Berlin, die Tim ihm freundlicherweise gegeben hatte, berechnete die Minuten und Sekunden, die er noch brauchte, um sein Ziel zu erreichen. Dann war er wieder unterwegs, lief Rolltreppen hinauf, Treppenfluchten hinunter, durch düstere Straßenzüge, eine hell beleuchtete Straße, auf der heitere, gleichgültige Passanten unterwegs waren, – stolperte, wurde langsamer, hielt kurz inne, verschnaufte, wischte sich den Schweiß von der Stirn und sah immer wieder auf seine Uhr … Und schließlich stand er völlig erschöpft und verschwitzt vor dem Neonschild der Pizzeria Fortuna. Es war fast zehn Uhr.

Der Kellner musterte ihn misstrauisch, als er mit schweißnassem T-Shirt eintrat, sich verzweifelt umsah und Elke suchte – die natürlich nicht da war. In atemlosem Italienisch erzählte Francesco, dass er um halb neun mit einem Mädchen verabredet gewesen war, es aber nicht rechtzeitig geschafft habe. Der Kellner rief seinen Chef, Nino, der ihm erzählte, dass kein Mädchen allein am Abend gewartet und auch sonst niemand eine Nachricht hinterlassen habe.

»Vergiss die deutschen Frauen«, fügte Nino noch an, *»so' tutte pazzariell'.«*

Er bot Francesco eine Pizza und ein kühles Bier an und gestattete ihm, die Angestelltendusche im ersten Stock zu benutzen. Als guter *compatriota* versuchte er ihn zu trösten, indem er ihm einige Anekdoten über die »deutschen Weiber« auftischte, Francesco aber war in Gedanken ganz woanders, lächelte pflichtschuldig und hätte sich innerlich in den Hintern treten können, weil er die Verabredung mit Elke verpasst hatte.

Als er die Pizzeria verließ, hatte er nicht die geringste Ahnung, wohin er sollte – nach links oder rechts, nach Norden oder Süden. Er hatte keinen Schlafplatz, und um noch eine Jugendherberge aufzutreiben, war es zu spät. Dann kam ihm eine Idee, an die er sich klammerte wie ein Schiffbrüchiger an ein Stück Treibholz: Er würde zum nächsten Bahnhof fahren und einfach den nächsten Zug nehmen, egal wohin.

Es gab einen Zug um Viertel vor eins nach Prag und einen um Viertel nach elf nach Lund in Schweden – ihm blieben also nur wenige Minuten, um sich zu entscheiden. Er wäre sehr gern nach Prag gefahren, aber die Vorstellung, eineinhalb Stunden in einem Wartesaal zuzubringen, gefolgt von neuerlichen fünf Stunden im Zug, war wenig angenehm. Die Fahrt nach Lund dauerte länger und war sicherlich nicht weniger anstrengend. Aber wenigstens konnte er gleich in den Zug und dort mit ein bisschen Glück ein paar Stunden Schlaf finden.

Leider war der Zug nach Lund ziemlich voll. Er ging von Waggon zu Waggon, fand aber kein einziges Abteil, in dem er die Füße hätte ausstrecken können. Schließlich entdeckte er ein Abteil, in dem nur zwei Mädchen saßen, und ließ sich dort nieder. Kurz vor der Abfahrt tauchten allerdings drei weitere Fahrgäste auf und nahmen die letzten noch verbliebenen Plätze ein. Das würde eine schlaflose Nacht werden.

4

Lund, Stockholm, Helsingør, Kopenhagen

Neben den beiden Mädchen, die Freundinnen oder Schwestern zu sein schienen, bestanden Francescos Reisegefährten aus einem schlacksigen, jungen blonden Mann mit blassem, hohlwangigem Gesicht, einer Frau, wahrscheinlich einer Französin – nach der *Le Monde* zu schließen, die sie auf ihren Knien ausbreitete, und dem gezierten Großstadtlächeln, das nicht von ihren Lippen weichen wollte –, sowie einem weiteren jungen Mann, stämmig, ebenfalls blond, allerdings rotgesichtig und mit einer Lederjacke bekleidet, die ihm zwei Nummern zu klein war und die jede anständige Wohltätigkeitsorganisation nicht mehr angenommen hätte. Nach nur wenigen Minuten gab er zur Erheiterung der anderen sonore Schnarchgeräusche von sich.

Wie so oft erwies sich das Lachen als Katalysator und brachte ein Gespräch in Gang, so dass bald darauf über dieses und jenes geredet wurde. Die beiden Mädchen waren in der Tat Schwestern, die nach den Ferien in den österreichischen Alpen nach Norwegen heimkehrten – sie hatten eine lange Reise hinter und eine noch längere vor sich. Der junge Mann mit dem blonden Bob hieß Christer, promovierte an der Universität Lund und hatte in Berlin einen Freund besucht. Francesco stellte sich als Student der englischen und russischen Literatur an der Universität Rom vor. Die Französin – eine attraktive, elegante, etwa fünfunddreißigjährige Frau mit langen dunklen Haaren – nahm am Gespräch nicht teil und blieb in ihre *Le Monde* vertieft. Nur hin und wieder sah sie von der Zeitung auf, so, als wollte sie zu verstehen geben, dass sie für so kindisches Geschnatter keine Zeit habe.

Irgendwann kamen sie auf Literatur zu sprechen. Jemand zitierte ein von einem deutschen Romantiker verfasstes Gedicht über die Natur, nachdem Francesco erklärt hatte, dass er die vom Menschen erschaffene oder erdachte Kunst der Natur vorziehe und daher lieber Städte, Museen und Kunstgalerien besuche, statt mit dem Wald Zwiesprache zu halten. Astrid, eine der norwegischen Schwestern, meinte, nichts gehe über die Schönheit der Natur, und der Mensch könne in seinen Kunstwerken immer nur danach streben, die Komplexität und Vollkommenheit der Natur nachzuahmen. Christer hingegen stimmte mit Francesco überein und sagte, die Werke des Menschen seien die Vervollkommnung dessen, was in der Natur zu finden sei, und aus diesem Grund »höchster Ausdruck alles Geschaffenen«. Worauf Francesco zur Untermauerung seiner Ansicht Keats zitierte, wonach »ein Ding der Schönheit Freude auf ewig« sei.

»Was man in einem Zugabteil alles so sagt«, kam es kopfschüttelnd von Astrid.

Nach etwa einer Stunde wurden die Lichter ausgeschaltet. Francesco fiel in einen angenehmen Schlummer, der nur zweimal vom Schaffner unterbrochen wurde, der die Fahrkarten kontrollierte.

Gegen halb fünf Uhr morgens wurden sie jedoch alle aufgeschreckt. Ein Zug in Gegenrichtung ratterte mit hoher Geschwindigkeit vorbei, so dass der Luftzug mit einem Knall das gekippte Fenster zuwarf. Selbst der junge Mann in der Lederjacke fuhr hoch, sah sich verschlafen und lächelnd um, bevor er sich in einer Sprache an Francesco wandte, die dieser nicht kannte.

Verwirrt sah Francesco zu Christer und Astrid, die auch nur die Augenbrauen hochzogen und amüsiert lächelten.

»Tut mir leid, ich verstehe dich nicht«, antwortete Francesco.

Aber der Lederjackentyp ließ sich davon nicht beirren. Blinzelnd nickte er in Richtung der Französin, die neben Francesco saß, lächelte sie mit seinen gelben Zähnen an und sagte wieder etwas.

»Tut mir leid. *Non capisco. Nicht verstehen.*«

Der andere redete nun ununterbrochen auf Francesco ein, immer mehr und immer schneller. Die Französin hatte irgendwann genug, erhob sich und suchte sich einen Platz draußen im Gang. Der junge Mann in der Lederjacke legte mittlerweile eine gewisse Ungeduld an den Tag. Er ließ sich neben Francesco nieder, zog einen Zettel und einen Stift aus der Tasche, kritzelte einige Buchstaben darauf und dazu ein paar Zeichnungen, um sich verständlich zu machen. Dann kehrte er auf seinen Platz zurück und murmelte, sichtlich unzufrieden mit sich selbst, leise vor sich hin.

»Govorit' po-russki?«, versuchte es Francesco, der im Februar sein erstes Russisch-Examen absolviert hatte.

»Moj drag!«, rief der andere aus. *»Ti govorisch po-russki?«*

Und damit war Francesco nun wirklich sein Freund. Sofort ließ sich der Lederjackentyp wieder neben ihm nieder und zog aus seiner Brieftasche ein Foto seiner Freundin Ewa und aus der Jackentasche eine Flasche Wodka, und so sehr Francesco sich auch sträubte und dankend ablehnte, er musste einen kleinen Schluck nehmen – einen nur, ach, komm schon –, Widerstand zwecklos. Mit einem Mal aber wurde er ernst und fragte: *»Pasport? U tebja jest pasport?«*

Francesco schüttelte den Kopf, nachdem er wieder nichts verstanden hatte.

»Jest u tebja pasport? U tebja pasport jest?«, wiederholte der junge Mann und zog aus seiner Jacke einen ganzen Packen Pässe, die er wie ein Akkordeon auffächerte. *»Bes problem, bes problem …«*, fuhr er fort und legte Francesco den Arm um den Hals. *»U tebja djengi jest, moj drag? Djengi?«*

»Djengi?«, fragte Francesco verwirrt.

»Djengi … djengi …«, wiederholte er eindringlich und holte ein Bündel Dollarscheine aus der Brieftasche.

Christer erklärte, dass der junge Mann ihm für die Einreise nach Schweden offenbar einen Pass verkaufen wolle.

»Ich hab einen italienischen Ausweis.«

»Der reicht nicht«, erklärte Christer, »außer du reist mit jemandem aus Schweden, der dich zu sich eingeladen hat.«

»Das habe ich nicht gewusst.«

»Keine Sorge«, kam es von Christer. »Ich bürge gern für dich.«

»U tebja pasport jest? Pasport …«, sagte der andere und stieß ihn dabei immer wieder an.

Francesco schüttelte entschieden den Kopf, sein neuer Freund schien sich daraufhin überhaupt nicht mehr zu beruhigen. *»Bes problem, bes problem moj drag …«*

Und als es den Anschein hatte, dass das alles nicht mehr absurder werden konnte, kam die Französin zurück, und »Moj-drag« sprang von ihrem Platz auf und verbeugte sich feierlich, dann nickte er ihr lächelnd zu und ließ in seiner unverständlichen Sprache – Bulgarisch? Ungarisch? – ein Feuerwerk an Kommentaren ab, die nicht nur an sie, sondern an alle im Abteil gerichtet waren.

»Ferme-la, espèce de vouyou!«, entgegnete konsterniert die Französin.

»Nu ligger du illa till!«, fiel Christer mit ein.

»Det er for sent …«, sagte Astrid.

»Che Babele!«, fügte Francesco hinzu.

Schließlich brachen sie in schallendes Gelächter aus. Nur »Moj-drag« schüttelte missmutig den Kopf und murmelte etwas vor sich hin, bis er es sich wieder auf seinem Platz bequem machte, in Schweigen verfiel und bald darauf eingeschlafen war.

Gegen halb sieben kamen zwei Grenzschutzbeamte in ihr Abteil und verlangten die Papiere zu sehen. Als Francesco seinen Ausweis vorzeigte, wurde er etwas auf Schwedisch gefragt, und Christer bestätigte, dass er mit ihm unterwegs sei und nur wenige Tage in Schweden bleiben würde. Dann war »Moj-drag« an der Reihe. Es stellte sich heraus, dass er Pole war. Die Grenzbeamten inspizierten seinen Pass, tauschten einen Blick aus und baten ihn, mit zur Grenzstation zu kommen. Der junge Mann, der sich noch den Schlaf aus den Augen rieb, versuchte schimpfend Einspruch einzulegen und wandte sich hilfesuchend an Francesco.

»Moj-drag …«

Das Letzte, was sie von ihm sahen, war, wie er widerwillig aus dem Zug stieg und von den Beamten weggeführt wurde. Noch immer protestierte er heftig gestikulierend und zeigte seinen Pass und das Foto seiner Freundin vor. Einige Minuten später rollte der Zug auf die Fähre nach Schweden.

Während der Überfahrt hatte Francesco Gelegenheit, Christer etwas näher kennenzulernen. Dieser promovierte in Philosophie und Theologie und ließ es sich nicht nehmen, sich bei der Suche nach der unerreichbaren Wahrheit an das lateinische Sprichwort *»in vino veritas«* zu halten – oder, genauer, *»in spiritus veritas«* –, weshalb sich in seinem Rucksack ganze fünf Liter Whisky, Wodka und anderes Hochprozentiges befanden.

»Auf dem Kontinent ist es einfach viel billiger«, erklärte er. »Würde es dir was ausmachen, zwei oder drei

Flaschen zu übernehmen, bevor wir durch den Zoll müssen?«

Als Belohnung für den Alkoholtransport lud Christer ihn für ein paar Tage zu sich nach Lund ein. Christer teilte sich seine Wohnung mit einem finnischen Studenten, Kimmo, einem Mädchen namens Anne und ihrer irischen Freundin Kyle, die am nächsten Tag abreisen würde.

Nach ihrer Ankunft frühstückten sie im Wohnzimmer. »Hübsch«, sagte Francesco, nachdem er sich umgesehen hatte. »Das muss ja ein Vermögen kosten.«

»Wie meinst du das?«, antwortete Christer, während er sich Butter aufs Brot strich. »Wir zahlen nichts. Es wird alles vom Staat subventioniert. Wir müssen uns dafür nur von Zeit zu Zeit um Alte und Behinderte kümmern.«

»Du willst mir sagen, der schwedische Staat gibt euch eine nagelneue, topmodern eingerichtete Wohnung, und dafür müsst ihr nur ein paar Stunden Sozialarbeit leisten?«, rief Francesco erstaunt aus. »Das ist ja fantastisch!«

»Das ist schrecklich«, erwiderte Christer. »Wir leben in einem Staat, der uns alles abnimmt. Alles wird dir auf einem Silbertablett serviert. Wir müssen uns noch nicht mal Sorgen machen, keine Arbeit zu bekommen.«

»Na ja«, sagte Francesco, »in Italien gibt es keine Arbeit, dir wird nichts serviert, und das Silbertablett und das Silberbesteck hat sich die Regierung unter den Nagel gerissen.«

»Was redest du da? Italien ist ein herrliches Land.«

»Italien ist ein Land, wo alles möglich ist – falls du skrupellos genug bist.«

»Tja, dann weiß ich auch nicht, welches Land jetzt schlimmer ist«, sagte Christer in gespielter Verzweiflung.

»Vielleicht sollte man sich dazu mal die Selbstmordraten ansehen«, versuchte Francesco zu witzeln.

Er sah aus dem Fenster auf die nüchterne Steinfassade der sich in der Ferne abzeichnenden Domkyrka und den bleiernen Himmel darüber. Was man in Schweden jedenfalls nicht bekam, war schönes Wetter – und Francesco bezweifelte, dass die sonst so effektiven schwedischen Behörden daran etwas ändern konnten. Daher also der Bedarf an Whisky und Wodka, ging es ihm durch den Kopf. Irgendwie musste man sich dieses eintönige Grau, das das ganze Leben umgab, ja schöntrinken.

Am Abend begleitete Francesco Christer und seine Wohnungsgenossen in eine Studentendisco. Kyle, die ebenfalls mitgekommen war, saß neben Francesco, und beide sahen den anderen beim Tanzen zu.

»Du fährst morgen nach England zurück?«, fragte Francesco.

»Ja. Ich muss mich wieder an meine Promotion setzen.«

Sie unterhielten sich über ihr Studium, und da die Musik sehr laut war, mussten sie sich oft gegenseitig ins Ohr brüllen, wobei sich ihre Gesichter immer wieder berührten.

»Schau mal, wie Christer tanzt«, sagte Francesco. »Er sieht aus wie Nena, wenn sie ›99 Luftballons‹ singt.«

Kyle brach in schallendes Gelächter aus – das laute, herzhafte Lachen eines irischen Mädchens vom Land.

»Im Ernst, schau ihn dir doch an«, fuhr Francesco fort, »entweder bricht er gleich zusammen oder seine Arme sind zu lang.«

»Oh, hör auf!«

Sie holten sich ein weiteres Getränk und unterhielten sich, so gut es ging, bis Kyle mit dem Finger plötzlich über Francescos Gesicht strich.

»Du bist süß«, sagte sie.

»Du bist mehr als süß.« Er streichelte ihre kastanienbraunen Haare. »Du bist schön.«

»Wollen wir in die Wohnung zurück? Ich möchte dir ein Abschiedsgeschenk geben.« Sie lächelte.

Zehn Minuten später rollten sie kichernd auf dem Wohnzimmerboden herum und zogen sich gegenseitig aus, dann kuschelten sie sich auf der Matratze zusammen, auf der Francesco schlafen sollte, zogen die Decke über sich und küssten sich, bis die Eingangstür aufging – und sie erstarrten. Sie hörten Schritte, dann Stille. Dann, wie jemand den Kühlschrank öffnete und wieder schloss.

»Das muss Anne sein«, flüsterte Kyle seufzend, »die ist immer so eine Spaßbremse.«

»Pssst.«

Kurz darauf wurde die Wohnzimmertür einen Spaltbreit geöffnet, und die hoch aufgeschossene Silhouette von Christer war zu erkennen, der in der Hand eine

Flasche hielt. Kyle suchte unter der Decke Zuflucht und war mucksmäuschenstill.

»Schläfst du schon, Francesco?«

Francesco ließ sich bewusst Zeit mit der Antwort. »Nein.«

»Ich hab Rotwein dabei.«

Wieder eine lange Pause.

»Ich bin auf Antibiotika.«

Kyle kicherte leise in die Matratze. Wieder folgte ein langes Schweigen.

»Ich werde morgen siebenundzwanzig. Magst du mir einen Kuss geben?«

»Ähäm … Heute nicht, danke.«

Kyle stopfte sich die Decke in den Mund und biss mit aller Kraft darauf, um nicht lauthals loszuprusten. Die Tür wurde geschlossen, ging aber im nächsten Moment wieder auf.

»Keine Sorge, ich werde keinen verführen, der sich nicht verführen lassen will.« Christers Silhouette verharrte im Türrahmen.

»Ist okay. Dann gute Nacht.«

Wieder wurde die Tür geschlossen. Kyle und Francesco blieben noch eine Weile unter der Decke und lachten leise vor sich hin, aber der Zauber war verflogen, und kurz darauf zog Kyle sich an und schlich ins Zimmer ihrer Freundin.

Als Francesco am nächsten Morgen aufwachte, war Kyle bereits mit Anne zum Flughafen gefahren. Sie hatte ihm eine kurze Nachricht hinterlassen:

Vielleicht klappt es ja nächstes Mal. Trotzdem, hat Spaß gemacht. Melde dich, wenn du nach Oxford kommst. Auf der Rückseite sind meine Adresse und Telefonnummer. Ruf an. – Kyle xxx

Christer saß am Küchentisch beim Frühstück und las mit mürrischer Miene in Heideggers *Sein und Zeit.*

»Tut mir leid wegen letzter Nacht«, begann Francesco. »Ich hatte eine ganz schlimme Migräne, deswegen bin ich auch früh ins Bett.«

»Ja, ja«, antwortete Christer, ohne aufzublicken.

»Na ja, jedenfalls alles Gute zum Geburtstag«, sagte Francesco.

»Geschenkt.«

Kimmo kam in einer gestreiften Hose herein und setzte sich gegenüber von Christer auf einen Stuhl.

»Was ist los?«, fragte er.

Während er Kaffee aufsetzte und Frühstücksflocken aß, erzählte er Francesco, dass er am nächsten Tag zur Hochzeit eines Freundes nach Barcelona fahren werde.

»Mit Zwischenstopp in Kopenhagen und Amsterdam. Ich hab dort Freunde. Wir könnten zusammen fahren.«

»Klar.«

Nach dem Frühstück nahm Francesco einen Zug nach Stockholm – eine vierstündige Fahrt, die durch die Erinnerung an die vergangene Nacht mit Kyle etwas angenehmer wurde. Stockholm wirkte auf ihn nüchtern und kalt. Die gleiche Frostigkeit, die auch den Dom von Lund umgab, schien über dem wohl nördlichsten »Venedig des Nordens« zu liegen. Er streifte durch die Straßen, war auf der Suche nach etwas, was sein Interesse wecken könnte, was charakteristisch oder erinnerungswürdig wäre: Aber alles wirkte ebenmäßig, ordentlich, ruhig, sauber – nichts Schroffes, Kantiges fiel ihm auf. Und als er auf dem Köpmantorget auf dem Sockel der Bronzestatue des heiligen Georg mit dem Drachen saß und in der lauen Brise ein Sandwich mampfte, drang ein Sonnenstrahl durch die Wolkendecke und hinterließ auf dem Boden ein längliches Rechteck: Das war der Höhepunkt seines Ausflugs. Am frühen Nachmittag war er bereits wieder auf dem Rückweg nach Lund.

Dort angekommen, stellte er sich bereits auf neue Vorwürfe von Christer ein und machte sich auf dessen ostentatives Schmollen gefasst. Er hätte sich keine Sorgen zu machen brauchen, denn als er die Wohnung betrat, war Christer in bester Stimmung und ebensolcher Gesellschaft. Das Geburtstagskind lag betrunken und nackt in der Badewanne, bei ihm war ein Freund in Ledertanga und Alex-DeLarge-Maske, der eine Flasche Scotch schwenkte und mit Rasierschaum herumspritzte, während beide aus Leibeskräften »Happy birthday, dear Christer … happy birthday to you!« schmetterten.

Auf dem Küchenfußboden fand er eine Botschaft von Kimmo, der bei einem Freund übernachtete und Francesco bat, sich mit ihm am nächsten Morgen gleich am Bahnhof zu treffen.

Am nächsten Tag stand Francesco um sechs Uhr auf, heftete einen kurzen Dankeszettel an die Küchen-

Pinnwand und machte sich auf den Weg zum Bahnhof. Nach der frühen Abfahrt in Lund legten Kimmo und Francesco auf dem Weg nach Kopenhagen in Helsingør als Hommage an den melancholischen Freund Yorick einen Zwischenstopp ein. Aber das zu moderne und zu geleckte Schloss Kronborg, in dem keine unerlösten königlichen Gespenster, sondern nur mit Audio-Guides bewaffnete Touristen herumspukten, wurde Shakespeares Vorstellungskraft alles andere als gerecht. Die Domkirche Sankt Olaf in der Altstadt allerdings war trotz des kahlen Innenraums, der an einen weiß gekalkten Sarg erinnerte, eine angenehme architektonische Überraschung.

Kurz vor Mittag trafen sie in Kopenhagen ein. Kimmos Freund – ein amerikanischer Fauve-Maler namens Brian – lebte in der Freistadt Christiana, der berühmten Kommune. Er teilte sich ein großes, freistehendes Haus mit einem halben Dutzend anderer Kommunarden, unter ihnen ein costaricanischer Stabhochspringer, ein einheimischer Cannabis-Anbauer, eine moldawische Theorbenspielerin und eine Mutter mit Tochter aus Cologno Monzese. Auf dem Rasen vor dem Haus war ein großer Tisch aufgebaut, und den Gästen wurden riesige Curry-Portionen serviert. Die junge Moldawierin aß nichts, sondern saß nur in einer Ecke des Gartens und spielte Barockmusik auf ihrem seltsamen langhalsigen Instrument, dem sie unter den grässlichsten Grimassen die grässlichsten Töne entlockte. Sie hatte lange rabenschwarze Haar, dunkle Augen und trug ein tief ausgeschnittenes schwarzes Kleid. Ihr klapperdürrer weißer Körper wirkte ranker und schlanker als der ihrer Theorbe. Francesco setzte sich neben die Italienerin und war neugierig zu erfahren, wie es sie mit ihrer sommersprossigen vierzehnjährigen Tochter Mirella an einen Ort wie diesen verschlagen hatte.

»Wir waren im Mai auf Urlaub hier«, begann sie auf Englisch und schob ihre Brille von der Nasenspitze nach oben. »Und es hat uns gefallen, also haben wir uns gesagt: ›Weißt du was? *Ma vaffa a tutti quanti* – bleiben wir in Christiana.‹ Das Leben ist schön hier, man hat seine Freiheit. Kein Stress, kein Verkehr, kein Smog, keine Geldsorgen – wir teilen alles. Es ist wie in einer *Phalanstère.* Wir bestellen die Erde, machen Joghurt, bauen Kartoffeln an, Karotten, Tomaten, Salat …«

»Und praktizieren auf dem Feld die freie Liebe«, dachte sich Francesco, dem nicht entging, dass sie ihre Fußspitzen verstohlen gegen sein Bein rieb.

»Und was hast du gemacht, bevor du nach Kopenhagen gekommen bist?«, fragte er und zog beiläufig sein Bein weg, um sie nicht zu kränken.

»Ich war eine *supplente* – wie sagt man? Eine …«

»Eine Aushilfslehrerin.«

»Aushilfslehrerin für italienische Literatur. Zwanzig Jahre lang. Aber heutzutage kann man sich in Italien keine Hoffnung mehr auf eine *cattedra* machen, einen *post fisso.*«

»Eine feste Anstellung«, erklärte Francesco den anderen.

»Ja. Also bleibt uns nichts anderes, als zu *zingari* zu werden – zu Zigeunern – oder ins Ausland zu gehen. Das ist, glaube ich, das eigentliche Motiv. Wir sind Exilanten.«

Spätestens am Nachmittag war jeder betrunken oder high vom Gras, unter anderem Mirella und die moldawische Theorbenspielerin, die irgendwann einen *Totentanz* improvisierte, bevor sie unter einem Maulbeerbaum in sich zusammensank. Kimmo und Brian verkündeten, dass sie auf ein »Nickerchen« ins Haus gehen würden und dabei keinesfalls von jemandem gestört werden wollten. Die Italienerin fragte Francesco, ob er ebenfalls Lust auf ein Nickerchen habe.

»Tut mir leid, aber am Nachmittag schlaf ich nie«, lautete seine Erwiderung. *»Piacere d'averla incontrata.«*

Und nachdem er Kimmo noch eine Notiz hinterlassen hatte, ging er hinaus auf die Straße und nahm den gleichen Weg zum Bahnhof, den er mittags gekommen war.

5

Amsterdam

Kimmo und Francesco nahmen den Abendzug nach Hamburg, wo sie zum Nachtzug nach Amsterdam umstiegen. In den vollen, verdreckten Waggons stand die Hitze. Sie bekamen nicht viel Schlaf während der insgesamt siebzehnstündigen Fahrt, zum Teil wegen eines jungen belgischen Pärchens, bei dem es im angrenzenden Abteil richtig zur Sache ging. Übernächtigt und erschöpft verließen sie gegen Mittag Amsterdam Centraal und traten auf die sonnenbeschienene Stationsplein.

»Ich glaub, ich brauch einen Spliff«, sagte Kimmo.

»Ich glaub, ich brauch auch einen«, sagte Francesco.

Kimmo blieben nur drei Stunden bis zu seinem Anschlusszug, aber er kannte einen Coffee Shop ganz in der Nähe, wo sie etwas essen konnten und erstklassige Joints bekamen.

Nachdem sie einen großen Teller mit surinamesischem Essen verdrückt, ein paar Bier getrunken und zwei lange Joints geraucht hatten, bestand Kimmo darauf, dass Francesco auch einen »space cake« probiere, einen Haschischkuchen, der zu den berühmtesten Spezialitäten der Stadt zählte.

»Ehrlich, ich glaub, das wird mir zu viel«, sagte Francesco.

»Komm schon, du *musst* es probieren«, protestierte Kimmo. »Wofür bist du denn sonst in Amsterdam?«

Also bestellten sie sechs Stücke. Vorsichtig biss Francesco ab. Kimmo musterte ihn eindringlich und lächelte, als wollte er sagen: »Gut, was? Gleich wirst du sehen, wie das reinhaut …« Aber dann vergingen zehn, zwanzig Minuten, eine halbe Stunde, und keine einzige fliegende Untertasse ließ sich blicken. Kimmo hingegen schien schon auf Wolke neun oder elf zu lümmeln.

»Hey, bist du noch da?«, fragte Francesco und rüttelte ihn.

»Nein«, erwiderte Kimmo mit versonnenem Lächeln.

»Wo bist du dann?«

»Auf einem geflügelten Drachen, der auf den Zinnen einer alten Burg hockt.«

»Schön für dich«, sagte Francesco und lachte. »Aber du wolltest in vierzig Minuten zur Hochzeit deines Freundes aufbrechen. Los, wir müssen zum Bahnhof.«

Nach einigen erfolglosen Versuchen gelang es ihm schließlich, seinen Kumpel vom Stuhl zu zerren und hinaus auf die Straße zu verfrachten. Schwitzend bugsierte er ihn zur nächsten Straßenbahnhaltestelle und fuhr mit ihm zum Amsterdamer Hauptbahnhof. Nachdem er Kimmo in den richtigen Zug gesetzt hatte, sah er noch, wie dieser ihm durch das Fenster mit einem friedlichen breiten Grinsen zum Abschied zuwinkte. Francesco verließ das Bahnhofsgebäude, atmete tief durch und wollte sich nur ungern eingestehen, dass er sich irgendwie komisch fühlte – als hätte er Wolle im Kopf. Er atmete noch mal tief durch und beschloss, zu Fuß zu gehen, um die Benommenheit abzuschütteln.

Er zog Vanessas Zettel aus der Tasche und den Amsterdamer Stadtplan, den er sich am Bahnhof gekauft hatte, und versuchte die Adresse zu lokalisieren, wo er das Päckchen abgeben sollte. Der Ort lag anscheinend mehr oder weniger in Fußnähe, warum den Botengang also nicht gleich hinter sich bringen? Er steuerte also direkt den zentralen Platz an, den Dam, hielt sich kaum mit der Betrachtung der touristischen Sehenswürdigkeiten auf, sondern ließ die Nieuwe Kerk hinter sich, erreichte die Raadhuisstraat und marschierte darauf los.

Und begann dabei wie eine Wachtel zu hüpfen – seine Füße liefen von ganz allein. Er hatte keine Ahnung, was plötzlich über ihn gekommen war, aber er war glücklich, er fühlte sich frei wie nie zuvor. Er überquerte die erste Gracht, dann eine zweite, eine dritte, eine vierte. Er folgte der Karte, ließ die Westerkerk rechts liegen, bog nach rechts, dann nach links, ging lange einfach geradeaus, überquerte weitere Kanäle und passierte graue Häuserreihen.

Seine Beine wurden immer leichter, es kam ihm vor, als würde er auf Wolle laufen, und sein Gesicht fühlte sich etwas pelzig an, nahezu taub. Und dann überquerte er einen weiteren kleinen Wasserweg und kam an einem kleinen Park vorbei, bevor er erst in die eine und dann in eine zweite breite Straße einbog, die von hell beleuchteten Alleen gekreuzt wurde, in denen dunkelhäutige Jungen Fußball spielten oder wie kleine schwarze Engel durch die Lüfte schwebten.

Danach war es ganz einfach: Er musste seinen Zettel nur noch einer alten Hexe zeigen, die unter einer Bahnunterführung auf dem Boden hockte. Nicht die erste Straße – sagte sie –, auch nicht die zweite, sondern die dritte auf der linken Seite. Und wenn nicht die dritte, dann die vierte. Er zündete ein Streichholz an, und in der auflodernden Flamme blieb von der Hexe nur noch ein Häuflein Asche übrig. Er musste lachen: Wie einfach das alles doch war. Und er hatte sich schon solche Sorgen gemacht!

Nach wenigen Minuten stand er vor dem Haus, das ihm Vanessa genannt hatte. Es war ein hohes rotes Backsteingebäude mit grauen schmiedeeisernen Balkonen, die auf eine kleine Gracht hinausgingen. Über einen Spielplatz, auf dem die leeren Schaukeln vor- und zurückschwangen und Zeitungsblätter herumflatterten, ging er zum Eingang. Er drückte auf die Klingel, ein heiseres Kreischen ertönte. Die Tür öffnete ihren Rachen, und er stieg in den Aufzug. Es ging hinauf – immer weiter hinauf, als würde der Fahrstuhl im stählernen Schlund des Gebäudes wie von einem unterdrückten Schluckauf nach oben befördert werden –, bis er im fünften Stock war, im fünfzigsten, im fünfhundertsten … Und dann ging es wieder nach unten, der Fahrstuhl hielt nicht mehr an, immer weiter ging es hinunter, obwohl Francesco hektisch auf den Alarmknopf drückte. Dann platzten die Türen auf, und er lief los. Er war nicht allein: Blicke verfolgten ihn. Seine Beine waren immer noch leicht wie Federn, mit großen, schwebenden Schritten setzte er sich über die Gesetze der Schwerkraft hinweg und glitt durch die Luft. Lief durch lange Gänge, die alle gleich aussahen, die alle leer waren und mit grünen Türen bestückt, in denen glotzäugige Spione ihn angafften. In seinem Kopf schrillten tausend kleine Klingeln, die das dröhnende Herztrommeln begleiteten, das er in den Handgelenken, den Schienbeinen, den Schläfen spürte. Er schloss die Augen und lief weiter, schwerelos, ätherisch. Und plötzlich explodierte ein greller Blitz, eine Lichtwand, gegen die seine Seele zu krachen schien. Er hörte jemanden eine Treppe hinunterrennen. Dann Dunkelheit, Vergessen.

Als Francesco wieder zu sich kam, lag er in einem Bett auf einer weißen Krankenhausstation. Er wollte etwas sagen, nachdem er eine wabernde Gestalt erkannte, die sich vor ihm bewegte, aber er brachte nur verschliffene, unverständliche Laute heraus. Kurz schwebte die verschwommene Gestalt über ihm, dann verfestigten sich die Umrisse zu einem Krankenpfleger mit rötlichblonden Haaren, der eine Spritze in der Hand hielt. Lächelnd schob er Francescos Ärmel nach oben. Francesco versuchte sich aufzusetzen, ohne Erfolg: Ihm war, als hätte man ihn in eine Zwangsjacke gesteckt und ans Bett gefesselt. Dann spürte er einen unglaublichen Druck im Kopf. Er nahm den Einstich der Nadel in seinen Arm wahr, und er begann sich zu entspannen, ohne allerdings das Hör- und Sprachvermögen wiederzuerlangen.

An die zwei Stunden verstrichen. Der Krankenpfleger verließ immer wieder das Zimmer, kam zurück und betrachtete ihn mit der gütigen Miene eines Priesters, der einem Sterbenden Trost zusprach. Aber Francesco wusste, dass er nicht im Sterben lag. Er spürte, wie seine Energie zurückkehrte, er hörte wieder Töne und er konnte auch wieder welche äußern.

»Wo bin ich?«, brachte er schließlich heraus.

»In einem Krankenhaus«, erwiderte der Pfleger.

»Was mache ich hier?«

»Sie stehen unter Beobachtung«, erklärte der Pfleger. »Sie haben wahrscheinlich eine Gehirnerschütterung, wir warten, bis sich der Doktor die Röntgenaufnahmen angesehen hat.«

»Wie lange bin ich schon hier?«

»Seit gestern Nachmittag. Jemand hat Sie bewusstlos in einem Haus in Slotermeer gefunden und den Notarzt verständigt und ...«

»Wissen Sie, wo meine Tasche ist?«, unterbrach ihn Francesco. In seiner Stimme schwang ein Anflug von Panik mit.

»Welche Tasche?«

Francesco hatte es befürchtet: Seine Schultertasche und mit ihr Vanessas Päckchen – sowie sein Notizbuch, seine Kleidung und Brieftasche – waren verschwunden. Jemand musste sie gestohlen haben. Was war geschehen? War er unglücklich gestürzt? Hatte er sich den Kopf an der Wand angeschlagen? War er überfallen worden? Er hatte keinerlei Erinnerungen. Er griff zu seiner Hose, die zusammengelegt auf einem Stuhl neben seinem Bett lag, und durchwühlte die Taschen. Zu seiner Erleichterung fand er seinen InterRail-Pass und seinen Ausweis und in der vorderen Hosentasche steckte ein Teil des Geldes, das Pierre ihm geschenkt und das er bei seiner Ankunft in Amsterdam umgetauscht hatte. Und er fand Kyles Zettel, auf dessen Rückseite sie ihre Adresse notiert hatte.

Als der Arzt erschien – ein sonnengebräunter mopsgesichtiger Kerl mit einem Gesicht, das von aufrichtiger Abscheu vor der ganzen Menschheit zeugte –, warf er grummelnd einen kurzen Blick auf die Röntgenaufnahmen und drückte und knetete Francescos Kopf, als prüfe er, ob eine Feige schon reif sei. Bei jeder Berührung entfuhr Francesco ein Stöhnen, und bei jedem Stöhnen sagte der Arzt etwas zu einer Schwester, die mit einer weiteren Spritze bereitstand.

»Au!«, schrie Francesco, als der Arzt eine Stelle über dem rechten Ohr anstupste.

»Das tut weh, was?« Der Arzt stupste weiter.

»Alles in Ordnung?«, fragte Francesco schließlich ungehalten.

»Ja, mir geht es gut, danke«, entgegnete der Arzt.

»Ich meine, mit meinem Kopf.«

»Ich weiß, dass Sie Ihren Kopf meinen«, erklärte der Arzt trocken und sah ihn an.

»Na, und?«

»Na, und? Dann sagen *Sie* mir, was in Ihrem Schädel vor sich geht, junger Mann. Haben Sie Drogen genommen – Cannabis? Eingetaucht in die Traumwelt? Das nämlich legt der Bluttest nahe.«

Trotz der ärztlichen Zurechtweisung fiel das Urteil gut aus, und Francesco kam mit einem engen und auffälligen Verband um Stirn und Schläfen davon. Er blieb allerdings unter Beobachtung und verbrachte den restlichen Tag und die folgende Nacht in unruhigem Schlaf, wobei er träumte, dass er mit einem Ball von der Größe eines ganzen Fußballfelds im Mund singe, dass Vanessa ihn mit einem boshaften Lächeln ansehe, dass er an einem endlosen Wettlauf teilnehme, dessen unerreichbares Ziel oben auf einem steilen Hügel voller Glasscherben lag, und dass die alte, schwarze Witwe ihm sage, er müsse Père Lachaise besuchen … Pièrre … Lachesis …

Früh am nächsten Morgen wurde Francesco aus dem Krankenhaus entlassen. Ein Sonntag. Auf den Straßen lastete eine bleierne Schwere aus Lethargie und Trägheit. Mit Hilfe eines neuen Stadtplans, den er sich in einem Hotel besorgt hatte, machte Francesco sich auf in Richtung Stadtmitte. Bald wurden die Häuser höher und schmaler, die Fassaden waren reicher verziert und nach vorn geneigt, die Giebel kunstvoller gestaltet und mit Balken für Lastenaufzüge versehen.

Den Morgen verbrachte er im Rijksmuseum, wo er mit glasigen Augen und einem flauen Gefühl im Magen die Bilder betrachtete. Am Nachmittag, nach einem kleinen Sandwich, ließ er sich treiben, spazierte an sonnenbeschienenen Grachten entlang und überlegte, ob er seine Reise fortsetzen, ob er nach Hause zurückkehren oder versuchen sollte, mit Vanessa Kontakt aufzunehmen, um sie über den Verlust des Päckchens zu informieren. Er war schon unterwegs in Richtung Bahnhof, um sich dort nach den Abfahrtszeiten zu erkundigen, als er kurzentschlossen seine Schritte wieder nach Slotermeer lenkte.

Der kleine Spielplatz vor dem roten Backsteingebäude erschien ihm auf eine beruhigende Weise solide und wirklich: Die Schaukeln rührten sich nicht, ebenso reglos war das Laub an den Bäumen, und auf der kleinen Gracht waren nur einige Teichhühner zu sehen. Er folgte ihnen zur Gebäuderückseite und entdeckte am Ufer etwas Rotes – es sah aus wie ein völlig durchtränktes, altes Buch. Aufgeregt rannte er den Pfad am Kanal entlang und beugte sich vor, um den Gegenstand aus dem Wasser zu fischen. Aber leider war es nicht sein Notizbuch, sondern nur ein völlig verdreckter, patschnasser Baumwollpullover. Francesco sah sich um, zuckte mit den Achseln und kickte einen Stein ins Wasser.

Niedergeschlagen näherte er sich dem Haupteingang des Gebäudes. Er studierte das Klingelschild, konnte sich aber nicht erinnern, auf welchen Knopf er gedrückt hatte. Angestrengt versuchte er sich an den Namen zu erinnern, den Vanessa ihm aufgeschrieben hatte, oder wenigstens an dessen Wohnungsnummer, aber auch das schien aus seinem Gedächtnis gelöscht. Er wollte schon umkehren und weggehen, als er bemerkte, dass die Haustür offen stand. Er trat ein.

Drinnen rührte sich nichts. Die Türen sahen alle gleich aus, sie waren grün gestrichen, es gab keine Namensschilder, weder an den Türen noch an den Wänden. Francesco schlenderte durch die langen Gänge, von der einen zur anderen Seite der insgesamt sieben Stockwerke, bemüht, irgendeinen Hinweis zu finden, irgendein Detail, an das er sich von seinem ersten Besuch noch erinnerte. Auf dem Rückweg inspizierte er erneut den ersten Stock. Vielleicht bildete er es sich nur ein, aber an der Wand des Treppenaufgangs fiel ihm ein Riss auf, der ihm bekannt vorkam, dazu nahm er einen Geruch wahr, an den er sich ebenfalls zu erinnern glaubte, kurz bevor er das Bewusstsein verloren hatte. Er klopfte an die nächste Tür. Als sich niemand meldete, klopfte er ein zweites Mal, diesmal lauter.

Eine Tür ging auf, allerdings links nebenan. Ein Mann sah heraus und sagte etwas auf Holländisch. Francesco schüttelte den Kopf, worauf der Mann ihn in Englisch ansprach:

»Die steht leer.«

»Wie bitte?«

»Da wohnt keiner. Die Wohnung steht seit geraumer Zeit leer.«

»Oh.«

»Kann ich Ihnen helfen?« Der Mann war mittlerweile in den Gang getreten und hielt ein halb aufgeschlagenes Buch in der Hand. Seine Ähnlichkeit mit Vincent van Gogh war verblüffend – er war ihm wie aus dem Gesicht geschnitten. Es fehlten nur die pelzbesetzte Mütze, die Pfeife und der weiße Kopfverband. Den allerdings hätte Francesco ihm leihen können.

»Möglicherweise«, sagte Francesco und trat näher.

Er erzählte ihm von dem mysteriösen Vorfall am Freitag, von seiner verschwundenen Tasche und dem Päckchen, das er im Haus hätte abgeben sollen, bevor er niedergeschlagen worden war und bewusstlos im Flur gelegen hatte, bis jemand den Notarzt verständigt hatte.

Schweigend hörte der Mann ihm zu, dann sagte er: »Tut mir leid, am Freitag war ich arbeiten. Vielleicht weiß der Hausmeister ja was.«

»Wo finde ich den?«

»Im Souterrain. Wenn Sie am Eingang links nach unten gehen.«

»Vielen Dank.«

»Und, äh« – der Mann, der wie van Gogh aussah, senkte die Stimme – »wundern Sie sich nicht … er ist ein bisschen seltsam.«

»Ach?«, sagte Francesco.

»Er ist Engländer … oder Ire.« Der Mann nickte. »Er heißt hier im Haus nur Mephisto.«

»Mephisto?«

Der Mann neigte den Kopf, nickte vielsagend und fügte hinzu: »Geben Sie mir Bescheid, wenn ich Ihnen irgendwie helfen kann.«

Einigermaßen verwirrt ging Francesco die Treppe hinunter und fand die Tür des Hausmeisters. Schon nach dem ersten zögerlichen Klopfen brach in der dahinterliegenden Wohnung ein lautstarker Tumult aus: Bellende Hunde waren zu hören, unterbrochen nur von einem scharfen, archaischen Knurren. Die Tür ging auf. Im schmalen Spalt erschien ein dünner knochiger Mann um die fünfzig mit Vollbart und langen, fettigen Haaren. Um ihn herum bellte, heulte, jaulte und winselte ein Dutzend Köter. Sie schienen allesamt darauf zu brennen, aus der Wohnung zu stürzen, aus der ein durchdringender Geruch kam.

»Entschuldigen Sie die Störung«, sagte Francesco und machte unwillkürlich einen Schritt zurück.

»Was wollen Sie?«, kam es schroff von Mephisto.

Francesco erzählte mit wenigen Worten von dem Überfall und deutete auf seinen Verband.

»Ja, ich hab's gestern Morgen vom Postboten gehört. Kommen Sie rein«, sagte Mephisto, öffnete die Tür und trat zurück, während sich die Hunde schwanzwedelnd in der Wohnung verteilten.

Francesco schloss die Tür hinter sich und folgte ihm zögernd. Mephisto erwartete ihn in einem kleinen Wohnzimmer. An den karmesinroten Tapeten hingen schaurige Drucke, in einer Ecke, auf einem kleinen Sideboard, lagen einige große, weiße, runde Steine. Der bestialische Gestank war in diesem Zimmer noch bestialischer. Alles war voller Hundehaare.

»Setzen Sie sich«, sagte er, während eine Promenadenmischung an Francescos Hosenbein schnüffelte. »Woher kommen Sie?«

»Aus Italien.«

»Italiano? Oh, amicco mio! Buongionno, como estai?«

»Bene, grazie.«

»Den Eindruck machen Sie mir aber nicht«, warf Mephisto mit einem Grinsen ein. »Cognac, *Vino*, Whisky?«

Er schenkte ein Glas mit rötlicher Flüssigkeit voll und stellte es vor Francesco, der nun aus dem Augenwinkel heraus bemerkte, dass das, was er für Steine gehalten hatte, in Wahrheit Totenschädel waren. Er leerte sein Glas in einem Zug und bekam einen Hustenanfall.

»Gutes Zeug, was? *Molta buona*«, sagte Mephisto. »Im Eichenfass gereift.«

»Aha …« Francesco schüttelte sich noch einmal und sein Blick fiel auf das Jesuskind, das an der Wand hinter ihm hing. Das blutende Herz war mit einem winzigen Schwert durchbohrt.

»Also, was ist? Wollen Sie bei der Polizei Anzeige erstatten?«, fragte Mephisto.

»Anzeige erstatten? Wegen des Überfalls? Nun ja, eigentlich nicht, ich fürchte, es ist zu kompliziert.«

»Was ist daran kompliziert?«

»Also … wie soll ich sagen … eine Frau aus Köln hat mir ein Päckchen gegeben, das ich in diesem Haus abgeben sollte, und das hab ich jetzt verloren … oder jemand hat es sich genommen.«

»Aha, eine internationale Affäre, also … Und was war in diesem Päckchen?«

»Das weiß ich nicht.«

»Das wissen Sie nicht. Hmm … Trinken Sie noch einen Schluck. *Brindiammo.*« Mephisto schenkte ihm ein zweites Glas Whisky ein.

»Ich habe gehofft, Sie hätten vielleicht das Päckchen gefunden … oder meine Tasche, die ist nämlich auch verschwunden.«

»Ich hab nichts gefunden.«

»Nichts?«

»Nein.«

»Aha.«

Francesco trank das zweite Glas, und diesmal ging ihm der Alkohol runter wie glühende Lava und entfachte ein Feuer in seinem Magen. Nachdem er sich vom nächsten Hustenanfall erholt hatte, fragte er:

»Wissen Sie, wer den Notarzt gerufen hat?«

»Keine Ahnung. Das Haus hält mich schon genug auf Trab.« Mephisto schenkte sich ein halbes Wasserglas Whisky ein und kippte ihn weg wie Pfirsichtee. »Aber ich sage Ihnen, was Sie machen können.«

»Was?«

»Sie können die Hausverwaltung bitten, dass sie Ihnen die Videoaufnahmen vom Freitag zeigen.« Er zog das Lesezeichen aus einer abgegriffenen Ausgabe von *Lust for Blood* und reichte es Francesco. »Hier ist die Karte der Hausverwaltung, wenn es Sie interessiert. Das Büro liegt in der Altstadt.«

»Tja, vielen Dank. Dann werde ich da morgen wohl mal hingehen. Vielleicht finde ich etwas heraus.«

»Und ich werde schon mal Bescheid geben, dass Sie kommen. Viel Glück. *In bocca a luppo!*«

»Grazie mille.«

Nachdem er sich verabschiedet hatte, kehrte Francesco noch einmal in den ersten Stock zurück und klopfte an die Tür des Mannes, der ihn zum Hausmeister geschickt hatte.

»Hallo noch mal«, sagte er, als die Tür geöffnet wurde. »Meinen Sie, ich könnte mal kurz Ihr Telefon benutzen?«

Der Mann musterte ihn einige Sekunden lang.

»Ich zahle auch dafür«, sagte Francesco.

»Kein Problem. Kommen Sie rein.«

Francesco folgte ihm ins Wohnzimmer. Es war eine schöne Wohnung mit einer großen Fensterfront und einem Ausblick über die Gracht. Bis auf einige Kartons, die in einer Ecke standen, und einem kleinen Tisch mit zwei Stühlen gab es keinerlei Möbel. Der Mann, der wie van Gogh aussah, musste erst vor kurzem eingezogen sein.

Francesco suchte im Telefonbuch die Nummer der internationalen Auskunft und fragte dort nach Vanessas Nummer, aber sie war nicht aufgeführt. Dann rief er zu Hause bei seiner Familie an, legte aber nach dem dritten Klingeln wieder auf.

»Geht keiner ran«, sagte er.

»Sie können es in ein paar Minuten noch mal versuchen, wenn Sie wollen«, sagte der Mann. »Kann ich Ihnen etwas zu trinken bringen? Einen Tee?«

»Das wäre toll, danke.«

Sie saßen am kleinen Tisch in der Kochnische des Zimmers und tranken grünen Tee.

»Sie sind gerade erst eingezogen?«, fragte Francesco und zeigte auf den Kartonstapel hinter sich.

»O nein. Ich wohne schon seit über drei Jahren hier. Ich bin nur nie dazu gekommen, das Zeug auszupacken.«

Er erklärte, dass er hoffentlich bald aufs Land ziehen könne. Er hasse die tägliche Pendelei zur Arbeit, er hasse Autos und das Chaos in der Stadt und die Luftverschmutzung. Natur und Ruhe, danach sehnte er sich, und obwohl er von Beruf Stadtplaner war, gehörten seine wahren Leidenschaften der Kunst und Literatur. Das veranlasste Francesco zu der Frage nach seinen Lieblingsautoren und -malern, und als die Namen Dante, Goethe und Michelangelo fielen, nahm das Gespräch an Fahrt auf. Auf die erste Kanne Tee folgte eine zweite und eine dritte, aus dem Sie wurde ein Du, und erst als es draußen schon dunkel wurde, räusperte sich Francesco und meinte: »Ich glaube, ich sollte jetzt lieber mal aufbrechen.«

»Wenn du es nicht eilig hast, könnten wir vorher noch etwas zusammen essen«, schlug der andere vor. »Was meinst du? Wollen wir eine Pizza essen gehen? Ich kann natürlich auch was kommen lassen.«

»Wenn du willst, mache ich uns eine Pizza.«

»Du kannst Pizza backen?«

»Klar. Jeder Italiener kann das – lass dich von meinem Turban nicht täuschen.«

Die Zutaten, die sie im nahegelegenen Supermarkt auftreiben konnten, waren nicht die besten. Das Mehl war nicht die richtige Sorte, die Trockenhefe roch nach verfaultem Kohl, und der Mozzarella sah aus wie ein Klumpen alter Knetmasse. Trotzdem wurde das Endresultat, eine mit Pilzen, gelben Paprika und Zucchini belegte Pizza margherita – zu Ehren von Francescos Gastgeber Boudewyn »Pizza Baldovino« genannt –, als großer Erfolg gefeiert.

»Was hat dich eigentlich hierher geführt?«, fragte Boudewyn, während er sich durch die Kruste knabberte.

»Ich bin mit InterRail unterwegs.«

»Ich meine, hier in dieses Haus.«

»Oh.« Francesco nahm einen Schluck von seinem Bierglas. »Das hab ich doch schon gesagt. Ich sollte hier ein Päckchen abgeben, aber das ist zusammen mit meiner Tasche gestohlen worden, und ich weiß auch nicht mehr, für wen es bestimmt war.«

»Verstehe«, sagte Boudewyn nachdenklich. »Was willst du jetzt machen? Hat Mephisto dir weiterhelfen können?«

Francesco erzählte ihm, dass der Hausmeister auch nichts Neues wusste, allerdings bestehe die Möglichkeit, dass der Überfall per Video aufgezeichnet worden war. Da er jedoch kein Geld mehr für ein Hotelzimmer habe, würde er wahrscheinlich irgendeinen Nachtzug nehmen müssen, möglicherweise zurück nach Italien, so dass keine Zeit mehr bliebe, um die Hausverwaltung aufzusuchen.

»Na ja, wenn es dir hilft, kannst du hier übernachten«, sagte Boudewyn. »Ich hab ja viel Platz, wie du siehst. Du kannst meinen Schlafsack haben.«

»Wirklich? Das ist sehr nett.«

Nach einigen weiteren Bieren und einem Glas Whisky fand Boudewyn den Mut, ein paar eigene Gedichte sowie die Übersetzung eines Rilke-Sonetts vorzutragen, das von einem kopflosen Torso handelte – genauso, ging es Francesco durch den Kopf, fühlte er sich an diesem Abend. Als Boudewyn seinen Gedichtvortrag mit dem letzten Vers, »du musst dein Leben ändern«, beendet hatte, war es fast elf Uhr, und trotz der ihm eigenen Höflichkeit und hohen Wertschätzung, die er der Lyrik entgegenbrachte, fand Francesco es an der Zeit, seinen Gastgeber vorsichtig darauf hinzuweisen, dass er sich gern schlafen legen würde. Als die Lichter aus waren, hoffte er Ruhe zu finden, doch die Mischung aus Erschöpfung und Besorgnis hatte die Wirkung eines doppelten Espresso, und so lag Francesco noch lange wach und musste sich seiner verschwommenen Erinnerungen an den Vortag erwehren, bevor er endlich einschlafen konnte.

In der Morgendämmerung wurde er wach, aufgeschreckt durch einen Gedanken, der ihm im Schlaf durch den Kopf gegeistert sein musste. Mit einem Ruck setzte er sich in seinem Schlafsack auf. »Der Postbote!«, stieß er hervor. Er nahm seinen Verband ab und ließ sich wieder zurücksinken. Warum hatte er nicht gleich daran gedacht? Mephisto hatte nur erzählt, was er vom Postboten über den Vorfall gehört hatte. Vielleicht wusste der Postbote etwas. Vielleicht hatte er jemanden gesehen …

Kurz darauf hörte er, wie Boudewyn auf Zehenspitzen zur Küchenzeile schlich und den Kühlschrank öffnete. Er goss sich kalte Milch in eine Schale, gab Cornflakes und Haferflocken dazu, vermischte Müsli und Marmelade in einem Joghurtbecher, strich Butter und Marmelade auf eine Toastscheibe und begann mit seinem Frühstück. Francesco hob den Arm und gab ihm zu verstehen, dass er sowieso wach sei, worauf Boudewyn ihn zu sich an den Tisch winkte. Francesco erzählte von seiner Idee, mit dem Postboten zu reden, und Boudewyn erklärte sich gern bereit, ihm zu helfen.

»Ich ruf im Büro an und sag, dass es bei mir heute später wird«, erklärte er.

Kurz vor acht passten sie am Eingang zum Gebäude den Postboten ab. Boudewyn stellte sich vor und fragte ihn etwas auf Holländisch. Der Postbote legte seine Tasche ab und setzte zu einem ausgedehnten Monolog aus Zisch- und Reibelauten an, an dessen Ende Francesco ratlos vor seinem Freund stand und fragte: »Was sagt er?«

»Er sagt, er stammt ebenfalls aus Friesland. Es gibt dort nicht viele Van der Zouws – er glaubt, er kennt meinen Vater vom Sehen.«

Grinsend stupste Francesco Boudewyn mit dem Ellbogen an. »Frag ihn doch einfach, ob er an dem fraglichen Tag etwas gesehen hat.«

Erneut setzte das Krächzen und Kieksen eines schlecht eingestellten Radios ein. Der Postbote zeigte zum Apartmentblock und breitete die Arme aus, als wollte er das ganze Viertel umarmen.

»Was sagt er?«, fragte Francesco, sobald der andere nach Luft schnappte.

»Er sagt, dass er hier seit über zwanzig Jahren die Post austrägt, damals war hier noch alles unbebaut, und bis vor ein paar Jahren hat hier sogar noch ein Wäldchen gestanden.«

Francesco neigte ergeben den Kopf. Boudewyn lächelte nur und schwang sich zu weiteren Fragen auf. Nach einem längeren ausführlichen Wortwechsel mit dem Postboten dolmetschte Francesco, dass der Postangestellte von dem Vorfall auch nur von jemand anderem erfahren habe – jemand aus dem zweiten Stock habe nämlich die Ankunft des Notarztes miterlebt. Aber von einem Päckchen oder einer Tasche habe er nichts gehört. Daraufhin schulterte der Postbote seine Tasche, verabschiedete sich und machte sich auf seine Runde durch das Gebäude.

»Na, das war nicht besonders ergiebig«, sagte Boudewyn.

»Ist nicht zu ändern. Ich kann es ja noch bei der Hausverwaltung probieren … obwohl das nicht sehr vielversprechend klingt.«

Bevor sich Boudewyn auf den Weg zur Arbeit machte, schrieb er Francesco noch seine Telefonnummer im Büro auf, für den Fall, dass irgendwelche Probleme auftreten sollten. Francesco bedankte sich erneut für die Hilfe und Gastfreundschaft und gab ihm seine eigene Adresse.

»Du musst mich unbedingt mal in Rom besuchen.«

»Darauf kannst du wetten.«

Nach seiner Ankunft bei der Delta Groep B.V., der Hausverwaltung, wurde Francesco von einem jungem Mann mit angehender Glatze, elegantem Anzug und dicken Brillengläsern ins nächste Stockwerk geleitet, wo ihn bereits zwei ähnlich gekleidete Angestellte erwarteten.

»Mr. Sullivan hat angerufen«, sagte einer von ihnen.

»Ah, Mephisto«, dachte sich Francesco.

Er musste einige Formblätter auf Holländisch und Englisch ausfüllen, bevor man ihn in einen Raum brachte, wo ein weiterer Angestellter von großer, wuchtiger Gestalt und gewichtigem Gebaren hinter einem leergefegten Schreibtisch saß. In einer Ecke stand ein kleiner Fernseher. Francesco setzte sich.

»Mr. Mirabelli«, sagte der Angestellte, »mir wurde gesagt, in einer unserer Liegenschaften in Slotermeer habe sich vergangenen Freitag ein Überfall zugetragen, bei dem Sie niedergeschlagen wurden. Ist das richtig?«

Francesco räusperte sich. »Ja.«

»Gut.«

In diesem Augenblick erschien erneut der Brillenträger. Er hatte zwei Videokassetten bei sich, die er mit feierlicher Geste einem der Angestellten übergab, die Francesco hierher begleitet hatten, und dieser wiederum gab sie an den Angestellten hinter dem Schreibtisch weiter, der die erste davon in den mit dem Fernseher verbundenen Videorecorder schob und hinter sich die Rollläden zuzog, um den Raum zu verdunkeln.

»Es gibt nur eine Überwachungskamera im Gebäude«, sagte er. »Sie ist am Haupteingang angebracht. Diese Bänder decken den gesamten Freitagnachmittag ab.«

Das erste Band wurde bis zu dem Augenblick vorgespult, als Francesco das Gebäude betrat, daraufhin ließ man es mit normaler Geschwindigkeit ablaufen. Man sah Francesco in den Aufzug steigen und hinter dessen Türen verschwinden. Es folgten einige Minuten, in denen nichts geschah. Dann erschien oben auf der Treppenflucht eine massige Gestalt mit wuchtigem Quadratschädel, die nach unten zum Ausgang lief. Sie schien aber weder Francescos Päckchen noch dessen Schultertasche bei sich zu haben. Der Angestellte hielt das Band an und spulte ein Stück zurück, um das Gesicht des Mannes im Fokus zu haben.

»Kennen Sie den?«, fragte er.

Francesco beugte sich vor, um das flimmernde Schwarz-Weiß-Bild in Augenschein zu nehmen, dann schüttelte er den Kopf.

Der Angestellte drückte auf den Play-Knopf, das Band lief weiter, bis die rätselhafte Gestalt durch den Eingang verschwunden war. Kurz darauf kam eine zweite Person – eine Frau – die Treppe herunter, von ihr waren aber nur die Beine und der Unterkörper zu sehen, da sie wenige Schritte vor dem Treppenaufgang stehen blieb, sich umdrehte und wieder nach oben verschwand. Sie sahen sich die restliche Aufzeichnung an, bis die Sanitäter eintrafen und Francesco wenige Minuten später auf einer Bahre abtransportierten.

»Wollen Sie, dass wir den Vorfall der Polizei melden, Mr. Mirabelli?«, fragte der Angestellte, während er wieder die Rollläden hochzog.

»Nein, nicht nötig.«

Der Angestellte tauschte mit seinen Kollegen einen vielsagenden Blick aus und setzte Francesco darüber in Kenntnis, dass die Bänder sechs Wochen lang aufbewahrt würden, bevor man sie überspielen würde.

»Ich glaube nicht, dass es die Mühe wert ist«, sagte Francesco. »Ehrlich.«

»Wie Sie meinen«, erwiderte der Angestellte, während der Brillenträger Francesco einen verdatterten Blick zuwarf, dem anzusehen war, dass er weiß Gott welche Spionage- oder Drogengeschichten hinter Francescos Verschwiegenheit vermutete. Und da man bei der Delta Groep wahrlich Besseres zu tun hatte, als sich mit solchen Dingen abzugeben, fand sich Francesco gleich darauf ohne weitere Befragungen vor dem Büro des Angestellten wieder und wurde höflich, aber entschieden zum Ausgang komplimentiert.

»Ihre Rechnung«, sagte der Brillenträger noch und reichte Francesco einen Umschlag.

»Herzlichen Dank.«

»Es macht insgesamt fünfunddreißig Gulden.«

In Francescos Kopf drehte sich alles, als er das Gebäude verließ. Mit leerem Blick ging er durch die geschäftigen Amsterdamer Straßen, ohne zu wissen, wohin er eigentlich unterwegs war. Er folgte den langgestreckten Windungen einer breiten Gracht, nahm eine kleine Brücke links und einen schmalen Weg rechts. So marschierte er weiter und landete schließlich nach einiger Zeit auf einem Blumenmarkt. Von dort ging es weiter, und wenige Minuten später stand er plötzlich wieder auf dem Dam, dem zentralen Platz. Von hier steuerte er direkt den Bahnhof an. Er hätte den Zug nehmen können, der am frühen Nachmittag nach Mailand ging, stattdessen stieg er in den ersten Zug nach Brüssel, fuhr von dort nach Ostende und ging an Bord der Nachtfähre nach England.

6

London

Die Fähre, die Francesco über den Ärmelkanal brachte, war vollbesetzt. Es gab noch nicht einmal mehr einen Sitzplatz, geschweige denn eine Stelle, wo er sich für ein paar Stunden hätte hinlegen können. Und nirgends entkam er den kleinen TV-Bildschirmen, die ihr Publikum mit britischen Sitcoms und Mr.-Bean-Folgen traktierten. Die dicke Frau neben ihm gluckste wie ein Truthahn, und der zu ihr gehörende dickliche Junge zappelte und hampelte und quengelte unablässig.

Schließlich fand Francesco etwas Schlaf, zusammengerollt auf dem Boden, mit einem Bündel Plastiktüten unter dem Kopf und Zeitungsseiten über den Augen. Er träumte von einem alten Mann, der ihn schweigend und mit zahnlosem Grinsen anstarrte, als wollte er ihm etwas sagen, während er seinen musternden Blick immer wieder auf Francescos Hosentaschen richtete.

»Sir«, murmelte der Alte schließlich im Traum und deutete mit seinem knorrigen Finger auf ihn. »Die Börse.«

»Wie bitte?«, erwiderte Francesco und sah sich um.

Der Alte verzog seine Miene zu einem Lächeln, das sich in hundert Falten auflöste. »Die Börse«, wiederholte er, sein Kopf wackelte, und er zeigte auf Francescos Hose und schob das Kinn in seine Richtung.

Francesco sah an sich hinab, bemerkte die gähnende Leere seiner Geldbörse und wachte auf.

Es war schon fast hell, der Morgen brach an, die dicke Frau mit ihrem Jungen war fort. Das Meer war eine Stahlplatte unter rauchgrauem Himmel, im Nebel dahinter schwebte die englische Küste. Einige trunkene Möwen kreuzten im Zickzack durchs Bild, bevor sie urplötzlich ins Wasser tauchten.

Francesco wartete erst in einer langen Schlange, um von der Fähre zu kommen, dann in einer weiteren, als es durch die Passkontrolle ging. Der Immigrationsbeamte, der Francescos Ausweis überprüfte, stellte mit professioneller Gleichgültigkeit alle möglichen Fragen:

»Woher kommen Sie?«

»Italien.«

»Wohin wollen Sie?«

»London.«

»Sind Sie vorbestraft?«

»Nein.«

»Haben Sie in den letzten drei Jahren unter ansteckenden Krankheiten gelitten?«

»Nein.«

»Führen Sie Frischfleisch, Milch- oder andere tierische Produkte mit sich?«

Francesco sah an sich herunter und patschte hinten und vorn auf die Hosentaschen.

»Sieht nicht so aus.«

Der Beamte, der solche Mätzchen offenbar gewohnt war, gab ihm seinen Ausweis zurück, ohne eine Miene zu verziehen.

Schließlich fand er sich in einem Zug zur Victoria Station wieder. Zu beiden Seiten erstreckte sich die flache englische Landschaft.

Nach der Ankunft in London suchte Francesco eine Wechselstube auf und tauschte seine wenigen noch verbliebenen holländischen Geldscheine um. Münzen wurden nicht angenommen, und der Inder hinter dem Tresen erlaubte sich scherzhaft zu bemerken, im Büro der Touristeninformation stehe ein Kasten, da könne er zu Wohltätigkeitszwecken ausländische Münzen loswerden. Alles, was er bekam, waren zwölf Pfund und fünfunddreißig Pence.

Von einer Telefonzelle aus versuchte er Kyle anzurufen, aber es ging niemand ran. Er aß ein grässliches Thunfisch-Gurken-Sandwich, kaufte zwei Postkarten und schickte eine an Kyle und eine an seinen Freund Leonardo, den ambitionierten Schriftsteller, dem er nur schrieb: »Hab's nach London geschafft – auch allein, du Memme!« Für die annehmbare Summe von zwei Pfund fünfzig bekam er ein Exemplar von Nicholsons *Student's London Streetfinder*, um sich in der großen Metropole zurechtzufinden, deren Straßen und Nebenstraßen er nun auf hundertsechzig eng bedruckten Seiten vor sich hatte.

Seit er aus der Victoria Station getreten war, hatte es geregnet: kein sommerlicher Regenguss wie in Italien, wo man augenblicklich patschnass wurde, falls man keinen Schirm dabeihatte, sondern ein geduldiges, lautloses, klammheimliches, nahezu unsichtbares Nieseln, das einem allmählich durch die Kleidung kroch. Er machte sich trotzdem auf den Weg zum Hotel, wo er sich eine Woche zuvor mit Pierre verabredet hatte.

Das Hotel schien laut dem *Streetfinder* nicht weit weg zu sein, allerdings war – wie er bald herausfand – der Maßstab ein ganz anderer als auf italienischen Stadtplänen. Nach einem einstündigen Marsch durch den Nieselregen stand er in der Cromwell Road vor einem Vier-Sterne-Hotel, das seine schmerzenden Füße zur Rast einlud und dem klammen Körper Wärme versprach. Er sah auf die Armbanduhr und trat ein, obwohl es noch etwas früh war für das für fünfzehn Uhr vereinbarte Treffen.

Der Angestellte an der Rezeption musterte Francesco misstrauisch, als er fragte, ob auf den Namen Pierre Cordier eine Reservierung vorliege. Mit einem nervösen Zucken riss er sich schließlich von dem durchweichten jungen Mann vor seinem Empfangstresen los und richtete die Aufmerksamkeit auf eine Liste, die er Zeile für Zeile mit dem Finger entlangfuhr.

»Nein, Sir«, kam es eisig.

»Nein? Da muss ein Irrtum vorliegen. Ich bin mit Mr. Cordier heute hier verabredet.«

»Auf diesen Namen ist nichts gebucht.«

»Aber heute ist doch Dienstag – Dienstag, der einundzwanzigste, oder?« Kurz fürchtete Francesco, er hätte sich im Datum geirrt.

»Ja, Sir, heute ist der einundzwanzigste, aber wir haben keine Reservierung für einen Mr. Cordier.« Die letzten Wörter betonte er so entschieden, als hätte er einen Schwerhörigen vor sich.

Francesco versuchte ihm die Sache mit den Hotelgutscheinen zu erklären – er erzählte vom Hotel in München und von Herrn Mansur –, aber das schien alles nur noch verworrener zu machen. Aus der höflichen Zurückhaltung in der Miene des anderen wurde leises Misstrauen und aus dem leisen Misstrauen schließlich unverhohlene Skepsis – dann aber tauchte neben ihm eine Kollegin auf, vermutlich seine Chefin, und sagte, sie erinnere sich, vor einigen Tagen eine Buchung auf diesen Namen vorgenommen zu haben.

»Hier ist er ja: Cordier«, sagte sie und blätterte eine Seite um. »Sie hatten recht, Sir. Mr. Cordier hatte für heute reserviert, am Samstag aber angerufen und seine Reservierung auf morgen verschoben.«

»Auf morgen?«

»Ja, Sir. Er hat ab morgen für sechs Tage reserviert.«

»Was soll ich jetzt machen?«

»Morgen noch mal kommen, denke ich«, sagte der Mann ohne den geringsten Anflug von Ironie in der Stimme.

»Also gut«, sagte Francesco. »Dann komm ich morgen wieder.«

»Sehr gut, Sir.«

Als Francesco das Hotel verließ, hatte es aufgehört zu regnen. Er ging aufs Geratewohl drauflos. Was sollte er machen? Als Erstes fiel ihm die italienische Botschaft ein. Er blätterte durch den *Streetfinder*, in dessen Anmerkungsteil alle möglichen nützlichen Telefonnummern aufgeführt waren wie die der britischen Schwangerschaftsberatung, der Anonymen Alkoholiker und der Britischen Akupunkturvereinigung; allerdings fand sich keine nützliche Einrichtung für mittellose, in London gestrandete Italiener.

Er kam an einer katholischen Kirche vorbei, stieg die Stufen hinauf und trat ein. Das graue, dunkle, leere Kirchenschiff erinnerte ihn an einen verlassenen Bienenstock. Eine alte Frau arrangierte neben dem Altar Blumengestecke. Francesco ging zu ihr und fragte sie, ob es in der Nähe eine Obdachlosenunterkunft gebe.

»Sie sollten Vater Jenkins fragen«, sagte die Alte. »Er weiß das vielleicht. Er hat auch hinterm Pfarrhaus einige Zimmer für Seminaristen. Er ist gerade in der Sakristei, falls Sie mit ihm sprechen wollen.«

Francesco sprach mit Vater Jenkins. Dessen Zimmer aber waren bereits belegt, und die nächste Obdachlosenunterkunft war Kilometer entfernt. Es gab jedoch ein älteres Gemeindemitglied, Dr. Marchetti, der schon mehrere Male italienische Touristen bei sich aufgenommen hatte und auch dieses Mal möglicherweise aushelfen könnte.

Francesco schlurfte zu dem nur wenige Straßen entfernten Haus, auf sein beharrliches Klopfen aber reagierte niemand. Schließlich spähte eine Frau von nebenan aus dem Fenster und sagte ihm, sie glaube, der alte Mann sei im Krankenhaus.

Francesco hatte unbedingt eine Dusche nötig und wollte die Füße hochlegen, also machte er sich auf die Suche nach einer Jugendherberge. Die erste, auf die er stieß, war so verdreckt und verwahrlost, dass er entsetzt Reißaus nahm, als der Filipino an der Rezeption ihm den Schlafsaal zeigte. Für das Privileg, sich den beengten Raum mit fünf Fremden teilen zu dürfen, hätte er auch noch elf Pfund hinblättern sollen.

»Gibt in London nix, was billiger wäre«, sagte der Filipino lachend. »Kannst dich ja selbst davon überzeugen, mein Freund.«

Ihm blieb wohl nichts anderes übrig, als sich etwas Geld zusammenzuschnorren, wenn er nicht unter einer Brücke schlafen wollte. Natürlich konnte er auch einfach einen Zug nach Oxford nehmen und darauf hoffen, dass Kyle da wäre. Oder seine Eltern anrufen und sie bitten, dass sie ihm irgendwie Geld schickten. Francesco spürte regelrecht, wie sein Gehirn aufzuweichen begann … er wollte einfach nur noch die Augen zumachen, sich die Schuhe ausziehen und alles vergessen. Er legte sich auf eine Parkbank und starrte in den Himmel. Warum konnte Gott diese trübe, monotone Funzel da oben nicht einfach ausschalten? Warum konnte es nicht einfach Nacht werden, warum wurde er nicht einfach in ein Schlaraffenland getragen, wo Kamillenflüsse strömten und Berge aus Gänsedaunen sich bis in den Himmel erstreckten?

Kurz darauf wurde sein Stoßgebet erhört, denn plötzlich wurde es dunkel. Das Gefühl des seligen Vergessens hielt aber nur einen Augenblick an: Eine schrille Stimme und eine dünne, sehnige Hand rüttelten ihn aus seiner Reglosigkeit und zwangen ihn, die Augen wieder aufzuschlagen.

»Was?«, murmelte Francesco schlaftrunken.

»Warum das Biwak?«, herrschte ihn eine Frau um die sechzig an und beugte sich über ihn. Ihr Gesicht war mit Schminke zugekleistert, und sie trug einen Schal, den sie wie einen Turban um den Kopf geschlungen hatte.

»Hä?«, fragte er dösig.

»Warum das Biwak?«, wiederholte die Frau.

»Entschuldigung, was meinen Sie?«

»Warum er schläft auf Bank? Auf Bank, wo ich sitze und füttere Tauben.«

Francesco erzählte ihr, dass er nach einer langen Reise gerade erst in London angekommen sei und keinen Schlafplatz für die Nacht habe.

»Keinen Schlafplatz ...«, flüsterte die Frau und richtete den Blick in den Himmel.

Francesco setzte sich auf und musterte die Alte von Kopf bis Fuß. Nach ihrem fadenscheinigen, von einer billigen Brosche zusammengehaltenen Turban, ihren grell geschminkten Augen und Lippen, der zerrissenen Jacke, der von Papierbündeln und leeren Getränkedosen ausgebeulten Plastiktüte, die sie umklammert hielt, und den durchgelaufenen Schuhen, die unter ihrer dünnen Baumwollhose herausragten, zu urteilen, war sie wahrscheinlich gerade aus der Irrenanstalt ausgebrochen.

»Keinen Schlafplatz …«, wiederholte sie, den Blick immer noch starr zum Himmel gerichtet. »Wenn er will, er kann übernachten … in Wohnung von Tochter«, fügte sie mit einem irren Lächeln hinzu.

»Na ja, ich weiß nicht recht …«, begann Francesco.

»Kostet nur fünf Pfund pro Nacht«, unterbrach ihn die Frau. »Tochter sagt, darf keine Fremde ins Haus bringen. Ist Anwältin. Ich sage, nehme nur gute Junge, der nicht raucht und nicht Fußball spielt. Papst ist gegen Rauchen und Fußballspielen. Er raucht doch nicht und spielt auch nicht Fußball?«

»Ich? Nein.«

»Dann guter Junge. Bitte zahlen fünf Pfund.«

»Zahlen? Jetzt?«

»Ja. Bevor wir gehen zu Haus. Muss kaufen Milch für Frühstück und für Katze.«

Francesco gab ihr seine letzten fünf Pfund und folgte ihr. Nach etwa zehn Minuten erreichten sie eines der zahllosen viktorianischen Häuser, die sich in den breiten Straßen aneinanderreihten. Von außen unterschied es sich nicht im Geringsten von den anderen in der Gegend, wenn man mal von einem Schild absah, das in einem Erdgeschossfenster lehnte und auf dem stand: »KEINE KOPFSTEUER.«

Die Frau führte Francesco eine steile Eisentreppe hinunter, bis sie vor einer weißen, mit einem Vorhängeschloss gesicherten Tür standen, von der die Farbe abblätterte.

»Schlüssel … Schlüssel … wo hab ich nur Schlüssel? Ach, ja, muss rauf, ihn holen.«

Die merkwürdige alte Dame ließ ihn weitere zwanzig Minuten warten. Als sie zurückkam, erklärte sie, sie habe ihre Tochter angerufen und ihr von ihm erzählt.

»Ich sage, er guter Junge, er nicht rauchen und nicht spielen Fußball, aber sie sagt, sie ruft Polizei, wenn ich nicht gehe ans Telefon, nachts.« Wieder stieß sie ihr irres Lachen aus. »Sie macht Sorgen um ihre Mutter.«

Die Frau hatte auf einem verrosteten Metalltablett ein Glas Milch mitgebracht sowie einen Stapel Fotos. Sie stellte das Tablett auf die morschen Überreste eines Stuhls, der neben der Tür stand, und gab das Glas Francesco, der ihr dankte und die Milch in einem Zug herunterstürzte.

»Das ist Bild von mir und mein Mann am Hochzeitstag«, sagte die Frau und zeigte Francesco die Fotos. »Mann seit zwanzig Jahren tot. Das ist Premiere von *König Lear* im National Theatre. Er spielt Narren. Das ist Tochter Anja, als sie war sieben, und das Sohn Andrew. Er jetzt in New York. Ist berühmter Doktor.«

Als sie endlich die Tür öffnete, schlug Francesco ein modriger Geruch entgegen. Vor ihnen gähnte pechschwarze Finsternis – eine Dunkelheit, die sogar das schwache, durch Fenster und Tür hereinsickernde Licht der Abenddämmerung aufzusaugen schien. Die Frau stapfte mit festem Schritt los, begleitete ihn durch mehrere Räume und warnte, dass es keinen Strom und kein fließendes Wasser gebe, weil das alles vor einigen Jahren abgestellt worden war.

»Anja sagt, warum zahlen Rechnung, wenn Wohnung nie benutzt?«

Francesco folgte ihr fast wie in Trance, stieß gelegentlich gegen Möbelstücke oder staubbedeckte Gegenstände, die auf dem Boden lagen. Schließlich erreichten sie ein Schlafzimmer, eine Art Mausoleum mit Holztäfelung und schweren Möbeln.

»Das ist Zimmer, in dem Mann starb«, verkündete die Frau.

»Okay.«

In dem massiven Himmelbett, das die Mitte des Zimmers beherrschte, glaubte Francesco noch den Abdruck des Toten erkennen zu können.

Nachdem die Alte ihm zwei Kerzenstummel und eine Streichholzschachtel gegeben hatte, wünschte sie ihm eine gute Nacht und verschwand. Francesco zog die Schuhe aus, strich mit der Hand über die raue Decke, um zu prüfen, wie staubig sie war, setzte sich vorsichtig auf das knarrende Bett und legte den Kopf aufs Kissen.

Kurze Zeit später döste er ein und wurde erst wieder durch das schrille Läuten eines Telefons aus dem Tiefschlaf gerissen. Über eine Stunde lang hörte er von oben die gedämpfte Stimme der Alten, immer wieder unterbrochen von langem Schweigen, auf das irres Gelächter folgte. Wieder schlief er ein, bis er um drei Uhr morgens von einem Staubsauger geweckt wurde, den die Frau auf der darüberliegenden Etage über den Holzboden zerrte. Das dauerte erneut über eine Stunde, und danach hörte er noch lange die schweren dumpfen Schritte der Frau, die rastlos auf und ab lief.

Irgendwann brach der Morgen an, und Fancesco fühlte sich müder und zerschlagener als am Abend zuvor. Allerdings versprach es ein sonniger Tag zu werden, denn durch die vergitterten Kellerfenster fiel ein fahles Licht. Die Toilette gleich neben dem Schlafzimmer war »eines jener Ruheplätzchen, die empfindsame Seelen als Zufluchtsort für Spinnen zu errichten lieben«. Eine große Kakerlake saß unter der Toilettenschüssel, und das Waschbecken war fast bis zum Rand mit einer bräunlichen Substanz gefüllt, in der Haare, tote Fliegen und Mücken trieben. In der Mitte des Wohnzimmers stand ein mit einem Leopardenfell überzogenes Sofa, auf dem alte Schallplatten, Kissen, Bücher, Schemel und andere Gegenstände lagen, deren Verwendungszweck sich nicht sofort erschloss. An den Wänden hingen Poster von ihm unbekannten britischen Pop-Gruppen – auf dem Boden standen kleine Töpfe mit vertrockneten Pflanzen. Die Küche war mit leeren Bierdosen und zerbrochenen Flaschen übersät, in der Spüle stapelten sich verschmutztes Geschirr und Gläser.

Francesco kehrte ins Wohnzimmer zurück und griff sich aus einem klapprigen Bücherregal zerlesene Ausgaben von *Eine glückliche Zeit*, *Die Nacht des Jaguars* und *Die Welt ist voller geschiedener Frauen*, während von einem Schränkchen ganz oben ein Stapel Schmuddel-Heftchen aus den Siebzigern rutschte – über die halbnackten Frauen, schlüpfrigen Geschichten und lächerlichen Briefe an den Herausgeber würde sich sein zehnjähriger

Cousin heute totlachen, damals aber musste ihnen das Odeur des Verbotenen angehaftet haben.

Gegen acht wollte er die Wohnung verlassen. Doch das erwies sich als nicht so einfach. Die Tür war von außen verschlossen und verriegelt, und da vor den Fenstern solide Eisengitter angebracht waren, konnte er auch nicht einfach durchs Fenster steigen. Sicherheitsmaßnahmen, die die Tochter ergriffen haben musste, ging es Francesco durch den Kopf, während er das immer stärker werdende Gefühl der Panik zu unterdrücken versuchte.

Er wartete eine halbe Stunde, er wartete eine Stunde und hoffte, die Frau würde mit ihrem rostigen Tablett und einem Glas Milch zurückkommen, aber nichts passierte. Oben herrschte völlige Stille. Vielleicht war sie eingeschlafen – vielleicht wanderte sie durch Londons Straßen und sammelte alte Getränkedosen ein.

»Hallo? …«, rief Francesco, abwartend zunächst, dann immer lauter, aber es kam keine Antwort.

Er packte einen Besen, der in der Küche gestanden hatte, und klopfte gegen die Decke.

»Hallo? … Hallo? …«

Nichts rührte sich, kein Laut drang von oben zu ihm nach unten. Er sah sich um, ob es nicht einen anderen Ausgang gab. Hinter einem doppelten Stapel Kartons fiel ihm eine weiße Tür auf, die er schließlich nicht ohne Schwierigkeiten aufbekam. Sie ließ sich nur einen Spalt öffnen, gerade so weit, dass er sich hindurchquetschen konnte und unten am Aufgang einer dunklen

Treppe stand. Er stieg hinauf und kam an eine weitere Tür. Zum Glück war sie nicht abgeschlossen. Er öffnete sie und trat hindurch.

»Ist hier jemand?«, rief er.

Die Wohnung war ordentlich aufgeräumt, die Luft duftete leicht nach Lavendel. An den Wänden hingen wunderbare Ölgemälde und Spiegel mit verschnörkelten Rahmen, auf dem marmornen Kaminsims standen wertvolle Vasen und eine silberne Uhr.

Vorsichtig durchquerte Francesco das Wohnzimmer und musste feststellen, dass die Haustür abgesperrt war. Also ging er hinüber zum Erkerfenster, und als er gerade dabei war, es zu öffnen, streifte etwas Weiches sein Bein. Er glaubte, ohnmächtig werden zu müssen, und wäre fast zu Boden gesunken, doch dann sah er die schwarze Katze, die sich schnurrend an sein Schienbein drückte.

»Blödes Vieh«, zischte Francesco und streichelte dem Tier dann über den Rücken. »Katzen haben immer ein so perfektes Timing ...«

Es gelang ihm schließlich, das Fenster zu öffnen, er kletterte hinaus, ließ sich an der Wand hinunter und landete vor der Tür zum Souterrain, immer darauf bedacht, dass niemand ihn sah. Allerdings konnte er es nicht verhindern, dass er sich den Unterarm aufkratzte und den Knöchel verstauchte. Humpelnd stieg er die Eisentreppe hinauf, sah sich um und trat auf die Straße. Eine halbe Stunde später, als erneut der schwerelose Regen einsetzte, stand er vor dem Hotel in der Cromwell Road.

Gegen fünfzehn Uhr, nach einer langen, zermürbenden Wartezeit, sah Francesco vor dem Hoteleingang einen roten Maserati vorfahren. Eine nur allzu bekannte Gestalt schälte sich aus dem Wagen und steuerte auf den Eingang zu.

»Pierre!«, rief Francesco.

Pierre drehte sich um, nahm seine Sonnenbrille ab, warf ihm einen schrägen Blick zu und sagte:

»Du bist hier? Tu mir einen Gefallen: Bring mein Gepäck rein, ich check schon mal ein.« Damit warf er ihm in hohem Bogen die Autoschlüssel zu. Francesco fing sie gerade noch auf, bevor sie ihm ins Gesicht knallten. Pierre war bereits im Hotel verschwunden.

Als Francesco die Koffer hereinschleppte, kam Pierre ihm entgegen: »Schön, dich wiederzusehen, Kumpel«, sagte er. »Tu mir noch einen Gefallen – schaff die Teile hoch ins Zimmer. Hier, der Schlüssel. Angenehme Reise gehabt?«

Francesco sah ihn nur stirnrunzelnd an. »Mannomann, wie siehst du denn aus? Los, unter die Dusche mit dir! Wir gehen heute Abend aus … und da willst du ja wohl nicht stinken … Ich parke in der Zwischenzeit den Wagen … Wir sehen uns in ein paar Minuten …«

Damit war er fort. Ein Angestellter fragte Francesco noch, ob er ihm mit den Koffern behilflich sein könne, aber Francesco schüttelte stumm den Kopf und ließ den Aufzug kommen.

Das Zimmer war ganz herrlich und mit weich gepolsterten Möbeln eingerichtet. Francesco ging ins Bad, duschte heiß, zog die Vorhänge vor, streckte sich auf einem der Betten aus und versuchte sich zu entspannen, schloss die Augen und überließ sich seinen schemenhaften Gedanken.

Als er aufwachte, hielt er das Kissen umklammert und beißender Zigarettenrauch stieg ihm in die Nase. Er hob den Kopf: Pierre saß vor dem Bett am Beistelltisch und paffte eine Zigarette, während er etwas auf ein Blatt Papier kritzelte.

»Was schreibst du da?«, fragte Francesco.

Pierre drehte sich zu ihm um. »›Der Schlaf des Gerechten: Eine Ode.‹ Wir haben ein kleines Nickerchen gehalten?« Er sah auf seine Uhr. »Du hast fast zwei Stunden durchgeratzt.«

Francesco setzte sich auf. »Wirklich?« Er gähnte.

Pierre zog die Vorhänge auf und Francesco hielt sich geblendet vom Licht eine Hand an die Stirn. »Warum hast du das Zimmer eigentlich erst einen Tag später reserviert?«, fragte er und stand auf.

»Tja, tut mir leid. Mein Leben ist im Moment etwas kompliziert. Ich hoffe, du hattest dadurch keine Unannehmlichkeiten.«

»Na ja, wenn man mal davon absieht, dass ich die Nacht eingesperrt im Keller einer polnischen Psychopathin verbracht habe, ohne Licht oder Wasser, lief alles ganz wunderbar.«

»Du hättest einfach hier einchecken können.«

Francesco erklärte, dass ihm in Amsterdam sowohl seine Tasche als auch sein Geld abhandengekommen seien.

»Geld, Geld«, spottete Pierre. »Warum machst du dir bloß immer solche Sorgen ums Geld? Wenn du nicht zahlst, wird irgendein anderer die Rechnung übernehmen. Du hast meine Lektion also nicht gelernt?«

Francesco zuckte mit den Schultern.

»Also, wie war es in Amsterdam?«, fragte Pierre und drückte die Zigarette im Aschenbecher aus.

»Nichts, was einem im Gedächtnis bleiben würde.«

»Nichts? Was hast du dort denn so getrieben?«

»Nichts.«

»Nichts?«

»Warum fragst du so komisch, weißt du irgendetwas?«

»Wie, was sollte ich denn wissen?«

»Was ich da gemacht habe. Was passiert ist.«

»Ich weiß überhaupt nichts.«

»Bestimmt nicht?«

»Hey – was ist los mit dir? Du klingst, als hätte dir jemand einen Schlag auf den Schädel verpasst.« Pierre stieß ein irritiertes Lachen aus.

»Genau das ist passiert. Ich hab tatsächlich einen Schlag auf den Kopf bekommen.«

Francesco ging ins Bad und zog sich an. Als er zurückkam, wartete Pierre schon an der Tür.

»Hast du Hunger?«

»Na ja, ich bin seit gestern unfreiwillig im Hungerstreik, gegen den einen oder anderen Bissen hätte ich nichts einzuwenden.«

»Gehen wir zu Trulli. Bessere *Spaghetti alla carbonara* wirst du diesseits des Ärmelkanals nicht finden. Der Besitzer Peppe ist ein alter Freund von mir – wir werden nichts zahlen müssen.«

Etwa zwanzig Minuten später hatten sie den Maserati in einem ausschließlich für Anwohner bestimmten und mit bedrohlichen Parkkrallen-Schildern ausgestatteten Parkplatz abgestellt und betraten ein kleines Restaurant in einer Seitenstraße der Fulham Road. Sie waren kaum im Lokal, als auch schon zwei Kellner auf sie zugestürmt kamen.

»Hallo, Pierre!«

»Wie geht's, wie steht's? Lange nicht mehr gesehen!«

Obwohl das Restaurant vollbesetzt war, dauerte es nicht lange, bis sie an einem Tisch saßen und die Speisekarte in der Hand hielten. Und während sie das Angebot an kulinarischen Spezialitäten studierten, kam eine Art Satyr hervorgesprungen, ein Troll mit rundem, blank poliertem Schädel, einer vorn auf der Nasenspitze sitzenden Brille und langen, baumelnden Gliedmaßen, die nicht recht zu seinem untersetzten Körper passen wollten. Er schien irgendein nervöses Leiden zu haben, das bewirkte, dass alle paar Sekunden sein Kopf ruckartig vorschnellte.

»Und wie g-geht's uns so, Gentlemen?«, stotterte Peppe Maria Trulli mit seiner dünnen Quäkstimme. »Du b-bist zum Ausländer geworden, *che cazz'*.« Die Worte schossen aus seinem Mund hervor wie Kugeln aus einem gut geölten Maschinengewehr, dann umarmte er Pierre aufrichtig erfreut, nahm neben ihm Platz und überschüttete ihn mit Fragen, nickte, stieß ihn in die Seite, zwinkerte ihm zu, riss irgendwelche blöden Witze, kreischte urplötzlich auf, brach in glucksendes Gelächter aus und zuckte nervös vor sich hin. Noch bevor die Antipasti kamen, brachte einer der Kellner eine Flasche Grifo und einen Tocai, bei dem »die Engel im Paradies singen und tanzen« würden. Bereits nach zehn Minuten und einigen Schluck Wein, in das sich Peppes unaufhörliches Geplapper mischte, schwirrte Francesco der Kopf.

Das Essen wurde aufgetragen. Als Vorspeise gab es Broccoli und Kartoffeln frisch aus dem Ofen, dazu gegrilltes Gemüse, *favetta pugliese*, und Steinpilze mit Knoblauch und Petersilie, gefolgt von gegrillten Artischocken aus der Normandie und Kalbfleisch-Carpaccio mit Balsamico. Zur Vermeidung von Schluckauf gab es dazu gleich eine Flasche Verdicchio dei Castelli di Jesi, die ein entfernter Verwandter von Peppe – ein gewisser Arcangelo aus den Marken – jedes Jahr in Fünf-Liter-Kanistern persönlich vorbeibrachte.

Der *primo* bestand aus drei großzügig bemessenen *assaggini*: *Papardelle al sugo di lepre, Risotto ai funghi di bosco* und *Cavatelli alla rucola con ricotta affumicata*. Mittlerweile war Francescos Magen gut gefüllt, doch dies sollte erst der Anfang sein: Peppe zog alle Register seiner Küche, um sie mit immer neuen Köstlichkeiten zu überraschen. Seufzend ließ sich Francesco gegen die Rückenlehne seines Stuhls sinken, als er die Kellner mit drei riesigen Tabletts anmarschieren sah, auf denen das Hauptgericht serviert wurde: *Agnello alla scottadito*, angerichtet mit Wildschweinwürsten in pikanter Sauce und Ochsenschwanz, nebst dazugehörigen Beilagen.

Pierre verputzte alles mit geradezu unwirklichem Appetit. Er kippte ein Glas nach dem anderen und rauchte zwischen den Gängen, plauderte gutgelaunt und lachte schallend, während er und Peppe sich an die guten alten Zeiten erinnerten.

Zum Nachtisch wurden Tiramisù und Profiteroles gebracht, dann kamen der Espresso und eine Phalanx von Likör- und Schnapsflaschen auf einem Wägelchen angerollt. Der Rest des Abends verschwamm im dichten Rauch von Pierres Zigaretten. Dann zog Peppe sich in ein Separee zurück, um mit seinem Freund eine schnelle Partie Poker zu spielen, zehn Pfund pro Chip, ohne Limit. Immer wieder kamen die Kellner vorbei, um zuzusehen. Dass darüber die *Parmigiana* für Tisch sechs kalt wurde und die Dame an Tisch drei vergeblich versuchte, eine weitere Flasche Pellegrino zu bestellen, schien sie nicht weiter zu stören. Francesco sackte immer tiefer in seinem Polstersessel und schreckte ab und zu auf, wenn das Maschinengewehr losstotterte oder Pierres sonore Stimme ertönte:

»Du Bastard, wieso hast du so ein Glück?«

»Check.«

»Drei Schlampen.«

»Große Straße.«

»Ta-da! Z-zehn Riesen!«

Es war weit nach Mitternacht, als sie auf die Straße schwankten. Instinktiv steuerten sie Pierres Wagen an, doch dann besannen sie sich eines Besseren und beschlossen, doch lieber ein Taxi zu nehmen. Eine halbe

Stunde später stiegen sie am Eingang zu einem Club im Herzen des West End aus, in dem es zu dieser nächtlichen Stunde vor Menschen nur so wimmelte. Der Türsteher und Pierre begrüßten sich mit einer Ghettofaust, dann flüsterte der Türsteher Pierre etwas ins Ohr, seine Zähne blitzten, als er den Mund zu einem breiten Grinsen verzog, und schon waren sie drin.

In bläuliches Licht getaucht sah man hohe Barhocker und tiefe Sofas, in denen sich laszive Gestalten räkelten. Pierre und Francesco traten in einen Raum, der von farbigen Projektoren beleuchtet wurde.

»Das dort drüben ist Jerry Byngo«, sagte Pierre und deutete vage in eine Ecke, »der Leadsänger von Kiss My R's. Siehst du den Typen, mit dem er sich unterhält? Das ist der Gitarrist von Nick & the Antipope. War davor bei den Kinky Monkeys.«

Francesco nickte.

Pierre schien in dem Etablissement recht gut bekannt zu sein. Gäste winkten ihm zu, Kellner kamen zu ihm und begrüßten ihn und ein sturzbetrunkenes anorektisches Mädchen hängte sich an seinen Hals und küsste ihn auf den Mund.

»Hey, Mann!«, war plötzlich eine laute Stimme von einer der Couchen zu hören. »Wusste nicht, dass du in der Gegend bist.«

Die Stimme gehörte einem mondgesichtigen, weißhaarigen Mann um die vierzig mit Spitzbart, der bis auf eine rosarote Krawatte ganz in Schwarz gekleidet war, dazu eine weiße Fedora um den Hals geschlungen und in jedem Ohr zwei Ohrringe stecken hatte. Es stellte sich heraus, dass er der Besitzer einer großen Kunstgalerie in der Bond Street war. Er war zum Ausklang einer Foto-Vernissage mit seinen Angestellten und einigen jungen Künstlern da.

Pierre scherzte mit ihm und ließ verlauten, dass er ihn am nächsten Tag ganz bestimmt in seiner Galerie besuchen wolle, dann gesellte er sich zu einer anderen Gruppe und war verschwunden. Francesco wurde ein Platz auf der Couch angeboten, und kurz darauf stellte er fest, dass er einen sehr exotischen und sehr alkoholischen Drink in der Hand hielt.

»Wo kommst du her?«, fragte Dave, der Galerist, nachdem sie sich gegenseitig miteinander bekannt gemacht hatten. »Und woher kennt ihr euch?«

Zu seiner eigenen Verblüffung redete Francesco einfach drauflos, erzählte ein wenig von sich, von seinen Reiseabenteuern und wie er sozusagen in Pierre reingelaufen war. Wie von Zauberhand erschienen immer wieder neue Drinks auf dem Tisch. Francesco ließ sich in die Couch sinken, nickte und hörte Dave und den anderen mit leerer Miene und einem leutseligen Lächeln zu.

»Was macht er eigentlich? Ist er Kunsthändler, Sammler?«, wollte einer der Künstler von Dave wissen.

Dave zuckte die Achseln. »Ein wenig von beidem«, sagte er und dann senkte er seine Stimme: »Angeblich soll er ein paar Millionen schwer sein. Ihm gehört ein Prozent von London.«

»Wie ist er zu dem Geld gekommen?«

»Stahl. Sein Vater hatte eine Gießerei. Über irgendeine Tante ist er angeblich mit den Rockefellers oder den Rothschilds verwandt. Er hat Immobilien in ganz Europa und Amerika. Und ich hab gehört, er ist schwul.«

Nach einer Weile brachen Dave und die anderen einer nach dem anderen auf, bis schließlich nur noch Francesco und eine der Assistentinnen aus der Galerie übrig blieben, ein blondes Mädchen namens Chloe. Sie unterhielten sich ein wenig über Kunst, Literatur und das Leben im Allgemeinen und taten dies auf jene abstrakte, idealistische Weise, wie sie nur betrunkenen Jugendlichen vergönnt ist. Chloe gehörte zu den seltenen Menschen, die ihre Schönheit, ihre Intelligenz und ihre Freude am Leben großzügig mit einem teilte, ohne dass man sich schlecht dabei fühlte. Im Gegenteil – Francesco fühlte sich sofort zu ihr hingezogen. Als der Club zumachte, tauschten sie Adressen und Telefonnummern aus und verabschiedeten sich voneinander.

Danach verschwammen Francescos Erinnerungen im Nebel des Alkohols. Er erinnerte sich noch, dass sein schlaffer Körper nach draußen auf die Straße geschleift wurde; dann, nach dem Lärm und dem grellen Licht des Trafalgar Square, spürte er, wie sich zwei Finger in seinen Rachen schlängelten und er sich über das Geländer einer Themsebrücke beugte, während er sich die Seele aus dem Leib kotzte und sein schwereloser Körper über das Wasser hinauszugleiten schien und der Big Ben und das Parlament am Horizont aufleuchteten, dann der Ledergeruch eines Autositzes, sein Kopf unter der Dusche, ein blöder Sturz, blutendes Zahnfleisch, die Wärme des Bettes, ausgeschaltetes Licht, flackernde Glühwürmchen im Zimmer, Dunkelheit.

Am folgenden Morgen wachte er am anderen Ende des Bettes auf, flach auf dem Bauch liegend, das Kissen über dem Kopf, die Arme von sich gestreckt, als hätte ihm jemand ein Messer in den Rücken gerammt und ihn so liegen lassen. Er rappelte sich auf und sah sich um. Aus dem Badezimmer drang ein leises Summen. Nachdem er mit der Zunge am schmerzenden Zahnfleisch herumgefühlte hatte, rief er: »Pierre!«

Ein schaumbedecktes Gesicht erschien in der Badezimmertür.

»Hallo, Lazarus!«

»Guten Morgen.«

»Guten Nachmittag, meinst du wohl. Verkatert? Trink Orangensaft. Der ist gut gegen Kopfschmerzen.«

Francesco folgte seinem Rat.

Als Pierre wieder auftauchte, war er vollständig angezogen.

»Irgendwelche Pläne für heute?«, fragte er und richtete vor dem Spiegel seine Krawatte.

»Ich wollte nach Oxford, eine Freundin besuchen.«

»Gut. Ich hab hier ein paar Verabredungen, wir werden uns dann also wahrscheinlich erst am Abend wieder sehen. Brauchst du zufällig Geld?«

»Na ja, wenn du mir zufällig zehn oder fünfzehn Pfund leihen könntest …«

»Kein Problem«, sagte Pierre, griff in seine Hosentasche und zog ein dickes Bündel Geldscheine heraus. »Nimm fünfzig … nimm hundert.«

»Das ist zu viel.«

»Sag niemals nein, wenn dir jemand Geld anbietet.«

»Okay. Danke.«

»Wenn du mitkommst, um den Wagen zu holen, kann ich dich zum Bahnhof fahren.«

»Gerne.«

Kurze Zeit später waren sie in einem schwarzen Taxi unterwegs zur Fulham Road. Pierre erzählte, dass er die Freiheit seiner Jugend vermisse und genug davon habe, beruflich immer so viel unterwegs zu sein. Dann setzte er zu einer seiner Tiraden gegen die Vorschriften, Regeln und Fesseln der modernen Zivilisation an.

»Wie der Dichter schreibt«, sagte er, als er den Taxifahrer bezahlte und auf den Höhepunkt seiner Hassrede zusteuerte, »über das Herz wurde ein Körper gestreift, und über den Körper ein Hemd – und irgendein Idiot hat dann Manschetten und Hemdkragen erfunden und angefangen, sie zu stärken und zu bügeln …« Er lachte grimmig. »Eigentum, Gesetze, Religion – alles nur Mumpitz, der von den Reichen und Mächtigen errichtet wurde. Du musst nur irgendwas tun, was du nicht tun sollst, und schon hast du einen Polizisten, einen Priester oder einen dieser Winkeladvokaten am Hals.«

»Oder eine Politesse«, sagte Francesco und deutete auf den Vorderreifen des Maserati.

Pierre wurde blass. Er zwinkerte, nickte, fluchte vor sich hin, dann ging er zu seinem Wagen. Drei Bauarbeiter, die auf der niedrigen Mauer einer angrenzenden Baustelle saßen und ihren Kaffee tranken, lachten sich eins. Als sie Pierres verdatterte Miene sahen, rief einer von ihnen: »Na, Kumpel, da hat dir wohl einer 'ne Kralle verpasst!«

»Was?«

»Da hat dir einer 'ne Kralle verpasst!«

»Sieht ganz so aus«, entgegnete Pierre. Er ging ein paar Mal um den Wagen herum, dann rief er den Bauarbeitern zu:

»Ihr habt nicht zufällig einen Winkelschleifer dabei?«

»Nein, mit Winkelschleifern haben wir nichts am Hut«, sagte der Älteste der drei Männer.

»Hammer, Meißel und Brecheisen gefällig«, schlug der in der Mitte vor, eine Art wandelndes Ganzkörper-Tattoo. »Ist zwar eine Scheißarbeit, funktioniert aber.«

»Das Beste wäre es«, sagte der Dritte und Jüngste, »mit einer Bügelsäge ein Kettenglied durchzusägen und sie dann aufzustemmen.«

»Ich würde die Luft aus dem Reifen lassen und dann die Kralle einfach abziehen.«

»Nein, das wird hier nicht funktionieren. Der Reifen ist zu groß.«

So ging es ein paar Minuten hin und her. Schließlich kamen die Bauarbeiter rüber und warfen einen professionellen Blick auf die Parkkralle.

»Was Sie brauchen, ist ein Bohrer mit Titan- oder Kobaltspitze«, erklärte der Typ mit den Tattoos. »Damit bohren Sie einfach ins Schloss rein – und, plopp, schon geht es auf.«

»Ein Siebener- oder Achter-Bohrer sollte reichen, Jim.«

Der Jüngste ging zu ihrem Bus und kam mit einer Akku-Bohrmaschine und mehreren Bohrspitzen zurück. Pierre ließ sich nicht zweimal bitten und bohrte sofort ins Schloss – bald darauf fiel die Kralle unter den anerkennenden Blicken der drei Bauarbeiter wie der abgeschlagene Kopf eines besiegten Ungeheuers auf den Boden.

Pierre schien seine Chuzpe wiedergefunden zu haben. Wenig später raste er mit knapp hundert Stundenkilometern durch den dichten Verkehr in Fulham und Chelsea, überholte links einen Wagen, überfuhr eine rote Ampel und rief mit funkelndem Blick: »Keiner – *keiner* legt mir eine Kralle an!«

7

Oxford

Nach seiner Ankunft in Oxford kaufte sich Francesco bei Marks & Spencer neue Unterwäsche, ein T-Shirt und eine Jeans, eine Umhängetasche und ein Paar Schuhe, dann zog er sich um und versuchte von einer Telefonzelle aus Kyle zu erreichen.

»Sie ist grad nicht da«, erfuhr er von dem Typen, der sich am anderen Ende der Leitung meldete. »Kommt aber später.«

»Wann?«

»Keine Ahnung. Um sechs? Sieben?«

»Kannst du ihr ausrichten, dass Francesco angerufen hat?«

»Kein Problem.«

Damit war das Gespräch beendet.

Francesco vertrieb sich die nächsten zwei Stunden damit, die pittoreske Altstadt mit ihren Türmen und pastellfarbenen Fassaden zu bewundern. Nachdem er im Innenhof der Bodleian Library ein Sandwich gegessen hatte, besorgte er sich bei der Touristeninformation einen Stadtplan und machte sich auf den Weg zu Kyles Adresse. Das Haus lag in einer Sackgasse an der Banbury Road in Summertown, etwa zwanzig Minuten zu Fuß vom Stadtzentrum entfernt.

Als er ankam, stellte er überrascht fest, dass Kyle nicht in einer billigen Studentenbude, sondern in einem hochherrschaftlichen Haus im edwardianischen Stil wohnte. Er drückte auf die Klingel, und als die Tür aufging, folgerte er aus dem Lärm, der zu ihm nach draußen drang, dass er mitten in eine Art Party oder ein großes Essen geplatzt war.

»Ich bin ein Freund von Kyle«, sagte Francesco. »Ist sie da?«

»Einen Moment.« Der junge Mann an der Tür drehte sich um. »Kyle! Kyle!«, rief er.

Dann verzog er sich und ließ Francesco einfach stehen.

Es vergingen einige Minuten, bis Kyle an die Tür kam. Ihre Augen waren gerötet, die Wimperntusche war tränenverschmiert.

»Kyle? Was ist los?«

»Nichts«, sagte sie und wischte sich eine Träne weg. »Nichts. Es ist nur … es ist nicht unbedingt der beste Zeitpunkt. Tut mir leid.«

»Hast du meine Karte bekommen?«

»Ja. Danke.«

»Kann ich irgendwas …«

»Nein, danke. Ich erklär's dir später. Jetzt ist es wirklich …«

Die Tür wurde von jemandem hinter ihr aufgerissen. Ein hagerer Typ mit rötlichem Flaum im Gesicht und rotem Kraushaar erschien im Türrahmen.

»Du bist also Kyles berühmter italienischer Freund?«, sagte er mit einem merkwürdigen Grinsen und starkem irischen Akzent. »Komm rein, wir können es kaum erwarten, dich kennenzulernen.«

»Oh, Dan!« Kyle verpasste dem Rothaarigen einen Stoß und lief ins Haus zurück.

Dan neigte den Kopf zur Seite, hob beide Arme und gab Francesco zu verstehen, dass er reinkommen sollte. Francesco folgte ihm einigermaßen verwirrt und schloss hinter sich die Tür.

Ein halbes Dutzend Leute saß um den Wohnzimmertisch, der vollgestellt war mit Bierdosen, halbleeren Weinflaschen, schmutzigen Tellern und Plastikschalen samt den Überresten von Take-away-Gerichten. Als Francesco ins Zimmer trat, verstummten alle.

»Hallo.«

Er setzte sich zwischen ein blondes Mädchen und den Jungen, der ihm die Tür geöffnet hatte. Die immer noch schluchzende Kyle hatte sich in die Küche geflüchtet, wo im Radio »Losing My Religion« von R.E.M. lief.

»Leute, das ist Francesco«, sagte Dan, der ihm gegenüber Platz nahm und im Uhrzeigersinn auf die anderen Anwesenden deutete. »Francesco, das sind Steve, Deb, Sarah, John, Pete, Sam … und ich bin Dan. Greif ruhig zu, wenn du Hunger hast. Kann ich dir was zu trinken geben?«

»Schon gut, danke. Nur ein Glas Wasser.«

»Ach, mit dem Wasser soll man sparsam sein – trink lieber Wein.«

»Gut, einen kleinen Schluck. Was ist mit Kyle?«

»Mach dir mal keine Sorgen.« Dan winkte ab. »Sie hat einfach einen schlechten Tag.«

»Einen schlechten Tag?«

»Ja, ist mit dem falschen Fuß aufgestanden. Könnte auch was Physisches sein. Was mit dem Mond zu tun hat.«

Sarah, das Mädchen neben Francesco, kicherte.

»Du hast Kyle also in Lund kennengelernt, hat sie mir erzählt«, fuhr Dan fort und schenkte sich ein großes Glas Rotwein ein.

»Ich bin auf meinem InterRail-Trip da durchgekommen.«

»Verstehe. Und wie habt ihr euch kennengelernt?«

»Wir haben mit ein paar Freunden abgehangen.«

»Ihr habt mit ein paar Freunden *abgehangen*«, wiederholte Dan und nahm einen tiefen Schluck aus seinem Glas. »Dein Englisch ist ziemlich gut. Dein italienischer Akzent fällt kaum auf.«

»Ich studiere Englisch«, antwortete Francesco mit einem verlegenen Lächeln.

»Hab ich's mir doch gedacht! Und was studierst du da genau?«

»Englische Literatur und Linguistik.«

»Genau wie ich. Dann sag mal – was sind deine englischen Lieblingsautoren?«

»Schwierig zu sagen.« Francesco blickte in die Runde und spürte, wie alle ihn anstarrten. »Na ja … Chaucer, Spenser, die Romantiker …«

»Bah. Die liest hier keiner mehr. Magst du Joyce?«

»Ich bin kein so großer Fan von Joyce.«

»Nein?«

»Dan kann den ganzen *Finnegans Wake* auswendig, vorwärts und rückwärts«, sagte Steve. Steve hatte eine große Nase und die kleinsten Ohren, die Francesco je an einem Menschen gesehen hatte.

»Tja, das hat natürlich was«, antwortete Francesco und nickte.

Dan strich sich über seinen Fusselbart und sah Francesco eine geraume Zeit mit unergründlichem Blick an.

»Du magst den *Ulysses* nicht?«, fragte er. »Im Ernst? Du bist nicht der Meinung, dass es ein Meisterwerk ist?«

»Ein Meisterwerk? Der geistigen Onanie höchstens.«

Dan grinste. »Was ist mit zeitgenössischen Autoren?«

»Ich lese nicht viele zeitgenössische Sachen.«

»Nein? Warum nicht?«

»Weil sich, ehrlich gesagt, das meiste nicht lohnt. Es geht immer nur um das Ich des Autors, immer steht nur eine einzige Botschaft dahinter: ›Mich interessiert nicht die Vergangenheit, ich sehe keinen Sinn in der Zukunft, aber zum Glück für dich, lieber Leser, gibt es ja *mich*, und jetzt darfst du mir dabei zuschauen, wie ich mich ganz groß aufplustere.‹«

Dan leerte sein Weinglas und stellte es energisch auf den Tisch.

»Bullshit!«, sagte er und sah zu den anderen, die von dem Wortwechsel entweder ganz gebannt oder vom Alkohol schon völlig benebelt waren.

»Bullshit?«, sagte Francesco.

»Ja, *mierda de torro*. Ich sage dir: Alles vor dem zwanzigsten Jahrhundert ist reine Zeitverschwendung.«

»Auch Dante?«

»Dante ist okay. Er hat ja immerhin Joyce und Beckett beeinflusst, oder?«

»Das wollte ich doch gerade sagen. Ohne die alte Literatur wären die Modernen nichts, gar nichts. Was hältst du denn von Shakespeare?«

»Shakespeare ist auch ganz okay, nur hat er seine Stücke leider nicht selbst geschrieben.«

»Nein? Wer dann?«

»Marlowe oder irgend so eine Jüdin. Der wahre Shakespeare war eine sizilianische Jüdin, ist das nicht ein Witz?«

»Das hab ich nicht gewusst.«

»Na siehst du, man lernt nie aus. Was ist mit Literaturkritik?«

»Was soll damit sein?«

»Interessierst du dich für Literaturtheorie?«

Francesco lachte. »Die Kritiker und ich sind zum Glück noch nie Freunde gewesen.«

»Dann kennst du also nichts von Lacan oder Derrida?«

»Leider nein. Aber ich hab irgendwo gelesen, dass Chomsky Lacan mal als ›einen amüsanten und von sich selbst sehr eingenommenen Scharlatan‹ bezeichnet hat.«

»Chomsky ist ein Arsch«, sagte Dan. Er entknotete seine Beine unter dem Tisch, stand dann schwerfällig auf und ging in die Küche.

»Dan ist ein Derrida-Jünger«, flüsterte Sarah. »Er schreibt an einer dekonstruktivistischen Kritik der Comics im zwanzigsten Jahrhundert.«

»Der Titel lautet *Struktur, Zeichen und Ludus von Mickey Mouse bis Asterix*«, erklärte Pete und steckte seine Nase wieder ins Weinglas.

»Dann wird man ihm sicher bald den Lehrstuhl für Meta-Gefasel an der Universität Belfern antragen«, warf John ein.

Francesco lächelte vorsichtig. Er wusste nicht, was er von dem allen zu halten hatte. Aus der Küche war ein heftiger Wortwechsel zu hören, Schubladen wurden aufgezogen und zugeknallt, Geschirr und Besteck klirrten.

»Warst du schon mal in Oxford?«, wollte Deb jetzt wissen.

»Nein, es ist das erste Mal«, sagte Francesco. »Ich kannte die Stadt bislang nur durch die Augen von Giordano Bruno.«

»Und? Wie gefällt dir Oxford?«

»Na ja, die Stadt hat sich seitdem wohl etwas verändert.«

»Nah«, kam es von John. »Sie hat sich fast gar nicht verändert. Äußerlich, vielleicht. Tatsächlich aber ist alles beim Alten geblieben, die ganze Stadt voll von Leuten, die sich über einem Glas Bier den immer gleichen Scheiß erzählen.«

Dan erschien wieder und brachte einen kleinen Teller, eine Gabel und eine geöffnete Dose mit geschälten Tomaten mit. Er setzte sich zwischen Sam und Steve, stellte den Teller auf den Tisch, darauf die Dose, hebelte mit der Gabel den Deckel auf und stocherte eine ganze Tomate aus der Dose.

»Tut mir leid, Reden macht mich immer hungrig«, sagte er mit einem schiefen Lächeln. Er wollte schon abbeißen, als Francesco dazwischenging:

»Hey, hey, hey!«

Dans Gabel verharrte in der Luft.

»Was ist?«

»Das willst du doch nicht so essen?«

»Wieso nicht?«

»Diese Tomaten verwendet man für Saucen. Man kann sie nicht ungekocht essen.«

»So ein Quatsch! Ich hab sie schon unzählige Male genau so gegessen. Ist gut für die Gesundheit, für den Verdauungstrakt. Solltest du mal probieren.«

»Dan isst nur rohe, unbehandelte Sachen«, erklärte Steve.

»Obst und Gemüse«, führte Dan aus und biss von der Tomate ab. »Fleisch ist Mord.«

»Schon mal was von Botulismus gehört?«, sagte Francesco.

»Wem, dem holländischen Autor?«

Alle lachten.

»Diese Dose ist aber bestimmt sterilisiert und pasteurisiert«, sagte Francesco. »Du kannst es also kaum ›unbehandelt‹ nennen.«

»Spielt keine Rolle, Mr. Mozzarella, so lange der Inhalt nicht gekocht ist.«

Francesco schüttelte den Kopf, während sich Dan ein neues Glas Rotwein einschenkte und weiteraß.

In diesem Moment kam Kyle mit einem schwarzen Müllsack aus der Küche und begann den Abfall vom Tisch zu räumen.

»Keine Sorge, mein Schatz«, sagte Dan, nachdem sie den halben Tisch abgeräumt hatte, »ich mach später sauber und bring den Müll zum Wertstoffhof.«

»Ich bin nicht dein Schatz«, entgegnete Kyle mit schneidender Stimme und warf zwei weitere leere Dosen in den Sack.

»Gut.« Pete stellte sein Glas auf dem Tisch ab, stand auf und gab Sam ein Zeichen zum Aufbruch. »Wir machen uns dann mal vom Acker. Wir haben noch ein paar Dinge zu tun.«

»Ja, ich werde dann auch mal gehen«, sagte Deb. »Ich muss noch einen Essay schreiben.«

Nachdem sich alle mit Gute-Nacht-Küsschen verabschiedet hatten und gegangen waren, blieben schließlich nur noch Dan, Kyle und Francesco im Wohnzimmer zurück.

»Tja … also, ich sollte dann auch mal los«, sagte Francesco und versuchte die peinliche Situation zu überspielen. »Es ist schon spät, und ich muss noch zurück nach London.«

»Oh, du musst nicht zurück«, sagte Dan mit feindseligem Grinsen und nahm einen langen Schluck von seinem Glas. »Du kannst in Kyles Zimmer schlafen. Ich bin nämlich gerade ausgezogen.«

»Dan und ich sind gerade dabei, uns zu trennen«, sagte Kyle nach einer Pause und warf Dan einen eisigen Blick zu.

»Ihr … trennt euch? Ich dachte, ihr seid verlobt?«

Kyle sah Francesco stirnrunzelnd an. »Nein. Natürlich nicht. Er war nur mein Freund.«

Francesco, für den da kein Unterschied bestand, nickte beklommen.

»Die Luft ist jetzt also rein«, sagte Dan. »Dann noch viel Glück, Mr. Maccaroni.«

»Es gibt keinen Grund, so gemein zu sein, Dan. Oder so sauer«, sagte Kyle.

»Sauer? Warum sollte ich denn sauer sein? Wir waren drei Jahre zusammen, wir hatten eine gute Zeit, wir hatten tollen Sex. Ich habe kein Problem damit, wenn ich morgens aufstehe und zu hören bekomme, dass ich nicht mehr geliebt werde und es irgendeinen neuen *Katzelmacher* gibt, der meinen Platz einnimmt. Ich bin ein liberaler, toleranter Denker – ich glaube an den Freihandel und die natürliche Thronfolge. Der König ist tot – lang lebe der König! Ehe und Liebe sind Konzepte aus dem neunzehnten Jahrhundert.« Er hob seine Hände in einer provozierenden Geste. »Wirklich, es interessiert mich nicht die Bohne, mit wem du gerade herumvögelst, und …«

Kyles Hand schoss vor und knallte auf seine Wange.

»Ich hab ja immer gewusst, dass du eine Schlampe bist, aber *das* hättest du lieber nicht tun sollen«, rief Dan und rieb sich das Gesicht. »Körperliche Gewalt ist mir unerträglich.« Er erhob sich und wollte schon drohend auf Kyle losgehen, als Francesco mit ausgestrecktem Arm dazwischenging.

»Komm, beruhige dich«, sagte er. »Beruhige dich!«

»Du hältst dich hier raus«, warnte Dan.

»Hör zu, es tut mir leid, dass ich hier aufgekreuzt bin. Ich wollte nicht …«

»Ich sagte, halt dich hier raus!«

»Kein Grund, gleich so hochzugehen. Ich bin sofort weg.«

»Provozier mich nicht!«

»Ich provoziere nicht, ich versuche nur …«

Francesco kam nicht mehr dazu, seinen Satz zu beenden. Dan packte die Tomatendose und schüttete Francesco den Inhalt über den Kopf.

»Bist du verrückt, was tust du da?«, kreischte Kyle und stieß Dan gegen die Wand.

»Ach du Scheiße!« Pete war der Erste, der von oben herunterkam und bei dem Anblick, der sich ihm bot, entsetzt aufschrie.

»Schon gut, schon gut, ist nur Tomatensaft«, erklärte Francesco schnell.

»Mann, was für eine Sauerei«, sagte Steve, der mit den anderen ebenfalls wieder nach unten gekommen war. »Alter, du hast zu viel getrunken.«

»Tut mir leid«, stammelte Dan und ließ sich auf einen Stuhl fallen.

Kurze Zeit später, nachdem sich Francesco umgezogen hatte, war er mit Kyle auf dem Weg in die Innenstadt, um den Bus nach London zu erreichen. Sie schien immer noch ziemlich durcheinander und war nicht sehr gesprächig. Immer wieder fuhr sie sich durch die Haare, um ihren Pony aus der Stirn zu streichen.

»Tut mir sehr leid, dass ich dir solche Probleme gemacht habe«, sagte Francesco.

»Vergiss es. Es war nicht deine Schuld. Er hat heute Morgen deine Postkarte gesehen, wir hatten deswegen einen Riesenstreit. Ich konnte ihn nicht länger anlügen. Ich hab für ihn einfach nicht mehr die Gefühle wie noch vor der Reise nach Schweden. Er und seine radikalen Ideen – das interessiert mich alles nicht mehr. Ich glaube einfach nicht mehr an unsere Beziehung.«

Schweigend gingen sie weiter, bis sie den Busbahnhof erreichten. Als der Bus nach London eintraf und die Türen öffnete, umarmten sie sich kurz und Kyle gab ihm einen Kuss auf die Wange.

»Ist es okay, wenn du zu dieser Nachtzeit allein zurückgehst?«, fragte Francesco.

»Keine Sorge, ich nehm ein Taxi.«

»Dan wird dich doch in Ruhe lassen, oder?«

»Er tut mir nichts. Er ist nur ein großes Kind.«

»Wirst du eins der anderen Mädchen bitten, heute Nacht bei dir im Zimmer zu schlafen?«

»Keine Sorge, ich kann schon auf mich selbst aufpassen.«

»Na gut.«

Die anderen Passagiere waren bereits alle eingestiegen, der Bus war abfahrbereit.

»Morgen hab ich zu tun«, sagte Kyle, »aber vielleicht schaff ich es am Samstag, nach London zu kommen.«

»Das wäre toll. Ruf mich einfach im Hotel an.«

»Dann bring ich dir deine Sachen mit. Hoffentlich gehen die Flecken raus.«

»Ist egal. Du kannst sie auch einfach wegwerfen.«

»Vielleicht haben wir nächstes Mal mehr Glück.«

»Auf jeden Fall.«

»Versprochen?«

»Versprochen.«

Als der Bus Oxford verließ und durch die Dunkelheit in Richtung London fuhr, musste Francesco wieder an Kyles kastanienbraune Haare denken – an ihre verheulten blauen Augen, ihr wunderbares Lächeln, den leichten irischen Singsang in ihrer Stimme – und hatte dabei vielleicht zum ersten Mal in seinem Leben das Gefühl, als würde er etwas von sich selbst zurücklassen.

8

London

Am nächsten Tag quälten sich Pierre und Francesco durch verstopfte Straßen und besuchten Antiquitätenläden und Galerien in der Bond Street und Cork Street, sie trafen sich mit stinkreichen Typen, die Namen wie Stematsky, Al-Bachtum oder Itoyama trugen, waren mit zwielichtigen Geschäftsleuten verabredet, die dicke Goldringe an den Fingern trugen und ihre Haare nach hinten gegelt hatten, und tranken mit reichen Witwen unter extravaganten federbestückten Hüten Tee.

Am Nachmittag, nach einem ausgiebigen Mittagessen bei Scalini's, hetzten sie mit einer eifrigen und ununterbrochen auf sie einredenden Immobilienmaklerin von einem Objekt zum anderen, von Knightsbridge nach Chelsea und Kensington, wobei Pierre einige der teuersten Wohnungen und Häuser gezeigt bekam, die der Markt im Moment hergab.

»Das hier ist ein richtiges Schnäppchen«, erklärte die Maklerin und nannte eine astronomische Summe. »Vier Schlafzimmer, zwei Badezimmer, Jacuzzi, Designerküche, doppelt verglaste Fenster, Gemeinschaftsgarten, Transportservice tagsüber, eigener Stellplatz. Was Besseres werden Sie nicht finden, wenn Sie etwas auf die

Schnelle suchen.« Sie senkte die Stimme und setzte hinzu: »Der Eigentümer ist auf dem Sprung ins Ausland. Er will so schnell wie möglich weg.«

»Eine Notlage?«

»Hoffnungslos!«

»Hmm. Aber diese Wohnung ist ein wenig zu klein für das, was mir so vorschwebt«, lautete Pierres abschließender Kommentar. »Ich denke, wir müssen da ein, zwei Kategorien höher gehen.«

»Überhaupt kein Problem«, erwiderte die Maklerin freudestrahlend und wurde gleich noch etwas aufgeregter. »Wann haben Sie morgen Zeit?«

Sie aßen bei Cecconi's in Mayfair, nahmen Drinks im Groucho zu sich, sprangen abends von einer Party zur nächsten und kehrten erst im Morgengrauen zurück in ihr Hotel.

Als Francesco am Samstagvormittag aufwachte, saß Pierre erneut an dem kleinen Tisch vor dem Fenster, hatte einen Stift in der einen und eine Zigarette in der anderen Hand.

»Ist die Ode immer noch nicht fertig?«, fragte Francesco grinsend.

»Ein Work-in-Progress, solange du hier bist.«

»Was schreibst du da eigentlich?«

Pierre zündete sich eine neue Zigarette an und nahm einen tiefen Zug.

»Einen Roman.«

»Ich wusste nicht, dass du Schriftsteller bist.«

»Ist auch nur eine der Sachen, die ich so mache.«

»Hast du denn schon mal was veröffentlicht?«

»Aber ja.«

»Wie kannst du für so was auch noch Zeit finden?«

»Wie? Indem man sie sich nimmt, mein Junge. Wer auf der faulen Haut liegt, sagt der Herr, wird weder reich noch berühmt.«

»Im Sprücheklauen bist du auch nicht schlecht.«

Das Telefon klingelte. Pierre nahm ab.

»An der Rezeption scheint jemand auf dich zu warten. Eine Dame«, verkündete er und seine Augen funkelten belustigt.

»Das ist meine Freundin aus Oxford«, rief Francesco und sprang aus dem Bett. »Sie ist schon da? Wie spät ist es denn?«

»Kurz nach elf. Brauchst du das Zimmer eventuell für Bewegungsspiele? In zehn Minuten bin ich verschwunden.«

»Danke, aber wir fangen den Tag lieber mit einem Spaziergang an.«

»Ich wollte nur zuvorkommend sein.«

Francesco duschte rasch, zog sich an, verabschiedete sich von Pierre und rannte nach unten. Zu seiner großen Überraschung wartete an der Rezeption jedoch nicht Kyle auf ihn. Er brauchte einen Augenblick, um in der wunderschönen jungen Frau mit den nach hinten gebundenen blonden Haaren und der einzelnen goldenen Strähne, die ihr in die Stirn fiel, das Mädchen zu erkennen, mit dem er sich zwei Tage zuvor im Nachtclub unterhalten hatte.

»Hallo, Francesco.«

»Chloe?«

Sie lächelte. »Überrascht? Wir hatten doch gesagt, dass wir heute zusammen in die National Gallery wollten, erinnerst du dich?«

Er erinnerte sich nicht. »Aber klar! Natürlich erinnere ich mich. Ich bin nur noch ein bisschen neben der Spur. Es ist gestern ziemlich spät geworden, entschuldige.«

Sie traten hinaus in den Sonnenschein und gingen zur nächsten U-Bahn-Station, dann fuhren sie zum Leicester Square und spazierten durch die Charing Cross Road in Richtung Trafalgar Square. Sie hielten sich über zwei Stunden in der National Gallery auf und bestaunten gemeinsam die Meisterwerke der italienischen Renaissance. Nach einem kurzen Abstecher in den Museumsbuchladen gingen sie in den Covent Garden und sahen den Pantomimen, Akrobaten und Comedians zu, die auf dem Platz ihre Künste zeigten.

Und als sie in einer nahegelegenen Brasserie draußen einen freien Tisch entdeckten, bestellten sie dort erst ein Glas Wein und später etwas zu essen. Die Sonne schien, und Francesco lehnte sich zurück, hörte Chloe zu und sog alles von ihr in sich auf. War Kyle ein flackerndes Feuer, so war Chloe der in den Baumwipfeln säuselnde Wind; war Kyle eine Wildkatze, die gelegentlich ihre Krallen ausfuhr, wenn man sie streicheln wollte, so war Chloe eine Gazelle, die mit eleganten Sprüngen Wiesen und Grasland durchstreifte.

»In meinem Kopf dreht sich noch alles von den vielen Raffaels und Tizians«, sagte sie gerade. »Was wäre die Welt bloß ohne euch Italiener?«

»Ein besserer Ort wahrscheinlich.«

»Warum sagst du das?«

»Weil die Nachfahren von Raffael und Tizian mit Kunst und Kultur nicht mehr viel am Hut haben.«

»Bist du nicht zu streng mit deinem Land?«

»Meinst du? Versuch mal, dort zu leben. Würdest du Tangentopoli, die Mafiamorde und Berlusconi kennen, würdest du vielleicht anders darüber denken. Die heutigen Italiener sind weiter von ihrer glorreichen Vergangenheit entfernt …«

»… als die modernen Griechen von den alten Griechen?«

»Nein. Ein angemessener Vergleich wäre: als das heutige England von Stonehenge oder das moderne Frankreich von Lascaux. Manchmal habe ich das Gefühl, dass wir gerade wieder am Anfang eines neuen Mittelalters stehen.«

»Aber wenigstens habt ihr eine Demokratie.«

»Da bin ich mir nicht so sicher. Die meisten Menschen, die ich kenne, sehnen sich nach einem ›Mann des Schicksals‹. Und wahrscheinlich bekommen wir auch einen, ehe wir uns versehen.«

»Wie siehst du dann England und die Königsfamilie?«

»Oh, ich würde es nie wagen, auch nur ein Wort darüber zu verlieren.«

»Warum nicht?«

»Du weißt, was Leonardo da Vinci einmal gesagt hat? ›Ich mische mich nicht in Dinge ein, die mit Königen zu tun haben, denn sie sind die Vollkommenheit des Wahren.‹«

»Los jetzt, raus mit der Sprache!« Sie lachte. »Ich verspreche dir, dass man dich auch nicht gleich in den Tower von London werfen wird.«

Er zuckte die Achseln. »Ehrlich, ich weiß es nicht. Ich habe dazu keine Meinung. Vielleicht werde ich auch nie eine dazu haben, selbst wenn ich zwanzig oder dreißig Jahre im Land gelebt haben sollte. Wahrscheinlich wird mir das auch dann noch völlig unbegreiflich vorkommen.«

Nach dem Essen schlenderten sie weiter. Francesco erzählte von all den Orten, die er in den vergangenen zwei Wochen gesehen hatte, wobei er darauf achtete, weder Kyle noch seinen Ausflug nach Oxford zu erwähnen, während Chloe ihm verriet, dass sie ihren Job in der Galerie aufgeben und ein Jahr freinehmen wolle, um mit einer Freundin durch Europa oder Australien zu reisen.

Mittlerweile hatten sie einen der Eingänge zur U-Bahn-Station Tottenham Court Road erreicht, und der Moment des Abschieds war gekommen.

»Das war schön«, sagte Chloe.

»Sehr schön. Vielleicht könnten wir uns morgen wieder …«

»Morgen muss ich arbeiten. Wie wäre es mit nächster Woche?«

»Ich weiß nicht, wie lange ich noch in London bin. Tauschen wir doch einfach unsere Adressen aus, man kann ja nie wissen.«

Sie schrieben die Adressen auf einen Zettel.

»Na dann …«, sagte Chloe, »ich muss jetzt los. Es war schön, dich gesehen zu haben.«

»Chloe …«

»Ja?«

»Nichts … es war ein wirklich schöner Tag.«

»Ja, wirklich.«

Plötzlich hatte Francesco das Gefühl, dass er sie nie wiedersehen würde, falls er jetzt nichts unternahm. Also schloss er die Augen und hauchte ihr einen Kuss – nicht auf die Wange, sondern auf eine sonst eher selten beachtete Stelle, auf den schmalen, von unsichtbarem Flaum bedeckten und von einem Grübchen gefurchten Abschnitt zwischen Oberlippe und Nasenwurzel, wo hundert widerstreitende Gefühle gegeneinander antreten und dafür sorgen, dass der Mund sich entweder zu einem Lächeln oder zu einer Grimasse verzieht.

Chloe verschlug es die Sprache. Sie trat einen Schritt zurück, als hätte sie sich erschrocken, dann aber huschte ein Lächeln über ihr Gesicht. Sie wandte sich dem U-Bahn-Eingang zu, drehte sich noch einmal um, lächelte ihm wieder zu, winkte und verschwand in der Menge, die die Treppe hinunterging.

Francesco ging zum Leicester Square und nahm die Piccadilly Line nach Westen. Als er im Hotel ankam, stand hinter der Rezeption wieder jener abweisende Portier, der ihn beim ersten Mal so abgewimmelt hatte.

»Hat jemand für mich eine Nachricht hinterlassen?«, fragte Francesco.

Der Mann sah ihn an, als wäre er gerade nach der Farbe von Mondmücken gefragt worden.

»Zimmernummer?«

»512.«

»Keine Nachrichten«, antwortete der Portier nach einer kurzen Pause.

»Keine Nachrichten?«

»Nein.«

»Seltsam.«

Francesco ging auf sein Zimmer. Als er die Tür aufmachte, dachte er im ersten Moment, er habe einen Einbrecher auf frischer Tat ertappt. Tatsächlich aber war es Pierre, der seine Sachen hektisch in die Koffer stopfte.

»Was ist los?«, fragte Francesco. »Reist du ab?«

Pierre drehte sich um und sah von seinem Koffer zu ihm auf.

»Ach, wieder da? Gut. Hör zu, es tut mir leid, aber ich muss aufbrechen. Es gibt ein paar Probleme. Geldprobleme.«

»Geldprobleme?«

»Na ja, ich war wieder bei Trulli zum Essen, und Peppe, dieser Teufel, kommt auf mich zu und sagt: ›Du k-kannst nicht ei-einfach so weg‹« – er imitierte Peppes nervöse Zuckungen – »›nur eine schnelle Po-pokerrunde …‹ Er führt mich also nach hinten und lässt mich von ein paar Flaschen Likör probieren, die sein Cousin aus Rumänien reingeschmuggelt hat. Ein Schlückchen hier und ein Schlückchen da, und ehe ich mich versehe, habe ich Karten in der Hand und einen Chipstapel vor mir. Er hat mich total ausgenommen.«

»Ausgenommen?«

»Wie eine Weihnachtsgans, ja.«

»Kannst du nicht Geld bei der Bank abheben? Oder dir was am Geldautomaten ziehen?«

Wieder hielt Pierre abrupt inne.

»Du bist ein Genie! Daran hab ich noch gar nicht gedacht.« Kopfschüttelnd schloss er die Koffer. »Meine Kreditkarten funktionieren nicht mehr.«

»Aber … wieso?«

Wieder eine Pause.

»Es ist kompliziert. Sehr kompliziert.«

»Was ist kompliziert?«

»Der Cash-flow. Meine finanziellen Verhältnisse. Meine monetäre Infrastruktur. Keine Sorge, das wird schon wieder. Aber jetzt muss ich los.«

Francesco ließ sich auf die Bettkante sinken.

»Und wie machst du das jetzt mit der Hotelrechnung?«

»Ich? Ich mach gar nichts. Ist nicht mein Problem.«

»Wer zahlt dann?«

»Ich kann nicht zahlen und ich werde nicht zahlen.«

»Sehr witzig. Im Ernst: Irgendwann ist Schluss mit dem Zechprellen.«

»Ich hab's dir doch schon mal gesagt. Mach dir ums Geld keine Gedanken. Wenn du nicht zahlst …«

»… zahlt ein anderer, ich weiß. Wer übernimmt jetzt also die Rechnung?«

Pierre dachte kurz nach, bis ein Piratenlächeln auf seinem Gesicht erschien.

»Vanessa.«

»Vanessa?«

»Ja. Vanessa, meine liebenswürdige Frau.«

»Und sie wird nichts dagegen haben?«

»Nein, nein. Sie wird zahlen, glaub mir.« Er zwinkerte ihm zu. »Sie wird es liebend gern tun. Ruf sie an, hier ist ihre Nummer.« Er kritzelte ein paar Ziffern auf das Hotelbriefpapier.

»Warum rufst du sie nicht an?«

»Oh, ich ruf sie später an – ich muss sowieso mit ihr reden. Aber im Moment hab ich es ziemlich eilig – mein Wagen wird schon vorgefahren. Übernimm du das für mich, ja?« Pierre patschte ihm zweimal auf den Arm. »Kommst du auch in Paris vorbei?«

»Ja, das hatte ich vor, auf dem Rückweg.«

»Dann sag ich dir was. Bring den Saustall hier in Ordnung und nimm morgen den ersten Zug nach Paris. Wir treffen uns morgen Nachmittag, okay?«

»Und wo?«

»Wir treffen uns« – Pierre dachte nach – »wir treffen uns auf dem Père Lachaise, um fünfzehn Uhr. Am Grab von Chopin.«

»Am Grab von Chopin?«

»Ja. Was ist los mit dir?«

»Nun ja, ich treffe mich in der Regel eher selten mit Leuten auf einem Friedhof.«

Pierre grinste. Er nahm seine Koffer, ging zur Tür und drehte sich um.

»War mir eine Ehre, Kumpel«, sagte er. »Ich werde es wiedergutmachen. *Hasta la vista!*«

Dann war er verschwunden. Francesco sprang auf, sah auf den Flur hinaus und rief ihm hinterher: »Pierre! Hey, Pierre!«

Aber er hörte nur noch das leise Schließen der Aufzugtüren, gefolgt von einem metallischen Surren.

»Das kann doch nicht wahr sein«, murmelte er einigermaßen fassungslos und schüttelte den Kopf. »Das kann doch einfach nicht wahr sein.«

Er setzte sich wieder auf die Bettkante, und plötzlich hatte er das Gefühl, als würde das ganze Zimmer schwanken. Gesichter, Bilder, Gedanken, Fragen, alles kreiste um ihn herum, stürmte auf ihn ein. Sollte er wirklich bei Vanessa anrufen? Er musste ihr sowieso noch von dem gestohlenen Päckchen erzählen. Sollte er sich bei Kyle melden oder bei Chloe? Oder bei seinen Eltern? Sollte er sich am folgenden Tag in Paris mit Pierre treffen? Er könnte versuchen, sich davonzustehlen, ohne zu zahlen. Das Hotel hatte ja weder seine Pass- noch seine Kreditkartennummer und die Buchung war auf Pierres Namen vorgenommen worden. Aber aus irgendeinem Grund erschien ihm das nicht richtig.

Er ging zum Telefon und wählte Vanessas Nummer. Beim zweiten Klingeln hob sie ab.

»Vanessa? Hier ist Francesco.«

Sie schien nicht überrascht, seine Stimme zu hören, und fragte »Wie geht's?«, als wäre es das Selbstverständlichste auf der Welt.

In kurzen, gedrängten Sätzen erzählte Francesco, dass es ihm mehr oder weniger ganz gut gehe, außer dass er – na ja – in Amsterdam ihr Päckchen verloren habe und jetzt ihre Hilfe benötige, um aus der misslichen Lage zu kommen, in die er durch Pierre geraten war.

»Ich weiß.«

»Was wissen Sie?«

»Von Amsterdam. Es tut mir leid«, sagte sie. »Ich wollte Sie nicht in Schwierigkeiten bringen. Später werde ich Ihnen alles erklären. Und ich werde die Hotelrechnung natürlich übernehmen, keine Sorge.« Sie klang traurig, müde, fast enttäuscht. »Wo ist er jetzt?«

»Weg.«

»Wohin?«

»Das weiß ich nicht genau. Jedenfalls wollen wir uns morgen in Paris treffen.«

Er erzählte ihr von der nachmittäglichen Verabredung auf dem Père Lachaise.

»Ich werde versuchen zu kommen. Ich muss mit ihm reden, bevor …« Sie ließ den Satz unvollendet.

»Er sagte, er würde Sie anrufen«, stammelte Francesco in das Schweigen hinein.

»Er wird nicht anrufen«, entgegnete Vanessa. »Er ist … er wird …«

»Hören Sie«, sagte Francesco, »es ist vielleicht nicht so gut, wenn *ich* dabei bin. Mir scheint, dass Sie einige Dinge unter sich klären müssen, und …«

»Bitte«, unterbrach Vanessa. »Bitte, Francesco.« Nach einer langen Pause sagte sie schließlich: »Tun Sie es für mich. Treffen Sie sich mit ihm zur vereinbarten Zeit, und sagen Sie ihm nicht, dass ich auch komme.«

»Aber ich …«

»Es ist wirklich sehr wichtig. Bitte! Sie wissen gar nicht, wie dankbar ich Ihnen sein werde.«

Francesco sah hinaus in den frühabendlichen Himmel. Eine runde Mondsichel, von fedrigen Wolken gerahmt, hing tief über den Dächern der Stadt, in der die ersten Lichter angingen. Francesco verband die wenigen sichtbaren Sterne mit unsichtbaren Linien und hoffte insgeheim, dass sie ihm die Richtung weisen würden. Aber die Sterne blieben natürlich stumm, und sein Weg in der Welt war so ungewiss und unergründlich wie zuvor.

9

Paris

Paris am Morgen duftete nach starkem Kaffee und Croissants. Als Erstes machte sich Francesco nach seiner Ankunft am Gare du Nord auf die Suche nach einem billigen Hotel, wo er sich nach der nahezu schlaflosen Nacht etwas ausruhen konnte. Wieder einmal neigte sich sein Geld dem Ende zu, und so dauerte es eine Weile, bis er etwas in seiner Preiskategorie fand.

Schließlich entschied er sich für ein Hotel garni an der Rue du Faubourg-Saint-Denis. Betrunkenes Gelächter schallte durch die Gänge, als er in sein Zimmer hinaufschlich, vorbei an ein paar grobschlächtigen Typen in Boxershorts und jahreszeitlich eher deplatziert wirkenden St.-Patrick's-Day-Hüten, die, mit Kübeln bewaffnet, offenbar auf der Suche nach einem nicht vorhandenen Eisspender waren und ihm ihre hochgereckten Daumen entgegenreckten.

Er schlief zwei Stunden, besorgte sich dann ein Sandwich und machte sich auf den Weg durch die sonnenbeschienenen Pariser Straßen. Nach einer Umrundung des Eiffelturms und einer blitzschnellen Tour durch den Louvre und das Musée d'Orsay machte er sich auf den Weg nach Osten zum Père Lachaise.

Am Seiteneingang des Boulevard de Ménilmontant verkaufte ein bärtiger Mann allerhand Krimskrams, darunter eine detaillierte Karte des Friedhofs. Holprige Treppenstufen führten zu einem der westlichen, verlassen aussehenden Friedhofswege. Da er bis zu seinem Treffen mit Pierre noch etwas Zeit hatte, beschloss er, einige Gräber zu besichtigen.

Oscar Wildes Grab mit einer geschlechtslosen harpyienhaften Sphinx aus verwittertem Marmor, der mit Lippenstiftabdrücken beschmiert war, konnte nur noch als ironisches Denkmal eines Mannes gesehen werden, der einer ganzen Generation von Ästheten das Ideal der Schönheit gepredigt hatte. Francesco stellte sich den Schriftsteller in schwarzem Gehrock und Zylinder, mit Zigarre und einer Lilie im Knopfloch vor, wie er lässig am grauen, seelenlosen Steinblock lehnte und in gedehntem Singsang vor sich hin sprach:

»Nur wer weiß, dass er nicht unsterblich ist, hat Angst vor dem Tod. Und wer weiß, dass er sterblich ist, hat Angst vor der Ewigkeit.«

Er schlenderte weiter, und nachdem er Sarah Bernhardts Grab hinter sich gelassen hatte und bereits auf dem Weg zu den Gräbern von Molière und La Fontaine war, sah er auf seine Uhr und ihm fiel ein, dass er nach der Überquerung des Ärmelkanals ganz vergessen hatte, sie eine Stunde vorzustellen. Er war also in weniger als zehn Minuten verabredet.

Ohne rechte Orientierung ging er mit schnellen Schritten einen langen gepflasterten Weg entlang, blieb immer wieder an Weggabelungen stehen, drehte die Karte hin und her und versuchte sich in dem Labyrinth der Gräber zurechtzufinden.

»Wenn das hier das Grab von Delacroix ist«, sagte er sich, »muss ich bei der nächsten Abzweigung nach links gehen, dann nach rechts, dann wieder nach links …«

Er beschleunigte seine Schritte, hastete über schmalere Wege, vorbei an Grabsteinen, Obelisken, Statuen und Gewölben, auf die das warme Sonnenlicht fiel und die nur hier und da vom süß duftenden Schatten der Bäume verdunkelt wurden.

Endlich erreichte er das Grab von Chopin. Es lag in einem ruhigeren, abgeschiedenen Teil des Friedhofs und war ein eher bescheidenes, aber anmutiges und mit frischen Blumen geschmücktes Grabmal. Von Pierre war noch nichts zu sehen, und Francesco ließ sich erleichtert auf der im Schatten liegenden steinernen Einfassung des Fußwegs nieder, direkt gegenüber dem Grabstein des polnischen Komponisten.

Zehn, fünfzehn, zwanzig Minuten vergingen, niemand tauchte auf, sah man von vereinzelten Touristen oder Besuchern ab, die kurz stehen blieben, ein Foto machten und weitergingen. Unruhig stand Francesco auf und erkundete die nähere Umgebung, er stieg einen schmalen Weg hinter Chopins Grab hinauf und entdeckte die Gräber von Luigi Cherubini und Vincenzo Bellini. Nur ein paar verwelkte Blumen und ein vertrockneter Kranz lagen hier am Fuß der Grabsteine, die einen verwaisten, ungepflegten und ungeliebten Eindruck machten.

Als er sich zum Chemin Denon zurückwandte, fiel ihm eine schlanke Frau auf, die ganz in Schwarz gekleidet war. Sie trug eine Sonnenbrille, hatte die Haare nach hinten gebunden und wurde von zwei Männern begleitet.

»Vanessa«, entfuhr es ihm. Er ging auf sie zu.

»Francesco.«

Vanessas Begleiter waren muskulöse Männer, die sich in ihren weißen Hemden und Anzügen sichtlich unwohl fühlten. Dem Feisteren von beiden liefen dicke Schweißtropfen über die Stirn.

»Er ist also nicht gekommen«, sagte Vanessa mit gequältem Lächeln. Und bevor Francesco etwas sagen konnte, fuhr sie fort: »Ich habe es gewusst.«

»Sollen wir noch etwas warten?«

»Zwecklos. Bitte kommen Sie.«

Sie gingen die verlassenen Wege entlang, gefolgt von den beiden Männern im Anzug. Vanessa schwieg, als hätte sie Angst, von den Steinen des Friedhofs belauscht zu werden. Erst als sie ein Rasenrondell umrundeten, in dessen Mitte sich ein hohes Monument erhob, sagte sie:

»Ich glaube, ich schulde Ihnen ein paar Erklärungen.«

Sie setzten sich auf eine Bank, die im Schatten eines hohen Baums stand, und Vanessa löste ihre Haare, ließ sie auf die Schultern herabfallen, schob die Sonnenbrille hoch und sah Francesco in die Augen.

»Pierre ist ein Hochstapler«, sagte sie.

Francesco zog eine Augenbraue hoch.

»Er hat es darauf abgesehen, Leute um hohe Geldsummen zu bringen«, fuhr sie fort. »Er tritt in den verschiedensten Ländern unter unterschiedlichen Namen auf. Ich bin nur sein letztes Opfer.«

Es folgte ein langes Schweigen. Offensichtlich hatte Vanessa nicht vor, mehr zu erzählen, solange sie nicht dazu aufgefordert wurde. Die beiden Aufpasser saßen auf der nächsten Bank und rauchten.

»Sie sind also gar nicht mit ihm verheiratet?«, fragte Francesco.

Sie ließ sich mit der Antwort Zeit. »Doch, aber ich bin nicht die Einzige, die dieses Privileg genießt«, sagte sie schließlich.

»Ich glaube, ich kann Ihnen nicht ganz folgen.«

»Er ist mit vielen Frauen verheiratet.«

»Gleichzeitig?«

Sie nickte. »Um sie um ihr Vermögen zu bringen. Er ist seit Jahren mit einer Italienerin namens Gabriella und einer Holländerin namens Linda verheiratet.«

»War das Päckchen für sie bestimmt?«

»Für sie und die holländische Polizei.«

»Darf ich fragen, was drin war?«

»Nur ein paar Fotos, um Linda davon zu überzeugen, dass sich Pierre bester Gesundheit erfreut. Sie dachte nämlich, er wäre tot.«

»Wissen Sie, was mit dem Päckchen geschehen ist?«

»Keine Ahnung. Ich kann nur vermuten, dass Pierre Wind von der Sache bekommen und jemanden angeheuert hat, um es Ihnen abzunehmen.«

»Und diese Holländerin, Linda, hat auch den Notarzt verständigt?«

Vanessa nickte. »Ich glaube, ich brauche jetzt eine Zigarette.«

Sie winkte einem der Anzugträger zu, der daraufhin herüberstolperte, eine Zigarette aus dem Päckchen klopfte und ihr Feuer gab, bevor er wieder zu seiner Bank zurückkehrte. Francescos Blick fiel auf seinen Hinterkopf und er überlegte kurz, ob es sich um den gleichen Mann handeln könnte, den er auf der Videoaufzeichnung des mysteriösen Vorfalls in Amsterdam die Treppe hatte herunterlaufen sehen.

»Pierre hat mein Leben zerstört.« Vanessa nahm einen tiefen Zug und stieß den Rauch aus. »Ich habe ihn vor etwa zwei Jahren auf einer Ausstellung kennengelernt. Er hat mir gleich gefallen. Wir haben uns verabredet und ein paar Monate später haben wir in Venedig geheiratet. Er erzählte mir, dass ihm große Plastikfabriken in China und Hongkong gehören und dass er sie verkaufen wolle, um einen Teil der Erlöse in moderne Kunst und in Aktien zu investieren. Es gab für mich keinen Grund, ihm nicht zu glauben. Er hatte immer viel Geld, er hat mich in die besten Hotels und Restaurants eingeladen – er hat mir wunderbare Geschenke gemacht.« Wieder ein tiefer Zug von der Zigarette. »Was ich nicht wusste, war, dass er es auf die Familienstiftung abgesehen hatte, die mein Vater eingerichtet hatte. Er konnte mich davon überzeugen, dass ich von seinen finanziellen und wirtschaftlichen Kenntnissen profitieren würde, und ich war so dämlich und habe zugelassen, dass er ein Mitglied des Stiftungskuratoriums wurde.« Erneut hielt sie inne. »Er fing also an, von ausländischen Kunsthändlern Drucke, Gemälde und Skulpturen zu erwerben, die er dann zu überhöhten Preisen an die Stiftung weiterverkaufte. Der älteste Trick der Welt. In kürzester Zeit hatte er Millionen veruntreut.«

»Und keiner hat ihn gestoppt?«, fragte Francesco.

»Das Ganze flog erst vor ein paar Wochen bei einer internen Überprüfung auf. Zunächst waren wir uns über das ganze Ausmaß des Betrugs nicht im Klaren. Die Zahlungen liefen über ein kompliziertes Netz aus unterschiedlichen Konten. Ich habe daher eine international operierende Detektei eingeschaltet« – sie deutete auf die beiden Männer – »und erfahren, dass er auch schon in anderen Ländern, unter anderen Namen, ähnliche Betrügereien abgezogen hat. In Holland wird er wegen Versicherungsbetrug gesucht, in Spanien wegen eines Schneeball- oder Pyramidensystems, in Belgien wegen Wirtschaftsbetrug und Geldwäsche … Und das sind nur die Vergehen, von denen wir wissen. Jeden Tag tauchen neue Einzelheiten auf.« Sie drückte die Zigarette am Eisengestell der Bank aus und warf sie in den Mülleimer.

»Also … wollen Sie, dass er verhaftet wird?«, fragte Francesco unbehaglich.

»Ich will nur, dass er aus meinem Leben verschwindet«, sagte Vanessa mit starrer Miene. »Was ich *nicht* will, ist ein Skandal. Das kann ich mir nicht leisten. Es würde meinen Ruf ruinieren. Auf das Geld, das er veruntreut hat, scheiße ich. Alles, was ich will, ist die Scheidung.«

»Und Sie meinen, der wird er nicht zustimmen?«

Zum ersten Mal war der Anflug eines Lächelns auf ihrem Gesicht zu sehen.

»Sie wissen nicht, wie habgierig und rachsüchtig er ist. Als er nämlich feststellen musste, dass seine Konten eingefroren sind und er nicht mehr dem Stiftungskuratorium angehört, wollte er mir doch tatsächlich drohen: Wenn ich ihm nicht die Hälfte von meinem Geld und meiner Vermögenswerte abgebe, würde er mich durch den Dreck ziehen.«

»Was haben Sie jetzt vor?«

»Ich will ihm einen einfachen Ausweg anbieten.« Sie stand auf. »Wollen wir weitergehen?«

Schweigend gingen sie den Pflasterweg entlang, gefolgt von den beiden Privatermittlern. An einer Weggabelung blieb Vanessa stehen und trat an ein monumentales Grab mit steilem, viergiebeligem Steindach, das auf schlanken korinthischen Säulen ruhte und von einem rostigen schmiedeeisernen Geländer umgeben war. Unter dem Dach lagen einträchtig nebeneinander zwei Figuren: ein Mann und eine Frau. Ihre schwarzen, von der Zeit verwitterten Skulpturen riefen eindringlich die Vergänglichkeit alles Irdischen ins Gedächtnis.

»Das muss das Grab von Héloïse und Abelard sein«, sagte Francesco, der mit seiner Karte hinter sie getreten war.

Vanessa nickte.

»Treu bis zum Tod«, murmelte sie. Und dann, nach einer langen Pause, drehte sie sich zu Francesco um. »Werden Sie mir helfen?«

»Ihnen helfen? Um ehrlich zu sein, es wäre mir lieber, wenn ich mit all dem nichts zu tun hätte, Vanessa. Außerdem weiß ich nicht, wie ich da ins Spiel komme. Ich habe mein eigenes Leben und meine eigenen kleinen Probleme, die ich auf die Reihe kriegen sollte.«

»Aber Sie müssen mir helfen, Francesco. Er scheint Sie ins Herz geschlossen zu haben – er wird auf Sie hören. Und ich werde Sie für Ihre Mühen entschädigen.«

»Tut mir leid. Ich will kein Geld.«

»Wir wissen, dass er vorhat, nach Rom zu fahren, am Mittwochabend hat er dort in der Libreria del Corso eine Buchpräsentation. Ich möchte Sie daher um Folgendes bitten: Geben Sie ihm diesen Brief« – sie zog einen kleinen Umschlag aus ihrer Krokodilledertasche – »und sagen Sie ihm, dass es mein letztes Angebot ist. Würden Sie das für mich tun?«

Angespannt standen sie sich gegenüber, nur das Zirpen der Grillen war zu hören. Schließlich nahm Francesco zögernd und mit einem gequälten Grinsen den Brief entgegen.

»Ich hoffe bloß, dass ich für meine Dienste nicht wieder eins über die Rübe bekomme«, sagte er.

»Sagen Sie ihm, es ist seine letzte Chance.« Vanessa nahm die Sonnenbrille aus dem Haar und setzte sie sich wieder auf. Dann fügte sie kryptisch hinzu: »Wenn er nicht einwilligt, lässt er mir keine andere Wahl.« Die feinen Falten auf ihrer Stirn, die ihm schon in der Nacht nach dem Galeriefest aufgefallen waren, waren wieder da.

Am Friedhofsausgang bat Vanessa ihn noch um seine Adresse und meinte, sie würde sich in den nächsten Tagen bei ihm melden.

»Versprechen Sie mir«, sagte sie, als sie in den von einem ihrer Begleiter vorgefahrenen schwarzen Wagen stieg, »dass Sie mir sofort mitteilen, was er gesagt hat … Danke.« Sie schloss die Tür, und als der Wagen anfuhr, legte sich ein Ausdruck der Traurigkeit über ihr starres Gesicht.

Francesco überlegte, was er tun sollte. Die Metro-Station war nur wenige Minuten entfernt. Er konnte zum Gare de Lyon fahren und den ersten Zug nach Turin oder Mailand nehmen. Wenn alles gut lief, wäre er am nächsten Morgen wieder in Italien, könnte einen Schlussstrich unter alles ziehen und sein unkompliziertes Studentenleben wiederaufnehmen.

Tüüüt … tüüüt … tüüüt …

Francesco fuhr herum: Irgendwo hinter ihm hupte ein Wagen. Da er das entsprechende Fahrzeug nicht erkennen konnte, ging er kurzerhand weiter in Richtung Metro-Eingang.

Tüüüt … Tüüüt …

Auf der anderen Straßenseite, eingehüllt in der Staubwolke eines vorbeifahrenden Lieferwagens, stand ein kleiner Sportwagen, und im Fenster tauchte ein Gesicht auf, dessen levantinische Züge Francesco nur allzu gut kannte.

»Hey, Süßer! Wie viel verlangst du?«

»Das ist doch …«, flüsterte Francesco.

Nach einem haarsträubenden U-Turn und der Überquerung einer Kreuzung, die quietschende Reifen, gellendes Hupen und ein Sperrfeuer aus französischen Verwünschungen zur Folge hatte, wand Pierre Cordier sich elegant aus seinem Wagen und kam auf ihn zu.

»Tut mir leid, ist ein bisschen später geworden«, sagte er grinsend und warf Francesco einen verschmitzten Blick zu. »Ganz übler Verkehr hier.«

»Sogar an einem Sonntag?«

»Sogar an einem Sonntag. Nirgends Parkplätze. Schrecklich.« Er seufzte tief.

»Alles in Ordnung?«

»Ja, alles in Ordnung. Immer doch.«

»Und? Alles auf die Reihe gebracht?«

»Was?«

»Na, den finanziellen Engpass.«

»Ja, alles wieder unter Kontrolle, vorerst. Wir sollten uns ein wenig unterhalten.«

»Warum?«

»Warum nicht? Los, steig ein!«

»Was?«

»Steig ein! In … den … Wagen. Was ist los, bist du taub geworden?«

Francesco nahm auf dem Beifahrersitz Platz.

»Schnall dich an«, sagte Pierre und warf die Tür zu.

Und schon schoss er los.

»Wohin fahren wir?«, fragte Francesco.

»Zu einer Bärenjagd. Wir werden nämlich einen ganz großen erlegen.«

»Pierre, im Ernst, wohin fahren wir? Ich wollte eigentlich zurück nach Italien …«

»Kein Problem … Nullo Problemo … Ich bringe dich nach Hause. Hab den gleichen Weg.«

»Ich kann den Zug nehmen.«

»Mit mir geht es schneller.«

Als sie vor einer Ampel halten mussten, ließ Pierre ein paarmal den Motor aufheulen, der danach wieder sein heiseres Grummeln von sich gab.

»Hörst du das? Was für eine Musik. Sechs Zylinder – sechs benzinnuckelnde Babys. Lehn dich zurück, Francesco, und entspann dich … *entspann* dich! Und lass dich von diesem wilden Tier nach Hause tragen.« Erneut gab er Gas.

»Ich hab gerade Vanessa getroffen«, verkündete Francesco mit tonloser Stimme.

Pierres Mundwinkel zuckten kaum merklich. »Ich weiß.«

»Du weißt?«

»Ich hab euer kleines Stelldichein von der Ferne aus beobachtet. Ich wollte nicht dazwischenplatzen.«

»Jetzt hör mal, Pierre. Ich bin gegen meinen Willen in eure komischen Angelegenheiten reingezogen worden. Ich will damit nichts zu tun haben. Hier ist der Brief, den ich dir von Vanessa geben soll.«

»Worum geht es?«

»Ich habe nicht die geringste Ahnung. Sie sagt, es ist ihr letztes Angebot.«

»Hmm … jetzt machst du mich aber neugierig.«

Ohne anzuhalten, nahm er den Brief entgegen und riss ihn auf, zog ein Blatt heraus, das wie ein Scheck aussah, warf einen kurzen Blick darauf und steckte ihn in den Umschlag zurück.

»Mehr kann sie sich nicht leisten?«

Francesco zuckte mit den Schultern. »Sie sagt, es wäre deine letzte Chance.«

»Meine letzte Chance?«

»Um alles unbeschadet zu überstehen.«

»Ah, verstehe. Sie will mir also drohen. Was hat sie vor? Interpol einschalten? Um mit mir ins Geschäft zu kommen, muss sie mindestens noch zwei Nullen dranhängen. Anscheinend hat sie vergessen, wie viel sie wert ist.«

Er zog ein Feuerzeug aus der Tasche, setzte eine Ecke des Umschlags in Brand und wartete, bis er aufloderte, dann bremste er kurz ab und warf das brennende Papier aus dem Fenster.

»So riecht es, wenn man Geld verbrennt«, sagte er vergnügt.

Einige Minuten darauf rasten sie mit zweihundert Stundenkilometern über die Autoroute du Soleil.

»Wie schnell darf man in Frankreich eigentlich fahren?«, fragte Francesco.

»So schnell, wie man will.«

»Im Ernst?«

»Nein. Wer unter hundertdreißig fährt, begeht, glaube ich, eine Ordnungswidrigkeit.«

»Verstehe. Und hilf mir auf die Sprünge – wann durchbricht man die Schallmauer?«

»Wieso? Meinst du, wir sind zu schnell dran? Wir zuckeln doch nur so vor uns hin. Siehst du den kleinen Zeiger dort? Den da? Wir haben noch nicht mal viertausend Umdrehungen … Bei der Geschwindigkeit kann ich die Augen zumachen und das Lenkrad mit einem Finger steuern.«

»Aber mach das bitte erst, wenn ich die Sterbesakramente empfangen habe.«

Schweigend fuhren sie weiter. Als sie die Ausfahrt nach Auxerre hinter sich gelassen hatten, drehte Pierre das Radio auf, zündete sich eine Zigarette an und fragte beiläufig: »Was hat dir Vanessa noch alles erzählt?«

Francesco sah aus dem Fenster.

»Ich will darüber eigentlich nicht reden …«

»Komm schon, stell dich nicht so an. Wir sind doch Freunde, oder?«

Francesco schwieg eine Weile, dann sah er zu Pierre hinüber.

»Du willst also wissen, was sie mir erzählt hat?«

»Los, überrasch mich!«

Francesco blickte wieder aus dem Fenster.

»Ich weiß nicht. Sie hat so komische Sachen erzählt.«

»So komische Sachen!«

»In verschiedenen Ländern. Von Unterschlagung, Bigamie, Versicherungsbetrug … solchen Sachen eben.«

»Betrug? So hat sie das genannt? ›Betrug‹?«

»Ich glaube schon.«

Es folgte eine lange Pause, dann brach Pierre in schallendes Gelächter aus.

»Was ist daran so komisch?«

Wieder wieherte er los, schlug dabei mehrmals auf das Lenkrad und kriegte sich kaum wieder ein. Eine Träne lief ihm aus dem rechten Auge.

»Betrug …« Er schüttelte den Kopf, und plötzlich wurde er sehr ernst. »Betrug … Jede Geschichte hat mehrere Seiten, weißt du. Die Wahrheit ist wie ein Würfel: Je öfter du ihn wirfst, umso mehr Zahlen bekommst du. Frag zehn Leute, was sie gesehen haben, und du bekommst zehn verschiedene Antworten … Willst du wissen, wie es wirklich ist? Dann hör mir jetzt gut zu, und dann sag mir, wer der wahre Betrüger ist, einverstanden?«

»Einverstanden.«

Pierre schnippte die Asche von seiner Zigarette.

»Eines Abends – es muss so vor knapp drei Jahren gewesen sein, ich war noch mit Linda zusammen – waren wir bei Freunden auf einer Party eingeladen. Wir waren alle ziemlich angeschickert, du verstehst schon, und als wir nach Hause kommen, trinken wir noch ein Glas oder auch zwei und ziehen uns aus und gehen ins Bett, und als das Licht aus ist, unterhalten wir uns über dies und das, du weißt schon, über das Leben nach dem Tod, über Gott und die Engel und den ganzen Kram. Ich bin fast am Einnicken, da spüre ich am Hals so ein Jucken. Ich taste herum und entdecke einen kleinen Knoten unter der Haut, hier auf der Seite. Fühl mal, los …«

»Hey, schau lieber auf die Straße!«

»Entspann dich, Francesco, keine Gefahr. Weißt du nicht, dass ich mit dem Tod im Bund stehe? Also, los, fühl schon!«

Francesco streckte die Hand aus und spürte unterhalb von Pierres linkem Ohr eine kleine Schwellung. Zufrieden richtete Pierre den Blick wieder auf die Straße und erzählte weiter.

»Gut, es ist eine Sache, ganz abstrakt über den Tod und die Ewigkeit und die vier Reiter der Apokalypse zu reden, eine ganz andere aber, mitten in der Nacht eine Verhärtung am eigenen Hals zu finden – du weißt, was ich meine? Ich sage mir daher, schön und gut, das ist also das Ende vom Lied. Du führst ein ruhiges Leben, stehst jeden Morgen auf, isst, trinkst, schläfst, und … tataa! An deinem Hals wächst eine Geschwulst, und bevor du weißt, was eigentlich los ist, fährst du auch schon in die Grube … Ich hab mir vor Angst fast in die Hosen gemacht.«

»Hast du Linda davon erzählt?«

»Natürlich nicht, es war mitten in der Nacht, sie hat mittlerweile fest geschlafen. Und wenn du schläfst, willst du nichts von den Todesängsten anderer Menschen hören.«

»Auch wieder wahr.«

»Am nächsten Morgen bin ich also zu einem Freund, einem Arzt und Spezialisten. Er wirft einen Blick darauf, drückt daran herum und meint: ›Nur eine gutartige Zyste, nichts Besorgniserregendes.‹ Ich also in die nächste Kirche, wo ich dem heiligen Declan eine Kerze anzünde, dann eile ich in Lindas Kanzlei, weil ich mit ihr ausgehen will, schließlich gibt es ja was zu feiern, ich rufe sie von der Rezeption aus an, und was sagt sie mir? ›Tut mir leid, Pierre, aber ich bin jetzt mit einem unserer Partner zum Essen verabredet. Vielleicht können wir ja heute Abend eine Pizza essen gehen.‹«

Er nahm einen letzten Zug von der Zigarette und warf sie angewidert aus dem Fenster.

»Am Morgen dachte ich noch, ich müsste das *Tibetanische Totenbuch* büffeln, und mittags sagt die eigene Frau mir, ich soll mich verpissen? Mit einem der Partner verabredet? Genau. In diesem Moment kommt mir die Idee zu einem kleinen Spaß. Am Abend findet sie mich also mit einem Thermometer im Mund im Bett vor. ›Was ist mit dir, Pierre?‹, fragt sie. ›Du siehst so blass aus …‹ ›Nichts, meine Liebe‹, sage ich, ›keine Sorge.‹ ›Wirklich? Du bist ganz blass. Du solltest morgen besser zum Arzt gehen.‹ Und ich sage: ›Ich war heute schon beim Arzt – deshalb war ich auch bei dir in der Kanzlei.‹ ›Ach ja?‹ ›Oh, ja.‹ ›Und was hat er dir gesagt?‹ ›Er hat gesagt, wenn ich Glück habe, habe ich vielleicht noch zwei oder drei Jahre zu leben.‹ Ich ließ sie die Geschwulst unter dem Ohr fühlen.«

»Wie grausam!«

»Grausam? Nein, nur ein unschuldiger Streich – wie du ihn zu Genüge aus Boccaccio kennst. Nun, das Heulen und Zähneklappern, die hysterischen Szenen kannst du dir ja ausmalen. Kommen wir zum Wesentlichen. Ich verspreche also, mich weiteren Untersuchungen zu unterziehen – zufälligerweise kann sie zu keiner einzigen mitkommen, immer ist in der Kanzlei *soooo* viel zu tun –, und ein paar Wochen später sage ich ihr mit leichenblasser Miene: ›Linda, ich habe mir überlegt, ich will dich nicht mittellos zurücklassen.‹ ›Was meinst du?‹, fragt sie. ›Du solltest doch auf dich aufpassen und wieder gesund werden. Mach dir um mich mal keine Sorgen.‹ ›Nein, Linda, ich mach mir Sorgen um dich, große Sorgen. Deswegen halte ich es für eine gute Idee, wenn wir eine Lebensversicherung abschließen.‹ ›Was redest du da?‹, sagt sie. ›Keiner wird dir unter den gegebenen Umständen eine Lebensversicherung geben.‹ ›Du weißt, was man dort, wo ich herkomme, sagt? Was das Auge nicht sieht, reut die Brieftasche nicht.‹ Und ich erzähle ihr, mein Freund, der Arzt, würde mir liebend gern ein wunderbares Attest ausstellen, falls ein solches gefordert wäre.«

»Das klingt aber nicht ganz legal.«

»Genau das hat sie auch gesagt, aber ich habe ihr erklärt, dass das alles doch einer guten Sache dient. Mit dem Geld von der Versicherung könnte sie sich was Hübsches kaufen – eine Wohnung in Jordaan zum Beispiel oder ein Haus an der Côte d'Azur. Das ist doch eine gute Sache, oder? Jedenfalls, um es kurz zu machen: Ich konnte sie dazu überreden. Es sollte aber auch, der Vollständigkeit halber, festgehalten werden, dass Linda damals schon darin schwamm.«

»Schwamm?«

»Im Geld, altem wie neuem. Du weißt, was dieser Dingsda gesagt hat?«

»Wer?«

»Na, der mit dem Bart und den langen Zotteln. Der mit Frieden, Freude, Eierkuchen.«

»Jesus?«

»Nein, der andere, gleiches Gesicht … dieser Typ da … von den Beatles … wie heißt er gleich noch?«

»John Lennon?«

Klatschend landete ein schwerer Schlag auf Francescos Oberschenkel.

»Genau! Was hat er gesagt? ›All you need is …‹«

»Love.«

»Ja … für den Arsch. Die Welt ist ein Drecksloch, Francesco, ein Drecksloch. Jedenfalls, nach ein paar Monaten verschlechtert sich mein Zustand – alles vorgetäuscht, klar. Also sage ich zu Linda: ›Eine Schande, dass du das Geld von der Versicherung versteuern musst.‹ ›Keine Sorge, Liebling‹, sagt sie, ›das spielt doch keine Rolle.‹ ›Ja, aber mit dem Geld könntest du dir doch vielleicht was Nettes kaufen – ich weiß nicht, ein Auto vielleicht oder ein Diamantarmband.‹ ›Was schlägst du also vor?‹ ›Na ja, vielleicht könnten wir das Geld einer wohltätigen Organisation vermachen, einer Stiftung für Halstumore. Dann müssten wir keine Steuern zahlen.‹ ›Aber ist das denn legal, Pierre?‹ ›Natürlich ist das legal, und es kommt einem guten Zweck zugute. Keiner merkt was, und keinem wird geschadet.‹ Ein paar Wochen darauf, nachdem ich mein Testament aufgesetzt habe, nehme ich sie wieder zur Seite und sage ihr: ›Linda, diese wohltätige Gesellschaft für Krebsforschung …‹

›Ja?‹ ›Na ja, ich hab mir überlegt, es ist doch eine Schande, wenn wir sie so schlafen lassen und nicht aufwecken … Warum organisieren wir nicht eine große Party zum Spendensammeln, zu der wir alle deine Freunde und Anwälte einladen?‹ ›Aber ist das nicht illegal?‹ ›Komm schon, du hast doch Jura studiert. Du weißt, es gibt Illegales und Illegales.‹ Mir macht das alles natürlich einen Heidenspaß, irgendwann kurve ich mit einem Rollstuhl herum, mache eben solche Sachen, aber es ist alles nur ein Spaß, ein harmloser Spaß. Also, wo liegt hier der Betrug? Sag es mir! Wer ist der wahre *Betrüger*?« Wieder brach er in schallendes Gelächter aus.

»Wie ging es dann aus?«, fragte Francesco.

»Nun ja«, sagte Pierre inmitten eines Hustenanfalls, »als mir das alles über den Kopf wächst, mache ich auf Reggie Perrin – auf Arthur Cravan.«

»Du hast was?«

»Ich hab mich aus dem Staub gemacht. Eine weitere Dada-Nummer abgezogen, okay? Mein einziger Fehler war, das Geld aus der Versicherung eingesteckt und die Stiftung zu schnell aufgelöst zu haben. Ich hätte die Sache noch ein bisschen länger laufen lassen sollen. Aber ich hatte kein Interesse mehr. Mir ist klar geworden, dass ich zu neuen Ufern aufbrechen musste.«

Auf dem nächsten Rastplatz hielten sie an, um zu tanken und sich die Beine zu vertreten. Pierre rauchte hastig eine Zigarette und führte von einer Telefonzelle aus mehrere Gespräche, während sich Francesco auf einem sonnenbeschienenen Flecken Gras niederließ, an Chloe und Kyle und das abrupte Ende seines InterRail-Trips dachte. Nach ungefähr zehn Minuten saßen sie wieder im roten Geschoss und flogen auf der Überholspur der französischen Autobahn in Richtung Süden.

»Wie kann man in dieser Rakete die Sitze nach hinten stellen?«, fragte Francesco, als sie ihre Reisegeschwindigkeit erreicht hatten.

»Warum? Willst du schlafen?«

»Nein, ich würde nur gern die Augen schließen.«

»Du bist gar nicht neugierig, von Vanessa zu hören?«

»Jetzt nicht, wenn du nichts dagegen hast. Ein anderes Mal vielleicht. Müssen wir immer mit zweihundert Sachen fahren?«

»Sagt dir der Name Schreiter was?«

Seufzend schüttelte Francesco den Kopf.

»Schon mal von Himmler gehört?«

»Du meinst, Hitlers rechte Hand?«

»Genau den. Also, Erich Schreiter, Vanessas Großvater, war Himmlers Buchhalter – heute würden wir von einem ›persönlichen Finanzberater‹ sprechen. Du erinnerst dich noch, als ich die moderne Gesellschaft als einen großen Hühnerkäfig bezeichnet habe? Himmler hat das schon vor über sechzig Jahren erkannt. Er war ein frühreifes Genie. In seiner Jugend hat er eine Hühnerzucht aufgebaut und …«

»Jetzt nimmst du mich auf den Arm.«

»Es ist wahr. Ich schwöre es, es ist alles wahr, du kannst es in den Geschichtsbüchern nachlesen. Das Problem ist nur, seine Hühnerzucht ist ein glatter Reinfall, also muss er sich was anderes suchen. Aber da er nicht auf den Kopf gefallen ist, geht er direkt in die Politik und arbeitet sich stetig nach oben. Ein paar Jahre später marschiert er zum großen Macker und sagt ihm: ›Warum errichten wir nicht ein Konzentrationslager, wie es die Engländer gemacht haben. Ich hab da ein wenig Erfahrung, weißt du. Da können wir alle Juden, Polen, Schwule und Kommunisten einsperren – sogar die Schlitzaugen, falls die uns mal unterkommen sollten. Nichts leichter als das.‹ ›In Ordnung‹, sagt Hitler, ›aber was springt für uns dabei raus?‹ Da schmeißt sich ein kleiner Kerl, Vanessas Opa, in Positur und sagt: ›Na ja, jeder Tote wirft ein paar Goldzähne ab … sagen war mal, zwanzig Reichsmark, zum Beispiel … ein Paar Schuhe, drei Mark, eine Uhr, noch mal zehn Mark … dazu kommt noch das ganze Silberbesteck, Schmuck, Möbel, Gemälde, Häuser und Bankkonten, die wir konfiszieren können.‹ ›Hmm …‹, sagt Hitler, ›keine schlechte Idee … gut gemacht, Himmler, dafür bekommst du einen Orden.‹«

»Was hat das alles mit Vanessa zu tun?«

»Wenn du mich ausreden lässt, wirst du es erfahren. Nach dem großen Erfolg mit den KZs sagt Opa Schreiter also zu Himmler: ›Hör mal, Heinrich, wir haben einen Hühnerkäfig gebaut zur Auslöschung der Juden, vielleicht sollten wir auch ein Zuchtprogramm anleiern zur Weiterentwicklung der arischen Rasse, was meinst du?‹ Und so kam Himmler auf die Idee zum Lebensborn-Programm.«

»Lebensborn?«

»Ja, sie errichten also ein paar Manufakturen – oder soll man sagen Manu*fuckturen* – zur Fortpflanzung der deutschen Rasse. Sie suchen sich dazu die schönsten Mädchen mit blauen Augen und blonden Haaren und lassen sie mit SS-Soldaten paaren. Was verziehst du so das Gesicht?«

»Das erfindest du jetzt alles!«

»Nein, keineswegs. Ich schwöre es bei den Nierchen meiner Mutter, so steht es in den Annalen der Geschichte. So jedenfalls ist Arthur Schreiter, Vanessas Vater, gezeugt worden. Verstehst du? Wir kommen allmählich zum entscheidenden Punkt. Aber dann ging die Sache für die Nazis übel aus, und Herr Hitler hat sich eine Kugel in den Schädel gejagt. Auch Himmler verabschiedet sich, nicht mit einem lauten Knall, sondern einem leisen Wimmern, aber der gute alte Schreiter schafft es, sich in die Schweiz abzusetzen. Es ist nicht so leicht, einen Buchhalter umzulegen, schon gar nicht einen deutschen. Schreiter verlegt mit seinem Sohn Arthur seine Geschäfte also nach Zürich. Die Schweizer sind ein ehrliches Völkchen, aber wie sie zu ihrem Geld kommen, darüber bewahren sie lieber Stillschweigen. Ich wette, dass sie am Bettelstab gehen würden, wenn das viele Bare und das Gold in ihren Tresoren an die Ursprungsländer zurückgehen würden.«

Pierre zündete sich eine neue Zigarette an und öffnete einen Spaltbreit das Fenster.

»Jahre vergehen«, fuhr er fort, »die Leute vergessen, und Schreiter junior, Arthur, baut sich ein eigenes Leben auf – was nicht so schwierig ist mit den vielen Millionen, die sein Vater angehäuft hat. Blut aber ist dicker als Wasser, und so sorgt er dafür, dass Papas Erspartes auch nutzbringend verwendet wird – mit fünfundzwanzig Jahren beerdigt er in aller Stille seinen alten Herrn, lässt sich ein gestutztes Oberlippenbärtchen stehen und kehrt nach Deutschland zurück. Dort angekommen, ändert er als Erstes seinen Namen von Schreiter zu Schreiber – nur für den Fall – und heiratet eine ehrbare deutsche Frau mit blauen Augen und blonden Haaren, sammelt Kunst, stiftet für wohltätige Zwecke und gründet ein Unternehmen für den Handel mit Entwicklungsländern – man vertreibt Panzerfäuste, Maschinengewehre, Handgranaten, Landminen, Bomben, alles vollkommen legal. Natürlich schickt er seine Kinder auf die besten Schulen, besorgt die besten Klavierlehrer und so weiter … Kurz, er recycelt das alte, schmutzige Geld mit Hilfe von frischem, jungem Blut. Ist dir jetzt klar, warum unsere Freundin so darauf aus, jeden Skandal zu vermeiden?«

»Du sagst also, dass Vanessa die Tochter eines Waffenhändlers und Enkeltochter eines Nazi-Offiziers ist? Die gleiche Vanessa, die *Kunst und Revolution* verfasst hat?«

»Ich will dir eines sagen: Hinter jedem radikalen Denker, hinter jedem linksextremen Künstler steht meistens altes Geld – altes Geld, das nur selten hinterfragt wird. *Pecunia non olet.* Wie sagt man in Rom? *Er più c'ha la rogna.* Die Saubersten haben die Krätze.«

»Unglaublich!«

»Sag ich doch. Hältst du es also für gerecht, dass so ein kleines Miststück wie sie mit ihrer fetten Kriegsbeute, an der Blut klebt, mich als einen *Betrüger* bezeichnet? Wenn das Geld, das in ihren Taschen klimpert, reden könnte, wenn es losheulen könnte, würde sie sich wahrscheinlich selbst nicht mehr sehen wollen – sich und ihre schwachsinnigen oneirischen Bilder.«

Pierre kniff die Augen zusammen und schwieg, während er auf der Überholspur an den anderen Autos vorbeiraste, die sich im Vergleich zu ihnen kaum vom Fleck zu rühren schienen.

»Und das Beste daran ist«, fuhr er fort und zog kräftig an seiner Zigarette, »dass Leute wie ich juristisch belangt werden – Leute wie ich, die keiner Fliege was zuleide getan haben und nur in Ruhe gelassen werden wollen ... Die Justiz denkt nicht im Traum daran, die wahren Verbrecher zu verfolgen ... Verstehst du, Francesco, jetzt in diesem Augenblick werden überall« – mit einer ausladenden Geste schien er die ganze Welt miteinbeziehen zu wollen – »Leute ausgeraubt, ermordet, fertiggemacht und übers Ohr gehauen ... aber da das alles mit einem Lächeln auf den Lippen geschieht, stört sich keiner daran ... stattdessen will man mir ans Leder. Ich will dir eine andere Geschichte erzählen, eine wahre Geschichte, sie ist auch nicht lang – und sie hat sich erst letzten Monat ereignet. Du erinnerst dich noch an diese Fettgesichtige – du weißt schon – Botoxstirn, Schlauchbootlippen, Kegelbeine – die Diva mit ihren Zwei-Tonnen-Titten, die berühmte Opernsängerin? Also, sie gibt irgendwo in

Asien ein Wohltätigkeitskonzert, der gesamte Erlös soll an die Kinder in Äthiopien gehen – ja, ja, wenn Wünsche Pferde wären … Ihr Agent setzt für die weltweiten Fernsehrechte also einen tollen Vertrag auf. Das Problem ist nur, er kann das Konzert nicht an die großen amerikanischen Sender verkaufen, somit bleibt nicht viel Geld zum Auszahlen. Was macht er also? Mit den Einnahmen aus dem Kartenverkauf begleicht er das Honorar der Sopranistin, die Ausgaben für die Organisation, die Spezialeffekte, Werbung etc. etc. Er vergisst auch nicht – warum sollte er? –, seine Kosten für die nicht zustande gekommenen Fernsehrechte abzudecken. Was bleibt für die Kinder in Äthiopien? So gut wie gar nichts. Wovon natürlich noch die Steuer und die Kommission für den Agenten weggeht. Dir ist klar, worauf ich hinauswill? Jeder macht mit: Steuerhinterziehung, Insolvenzbetrug, Insiderhandel, Fälschung, Bestechung, Diebstahl, Prostitution, Kinderhandel, Organhandel – ganz zu schweigen von den dunklen Machenschaften der Großkonzerne, der Politiker, Regierungen, Kriegsverbrecher … Aber was passiert? Sie wollen *mir* ans Leder.« Nach einer kurzen Pause fügte er hinzu: »Du stehst doch nicht auf der Seite der Anwälte oder der Versicherungsleute, oder?«

»Ich steh auf gar keiner Seite«, sagte Francesco.

Pierre drückte das Gaspedal durch, schaltete das Radio aus und schwieg für den Rest der Fahrt.

10

Monte Carlo

Gegen zehn Uhr erwachte Francesco aus einem unruhigen Schlaf. Sie waren nicht mehr auf der Autobahn, sondern schlängelten sich über die schmalen Straßen der französischen Riviera. »Noch zehn Kilometer nach Monte Carlo?«, krächzte er, stellte den Sitz aufrecht und gähnte.

»Musst du immer schlafen?«, sagte Pierre.

»Halten wir da an?«

»Ich hab dort mit einem Freund geschäftlich zu tun, dann können wir auf ein paar Spielchen ins Casino.«

»Wer ist denn dieser Freund?«

»Ein Russe – eigentlich ein Litauer.«

»Weiß er, dass du ihn besuchen kommst?«

»Natürlich. Ich hab seine Sekretärin angerufen. Man kann sich mit ihm nicht einfach so treffen, man muss schon einen Termin vereinbaren. Er hat viel um die Ohren. Einmal bin ich in einem Zug zugestiegen, damit wir uns zwischen zwei Stationen in seinem Erste-Klasse-Abteil treffen konnten.«

»Was macht er?«

»Weiß nicht genau. Er macht in Asbest, glaube ich. Ich hab ihn nie gefragt. Er gehört nicht zu denen, die man so was fragt.«

Sie parkten in der Nähe der Port-d'Hercule-Marina, schlenderten zu den Anlegestellen und blieben vor der luxuriösesten Jacht stehen, die ihm Hafen vertäut lag, einem nagelneuen, dreißig Meter langen Boot in futuristischem Design. Es hatte den Anschein, als würde darauf eine Party gefeiert, Musik und Gelächter waren vom Oberdeck zu hören. Mit forschen Schritten ging Pierre auf die fahl beleuchtete Gangway zu, die von einem grobgesichtigen, etwa 130 Kilo schweren Zwei-Meter-Riesen in dunklem Anzug bewacht wurde. Pierre hob den Arm und begrüßte ihn mit einer Ghettofaust.

»Hey! Wie geht's, Mann?«

Weder blinzelte der Riese, noch rückte er einen Millimeter zur Seite. Pierre ließ den Arm sinken.

»Chto?«, sagte der Riese.

»Lässt du uns nicht rein?«

»Nein.«

»Ich bin aber mit Mr. Glinskis verabredet. Ich bin ein Freund von ihm. Was ist los? Erkennst du mich nicht?«

»Nein.«

Pierre verlor sein überlegenes Gehabe.

»Jetzt komm schon, Mann, ich bin extra tausend Kilometer gefahren. Ich hab vorher angerufen – er erwartet mich.«

Der Wachmann murmelte etwas in sein Walkie-Talkie, wartete auf eine Antwort, dann sagte er:

»Mr. Glinskis hat zu tun.«

»Was redest du? Ich hab einen Termin.«

»Mr. Glinskis hat zu tun.« Der Wachmann klang nun leicht bedrohlich.

»Weiß er, dass ich hier bin?«

»*Da.*«

»Und er will mich nicht empfangen?«

»Mr. Glinskis hat zu tun.«

»Okay, soll ich morgen noch mal kommen?«

Erneut murmelte der andere in sein Walkie-Talkie und wartete auf die Antwort.

»*Njet.* Morgen nicht.«

»Wann dann?«

»Nächstes Jahr.«

»Nächstes Jahr?«, entfuhr es Pierre.

»*Konetschno.* Falls Mr. Glinskis nichts zu tun hat.«

Pierre trat einen halben Schritt vor, als wollte er sich dem Wachmann entgegenwerfen und sich an ihm vorbeidrängeln.

»Lass gut sein, Pierre, gehen wir lieber«, flüsterte Francesco und hielt ihn am Arm zurück. »Du willst dich doch nicht mit diesem Kerl anlegen – hast du sein Gesicht gesehen?«

»Ja, sieht aus wie ein Weihnachtsgeschenk von der Osterinsel.«

»Mit dem ist nicht zu spaßen.«

»In Ordnung«, fauchte Pierre, riss den Kopf herum und drehte sich um. »In Ordnung. Verdammter Russe.«

»Vielleicht hat er wirklich zu tun.«

»Egal. Irgendwann krieg ich ihn schon. Lust auf eine Runde Roulette?«

Auf dem Weg zur Spielbank mussten sie kurz anhalten, um für Francesco ein schwarzes Jackett und eine zerknitterte rosarote Krawatte aus Pierres Koffer zu kramen.

»Also, pass auf«, sagte Pierre, als er den Kofferraum zuknallte. »Du spielst nur Rot oder Schwarz, Gerade oder Ungerade, *passe* oder *manque*, okay? Lass dich zu nichts hinreißen.«

»Ich schau sowieso nur zu.«

»Ja, ja, du schaust nur zu. Das sagen alle, du Schlauberger. Wollen es alle ganz langsam angehen. Also, halt dich bloß im Zaum.«

Auf der kurzen Treppe zum Haupteingang begegneten ihnen lächelnde Paare, die wie sie auf dem Weg ins Casino waren, während ihnen trübsinnige Spieler auf ihrem Weg nach draußen entgegenkamen. Pierre besorgte Eintrittskarten und holte einige Jetons, danach trennten sie sich in der Haupthalle. Pierre steuerte sofort die von Spielern umlagerten Roulettetische an, während Francesco durch die angrenzenden Räume schlenderte und eine Weile lang den einarmigen Banditen und Blackjack-Tischen zusah.

»Ich schwöre zu Gott«, sagte ein kleiner, spanisch aussehender Mann in abgetragenem Anzug, »ich schwöre zu Gott, wenn der Croupier wieder ein As zieht, fress ich diesen Hundert-Franc-Schein.«

»*Vingt-et-un*«, rief der Croupier.

»Gebt ihm etwas Salz«, flüsterte jemand hinter Francesco.

Francesco ging zurück und suchte seinen Freund, der mittlerweile an einem Roulettetisch mit hohen Einsätzen saß. Links neben ihm stand eine große Blondine, rechts eine Rothaarige. Pierre zwinkerte, scherzte, lachte, schob gestikulierend seine Jetons auf dem grünen Tuch herum, setzte oder strich seine Gewinne ein. Die Mitspieler um ihn herum verrieten sich durch ihre Gesten und Mienen. Die schmale, sich zögerlich dem Spieltisch nähernde Hand gehörte zu einer dunkel gekleideten Dame mittleren Alters mit strengem Gesicht und starrer Miene. Eine Brünette mit ausladendem Dekolleté schob unbesorgt ihre Jetons hin und her, kippte Champagner in sich hinein und kicherte ihrem Sugar Daddy ins Ohr. Ein scheinbar teilnahmsloser Gentleman, vielleicht ein *advantage player*, ließ seinen Blick über den Tisch schweifen, setzte jedes zweite Mal und notierte sich sämtliche Resultate in einem winzigen Block.

Pierre hatte einen ganzen Berg Jetons vor sich angehäuft und nahm beide Hände zu Hilfe, um sie zu platzieren. Francesco gesellte sich zu ihm.

»Wie läuft es?«

»Sensationell. Spielst du nicht?«

»Ich schau erst mal zu. Um zu lernen.«

»Hast du Hunger? Durst?«

»Nein.«

»Wirklich nicht? Kann man dich vielleicht dafür begeistern?« Pierre deutete mit einem Nicken auf seine Jetons. »Versuch dein Glück.«

»Ich hab kein Glück im Spiel.«

»Los, mach schon, eine schnelle Runde. Hier, nimm und zeig mir, was du drauf hast.«

Er drückte Francesco einen Hundert-Franc-Jeton in die Hand.

Francesco wanderte wieder von Saal zu Saal und blieb erneut bei den Blackjack-Tischen stehen, wo ihm ein schmerbäuchiger Herr – allem Anschein nach ein professioneller Spieler – aufgefallen war. Er war ganz in Weiß gekleidet, sogar Weste und Schuhe waren weiß, er trug einen Panama-Hut und eine Golduhr und hatte einen langen schwarzen Vollbart. Seine Strategie war nicht sehr ausgefeilt: Er pendelte zwischen den Tischen hin und her und setzte fünfhundert Franc auf jede Karte, die gespielt wurde. In regelmäßigen Abständen tauchte er hinter den Rücken der anderen Spieler auf, und wurden die Karten aufgedeckt, zog er weiter. Meistens gewann der Croupier. Ohne die Miene zu verziehen, holte der Dicke weitere Jetons aus der Tasche und setzte seinen täppischen Reigen zwischen den Tischen fort. In weniger als einer halben Stunde verlor er auf diese Weise mehr als hunderttausend Franc.

Francesco kehrte in den Roulettesaal zurück, stellte sich in der hintersten Ecke an einen Tisch mit geringen Einsätzen und beobachtete das Treiben der Spieler. Was er hier sah, war das exakte Abbild einer ungerechten Gesellschaft. Manche gewannen, andere verloren, und im Auf und Ab der Wechselfälle des Glücks wechselte das Geld den Besitzer, bevor mit den neuen Einsätzen alles wieder von vorn begann: Manche gewannen, die meisten verloren, und die Kapriolen des Schicksals schlugen erneut zu. Pierre hatte in gewisser Weise recht: Die Welt war ein Drecksloch.

Einer der Spieler vor ihm, ein Italiener, verließ unter lautstarken Flüchen und Verwünschungen den Tisch. Francesco nahm Platz, wartete, bis der Croupier die wenigen Gewinner ausbezahlt und die übrigen Einsätze einkassiert hatte, dann setzte er seinen Hundert-Franc-Jeton auf Rot. Gleich darauf änderte er seine Meinung und schob ihn auf das schwarze Feld, bevor er ihn, als die Kugel zu kreiseln begann, erneut ins rote Feld schob.

»Rien ne va plus«, verkündete der Croupier.

Die Kugel rollte, während sich die Scheibe in die entgegengesetzte Richtung drehte, dann verloren beide an Geschwindigkeit, die Kugel holperte und hüpfte und blieb in einem Fach liegen.

»Seize – rouge, pair et manque.«

Der Croupier schob den Gewinn neben Francescos Einsatz und räumte das Tableau frei.

Francesco starrte verständnislos auf den Tisch. Es kam ihm befremdlich vor, dass sich sein Geld allein durch das Drehen einer Scheibe verdoppelt hatte. Er zögerte und wusste nicht, ob er den Gewinn einstreichen sollte oder nicht.

»Mesdames et messieurs, faîtes vos jeux, s'il vous plaît.«

Wieder rollte die Kugel, und bevor Francesco seine Jetons herausnehmen oder woanders hinlegen konnte, erklärte der Croupier, dass nicht mehr gesetzt werden konnte.

»Vingt-trois – rouge, impair et passe.«

Der Croupier schob vier Hundert-Franc-Jetons zu Francesco, der sie mit einer impulsiven Handbewegung, als würde er von jemandem dazu gedrängt, auf das schwarze Feld legte.

Kurz darauf sagte der Croupier:

»Quatre – noir, pair et manque.«

Diesmal beschloss Francesco, siebenhundert Franc zurückzubehalten und hundert auf *passe* zu setzen. Doch dann hatte er ganz kurz Blickkontakt mit dem Croupier, und plötzlich hörte er in sich eine Stimme: »Auf die Null! Setz alles auf die Null!« Und das tat er. Er beugte sich über das Tableau und legte unter den erstaunten Blicken der anderen Spieler achthundert Franc auf die Null.

»Rien ne va plus.«

Die Kugel rollte und schien minutenlang im Kessel herumzuhüpfen. Francesco schloss die Augen, aber er wusste, was passieren würde – er war so davon überzeugt, dass er in diesem Augenblick darauf sogar sein Leben gesetzt hätte.

»Zéro«, sagte der nun doch leicht nach Fassung ringende Croupier.

Überraschte Ausrufe und lebhafte Kommentare waren zu hören, als Francesco seinen Gewinn einsammelte und mit fast 29000 Franc in Jetons abzog. Er ging direkt zur Kasse, tauschte die Jetons in Geldscheine um und machte sich auf die Suche nach seinem Freund.

Pierres Tisch war mittlerweile zur Hälfte verlassen. Verschwunden waren die große Blondine und die Rothaarige. Neben Pierre saß nun eine sehr alte, ganz in Schwarz gekleidete Dame, die eine unheimliche Ähnlichkeit mit der Witwe auf Vanessas Party in Köln hatte. Vor Pierre lagen ein paar armselige Jetons, und er war sichtlich angeheitert.

»Riecht es so, wenn man Geld verbrennt?«, fragte Francesco, als er sich neben Pierre niederließ.

»Ein teuflisches Spiel«, sagte Pierre. »Hast du gewusst, dass man die Zahl 666 erhält, wenn man alle Zahlen im Roulettekessel addiert? Die Zahl des Teufels.«

»Was ist? Du warst doch am Gewinnen.«

»Ich weiß. Ich dachte, es würde meine Nacht werden.« Er setzte seinen letzten Jeton auf Schwarz. »Nur Rot und Schwarz, Rot und Schwarz, Gerade und Ungerade … das ist das Geheimnis …«

»Das hat Dostojewski auch gesagt und dabei sein letztes Hemd verspielt.«

Kugel und Kessel setzten sich in unterschiedliche Richtungen in Bewegung.

»Rien ne va plus«, sagte der Croupier mit müder Stimme.

»Nun, mein Freund«, fuhr Pierre fort und legte Francesco die Hand auf den Arm, während er weiter den Blick starr auf die Kugel gerichtet hielt, »wenn sie auf Schwarz landet, können wir uns für die Nacht ein Hotel leisten, wenn nicht … na, dann werden wir wohl im Auto schlafen müssen. Aber da du ja überall schlafen kannst, sollte das für dich kein Problem sein.«

Die Kugel eierte vor sich hin und schien sich schon für die 28 entschieden zu haben – eine schwarze Zahl –, mit einem letzten übellaunigen Schnippen von Fortunas Finger aber taumelte sie dann doch ins benachbarte Fach.

»Sept – rouge, impair et manque.«

»Merde!«, zischte Pierre.

Als sie das Casino verließen und den Wagen ansteuerten, drehte sich Pierre mit einem Mal um, so, als wollte er wieder zurück.

»Hast du zufällig noch die hundert Franc, die ich dir gegeben habe? Oder vielleicht noch fünfzig?«

»Pierre, lass uns gehen …«

»Diese verdammte Rothaarige … alles ihre Schuld, sie hat mich verhext.«

»Gehen wir, Pierre!«

»Komm, nur noch ein Spielchen *trente-et-quarante*, dann sind wir schon wieder weg. Ich muss noch ein bisschen Kleingeld in der Tasche haben.«

Francesco gelang es schließlich, ihn vom Casino-Eingang wegzuzerren. Es war fast zwei Uhr morgens.

»Sind die Hotels hier teuer?«, fragte Francesco beiläufig, als Pierre es sich auf dem Autositz bequem machte.

»Was?«, antwortete er und rieb sich gähnend die Augen.

»Ich hätte gegen ein hübsches Zimmer nichts einzuwenden. Ich würde nämlich wirklich gern duschen.«

»Was redest du da? Wir haben kein Geld. Meine Geldmaschine, Mr. Glinskis, will sich erst nächstes Jahr mit mir treffen.«

»Warum sorgst du dich so plötzlich um das Geld? Hast du nicht gesagt, intelligente Wesen bräuchten kein Geld?«

»Hä?« Pierre sah ihn fragend an, dann fiel sein Blick auf Francescos rechte Hand, die ein Bündel Geldscheine umklammert hielt.

»Na los, es wird langsam kalt«, sagte Francesco. »Diesmal geht die Rechnung auf mich.« Er zwinkerte Pierre zu.

Und diesmal, dieses eine Mal, gelang es ihm doch tatsächlich, den Virtuosen der Irreführung und Meister der Überraschung selbst zu überraschen.

11

Rom, Genzano

Alle Wege führen nach Rom – das zumindest hatte man Francesco immer gesagt. Wie zum Beweis bestand er daher am nächsten Morgen darauf, sich ans Steuer von Pierres Wagen zu setzen, und schlug zunächst die Richtung nach Osten ein, bevor er nach Süden abbog, ohne einen Blick auf die Karte zu werfen oder auf die Verkehrsschilder zu achten. Pierre hatte seine Sonnenbrille auf und lümmelte auf dem Beifahrersitz, während Francesco mit gesitteten hundertzehn Stundenkilometern dahinfuhr, was sich auf einer italienischen *autostrada* ausnahm, als würden sie stillstehen. Als sie so den italienischen Stiefel hinunterschnurrten, vorbei an mehr oder minder vertrauten Städten, kam es Francesco vor, als würde er in einen großen Trichter hineinschlittern, als würden sämtliche Straßen, auf denen er gereist war – in Deutschland, Schweden, Dänemark, Holland, England und Frankreich –, genau hierher führen, hinein in die Ewige Stadt, seine Heimat.

Zwischen Lucca und Prato hielten sie zum Tanken an einer Raststätte. Pierre war in schrecklicher Stimmung, verbrachte die meiste Zeit in einer Telefonzelle, hatte eine Zigarette in der Hand, den Hörer zwischen

Schulter und Ohr geklemmt und schrie und brüllte und schlug gegen die Glasscheibe.

»Dieses Biest!«, rief er, als er aus der Telefonzelle trat und den Zigarettenstummel wegschnippte. »Ich werde ihr zeigen, wer die Hosen anhat. Fahren wir!«

Schweigend fuhren sie durch weite grüne Felder und sanfte, von mittelalterlichen Städten und Kastellen gekrönte Hügel, bis Pierre den Kopf nach hinten legte und wegdöste. Als er aufwachte, war es fast fünf Uhr nachmittags.

»Wo sind wir?«, fragte er, nahm die Sonnenbrille ab und streckte sich.

»In der Nähe von Orte …«

»Orte? Dann sind wir ja fast da …« Er lehnte sich im Sitz zurück, gähnte und schloss wieder die Augen.

Tatsächlich lagen noch achtzig Kilometer vor ihnen. Eine Stunde später näherten sie sich allmählich der Innenstadt, passierten Kreuzungen, Wohnblocks, Ampeln und Fußgänger, die nach Lust und Laune die Fahrbahn querten, während sie links und rechts von Motorini und Vespas überholt wurden. Pierre setzte sich auf und fungierte als Copilot.

»Hier biegst du rechts ab … bei der nächsten Einmündung links … setz den Blinker … langsamer … hey, du blöder Arsch.«

Die letzte Bemerkung galt nicht Francesco, sondern dem Typ mit dem Drei-Tage-Bart neben ihnen, der sie an einer roten Ampel zu überholen versuchte, indem er rechts auf den Bürgersteig hinauffuhr. Sein Wagen war ein alter kanariengelber Fiat 500 Abarth mit schwarzem Heckspoiler und einer Stereoanlage, mit der er einen Nachtclub hätte beschallen können. Der Fahrer sah mit glasigen Augen zu ihnen herüber, ließ den Arm aus dem Fenster baumeln und klopfte dabei im Rhythmus der Musik gegen die Wagentür, während er auf einem Zahnstocher herumkaute. Pierre schüttelte nur mürrisch den Kopf, als der Typ davonschoss, nachdem die Ampel auf Grün sprang.

»Meine Güte, was bist du für ein ängstlicher Fahrer. Du hast zu viel Respekt. Wir sind hier in Rom, nicht in Genf.« Er legte Francesco die Hand auf die Schulter. »Ich zeig dir, wie man hier Auto fährt. Erste Grundregel ist das *survival of the fittest*.«

Sie tauschten die Plätze und Pierre glitt hinter das Steuer und setzte seinen Vorsatz in die Tat um, so dass sie keine zwanzig Minuten später das Viertel San Lorenzo hinter der Stazione Termini erreicht hatten.

»Ich bin in zehn Minuten wieder da, okay? Ich stell nur meine Sachen ab, dann fahr ich dich nach Hause.«

»Keine Sorge, die Station Laziali ist gleich um die Ecke.«

»Sicher? Es macht mir nichts aus, dich zu fahren.«

»Ganz sicher.« Francesco grinste. »Züge sind weniger gefährlich, außerdem muss ich nichts zahlen.«

»Na, wie du willst. Hör zu, ich habe am Mittwoch in der Libreria del Corso eine Buchpräsentation. Kommst du? Wir könnten danach in Trastevere noch was trinken oder einen Happen essen gehen.«

»Nicht schlecht. Um wie viel Uhr geht es los?«

»Um sechs.«

»In Ordnung.«

Sie tauschten Adressen und Telefonnummern aus und gingen ihrer Wege.

Im Zug nach Albano saß Francesco die meiste Zeit in einem leeren Abteil, während am Fenster die gesichtslosen Vororte vorbeizogen: erst die großen Wohnblocks von Casilina, dann die Ruinen römischer Aquädukte mit Bretterverschlägen hinter den Bahngleisen, dann die noch immer sonnenbeschienenen grünen Felder der Campagna Romana, schließlich das langweilige Ciampino, gefolgt von der kühlen Frische der Albaner Berge … Der Trichter verengte sich.

Francesco schloss die Augen und ließ sich vom sanften Schaukeln des Zuges einlullen, während sie die Hänge zum Albaner See hinauf- und an der päpstlichen Sommerresidenz Castel Gandolfo vorbeifuhren. Vor seiner Reise hatte er Italien nie verlassen, nun hatte er Europa vom einen zum anderen Ende durchquert. Es war an der Zeit, nach Hause zurückzukehren. Er spürte, wie müde er war. Er musste zur Ruhe kommen und die Eindrücke der vergangenen Wochen verarbeiten, die ihm noch durch den Kopf schwirrten. Er wollte wieder bei den Dingen sein, die er kannte, in vertraute Augen schauen, banale, gewohnte Sachen tun. Kurz, ihm war, als sehnte er sich danach, sich wieder dem wohltuenden Trott seines Lebens zu ergeben.

Als er aus dem Regionalbus von Albano stieg, atmete er tief ein und sah sich um: Hier war die baumgesäumte Straße, dort das Café, vor dem die immer gleichen alten Männer saßen und rauchten, dort die steile, abwärts führende Straße – und das alles schien ihm zuzulächeln und zuzunicken.

Er trat durch das Tor der Sozialbausiedlung, stieg die breite Steintreppe hinunter, ging unter dem Fenster der Corradina vorbei, deren neunzehnjähriger Sohn Mariuccio wegen Drogenhandels im Gefängnis saß, passierte Lenoras Wohnung, aus der die Schreie tombolaspielender *comari* klangen, vorbei an Adrianas Balkon, auf dem drei Monate zuvor ihr Mann Enrichetto überfallen und mit zweiundzwanzig Messerstichen getötet worden war.

Und dann kam der Augenblick, den er in Gedanken gut hundertmal durchgespielt hatte, wie ein Sportler, der sich auf seinen großen Sprung vorbereitet und prüft, ob er festen Stand hat, dann einen kurzen Schritt nach vorn macht, einen zurück, und dann davonschießt. Nur wusste Francesco, dass er nicht weich landen würde. Kaum hatte er auf die Klingel gedrückt, wurde auch schon die Tür aufgerissen, und eine schrille Stimme in Genzaneser Dialekt herrschte ihn an:

»Warum hast du nicht angerufen – kein einziges Mal?«

Die Worte kamen von einer Frau mit müdem Gesicht und zerzausten, stumpfen roten Haaren. Aus der Küche drang der Geruch von gebratenen Anchovis und gedünstetem Stängelkohl.

»Hallo, Mama.«

»*Cammina, vié dentro*. Ich bin am Kochen.«

Francesco trat ein und schloss hinter sich die Tür. Im Flur war es dunkel. Das Tageslicht wurde noch aus dem letzten Winkel gesogen, nur der fahle Schein einer einsamen nackten Glühbirne an der Decke erhellte den Weg zur Küche. Der Tisch war für zwei Personen gedeckt, aber schnell war ein weiterer Teller und weiteres Besteck aufgetragen.

»Einen Monat, ohne dass du was von dir hast hören lassen«, sagte seine Mutter vorwurfsvoll, als sie sich an die Zubereitung der Pasta machte und Francesco an einem Ende des kleinen Tisches, gleich neben dem Fenster, Platz nahm. »Ich dachte schon, du wärst tot. Ganz allein unterwegs …«

»Ich war ja nicht am Amazonas.«

»Ich weiß, trotzdem, einen ganzen Monat, und kein Anruf, noch nicht mal eine Postkarte hast du geschickt …« Sie sah gar nicht zu ihrem Sohn, sondern rührte nur die Spaghetti im kochenden Wasser um.

»Es war kein Monat, es waren nur zweieinhalb Wochen … und außerdem hab ich mal angerufen, aber es hat sich keiner gemeldet.«

Seine Mutter ging darauf nicht ein, sondern konzentrierte sich auf ihren Kochtopf.

»Ich dachte, ich bleibe die Nacht über hier. Wäre das in Ordnung?«

»Natürlich.«

»Marcella hat nichts dagegen? Wo ist sie?«

»Mit Freunden ausgegangen.«

Ein paar Minuten später wurde ein Teller mit dampfenden *Spaghetti al pomodoro* vor Francesco gestellt.

»Iss, bevor es kalt wird«, sagte seine Mutter.

»Was ist mit Papa? Isst er nicht mit?«

Ein vertrautes Geräusch – ähnlich dem Trompeten eines alten Elefanten – kam aus Richtung der Toilette, und in der weißen, abblätternden Tür tauchte ein dickbäuchiger Mann im Unterhemd auf; im Mundwinkel baumelte eine Zigarette, in der Hand hatte er eine zusammengefaltete *L'Unità*, das Gesicht war unrasiert, die Haare fettig, die Brille verschmiert und die oberen beiden Knöpfe des Hosenschlitzes standen offen. Das war sein Vater.

»Ach! Christoph Kolumbus ist nach einem halben Jahrtausend auch wieder da!«

»Hallo, Papa«, murmelte Francesco, den Mund voller Pasta.

»Der Held zweier Welten …«

»Das war Garibaldi.«

»Du weißt, was ich meine.«

»Nein, weiß ich nicht.«

»Hältst du es für richtig, nichts von dir hören zu lassen und deine Mutter noch nicht mal anzurufen?«

»Ich hab es Mama gerade gesagt, ich hab einmal angerufen.«

»Einmal?«

»Mehr Zeit war nicht.«

»Aber es war genügend Zeit zum Herumlungern?« Francescos Vater nahm am Kopfende des Tisches Platz.

»An uns erinnerst du dich nur, wenn du Geld brauchst oder dir mal wieder den Bauch vollschlagen willst, richtig?«

»Falsch. Ich hab dich in drei Jahren nicht um eine Lira gebeten. Und was willst du für das Essen hier?«

Sie setzten ihr verbales Scharmützel fort, während Francescos Mutter kaum ihr Essen anrührte und ansonsten in ergebenem Schweigen zwischen Herd und Spüle hin und her huschte.

»Ich leg mich hin«, sagte Francesco und erhob sich, nachdem Obst und Kaffee aufgetragen worden waren. »Ich bin hundemüde. *Buonanotte.*«

Weder sein Vater noch seine Mutter erwiderten etwas darauf. Ihre Blicke waren auf den kleinen Schwarz-Weiß-Fernseher auf dem Kühlschrank gerichtet, wo eine neue Folge ihrer Lieblingsserie *Derrick* lief.

»Haben gestern nicht die Olympischen Spiele angefangen?«, versuchte es Francesco trotzdem noch einmal. »Und kommt heute nicht Fußball – spielt Italien nicht gegen Polen?«

»Wen interessiert das denn?«, unterbrach Sergio sein Schweigen. »Zweiundzwanzig verhätschelte Idioten, die einem Ball nachlaufen.«

»Früher hast du Fußball gemocht. Als ich klein war, bist du mit mir sogar ins Stadion gegangen.«

»Es interessiert mich nicht mehr. Und jetzt geh aus dem Bild, los!«

Francesco ging durch den dunklen Flur und öffnete die Tür zu seinem alten Zimmer, dem Schwarzen Loch von Kalkutta, in dem er seine Kindheit und Jugend verbracht hatte – dem Raum mit den beiden Betten, der Fichtentruhe, den hellgrünen Tapeten und Marcellas Duran-Duran-Poster an der Wand, Dinge, die er alle in- und auswendig kannte. Ein Gefühl der Klaustrophobie überkam ihn, als er an das Gefängnisleben dachte, das seine Schwester nach wie vor in diesem engen Kabuff führte.

Um das erstickende Gefühl und den muffigen Geruch loszuwerden, der an dem warmen Abend im Zimmer lag, stellte sich Francesco aufs Bett, streckte sich, versuchte das kleine Fenster zu öffnen und frische Luft hereinzulassen. Das Fenster aber gab nicht nach. Schweißüberströmt sprang er vom Bett.

Leise klopfte es an die Tür. Er öffnete.

»Was ist los, Mama?«, fragte er, mit dem Ellbogen gegen den Türrahmen gelehnt.

»Ich hab es glatt vergessen … Zia Teresa hat heute deine Wohnung geputzt und das hier rübergebracht. Es ist für dich.«

Durch den schmalen Türspalt reichte sie ihm eine Postkarte und einen Brief.

»Danke.«

Er schloss die Tür und setzte sich aufs Bett. Die Postkarte stammte aus Oxford: »Tut mir leid, dass ich nicht nach London gekommen bin. Dan und ich haben beschlossen, für drei Monate nach Australien zu gehen, um uns wieder zusammenzuraufen. Am Abend, als du gefahren bist, hat er mir einen Heiratsantrag gemacht. Den

Abend in Lund werde ich trotzdem nie vergessen. Sonnige Grüße und bewölkte Küsse, Kyle. PS: Ich hab noch deine Sachen hier. Sie sind gewaschen, die Tomatenflecken sind aber nicht ganz rausgegangen – du kannst sie jederzeit abholen …«

Der Brief war von seinem holländischen Erretter, Boudewyn, und enthielt eine Rechnung und Quittungen. Das Krankenhaus hatte eine Kostenaufstellung für den Krankenwagen und die geleistete Notversorgung geschickt, die Boudewyn zusammen mit herzlichen Grüßen weiterleitete.

Kopfschüttelnd betrachtete Francesco erneut Kyles Postkarte. Er war jetzt einundzwanzig Jahre alt, ging ihm durch den Kopf, und alles, was er vorweisen konnte, waren seine Vergangenheit und eine unbestimmte Zukunft. Er dachte an Chloe, ihre hellblonden Haare, ihre helle Haut, die sanften braunen Augen, und er träumte von einem gemeinsamen Leben mit ihr – einem Haus in London, in Paris oder Rom, einem Leben mit Reisen, erfüllter Arbeit, kulturellen Erlebnissen –, aber dann hörte er durch die Wände seine Mutter in der Küche mit den Töpfen klappern und seinen Vater im Bad Schleim abhusten, und er war wieder in der Realität, der kleinen Sozialbauwohnung am Rand einer kleinen Provinzstadt, und fühlte sich unzufrieden und unzulänglich.

Er stürzte in die Küche, wo der Fernseher in fast völliger Dunkelheit Bilder und Töne ausspuckte. Sein Vater saß auf seinem Stuhl, und wäre nicht das rote Glühen der Zigarettenspitze gewesen, hätte man meinen können, er schlafe. Seine Mutter war völlig auf den Krimi fixiert und häkelte geistesabwesend.

»Was dagegen, wenn ich noch schnell jemanden anrufe?«, fragte Francesco.

»Frag deinen Vater … Sergio?« Kurz konnte sich seine Mutter von der in Zigarettendunst gehüllten Mattscheibe losreißen.

Francescos Vater aber, immer noch verstimmt wegen des vorausgegangenen Streits, leerte nur sein Glas Amaretto de Saronno – sog den letzten Tropfen aus, nahm das Glas kurz von den Lippen, fuhr mit der Zungenspitze über den zuckrigen Rand – und ignorierte sowohl die Frage seines Sohnes als auch die Aufforderung seiner Frau.

»Kann ich jemanden anrufen, Papa?«, wiederholte Francesco in versöhnlicherem Ton seine Frage.

Nach weiterem Schweigen war seine heisere Stimme zu hören:

»Mach, was du willst, es schert dich ja eh nicht mehr, was dein Vater sagt.«

»Danke.«

»Übrigens«, sagte Sergio noch, als sein Sohn schon im Gang war.

»Ja?«

»Wie heißt er noch … Leonardo, dein Freund, der mit dem Ohrring … Er hat drei- oder viermal angerufen … Wollte wissen, wann du zurückkommst.«

»Gut, danke. Ich rufe ihn morgen an.«

Francesco ging zum Telefon und wählte Chloes Nummer. Nachdem er ein paar Mal hatte durchklingeln lassen, meldete sie sich.

»Hallo?«

»Chloe?«

»Ja?«

»Hier ist Francesco.«

»Francesco! Wie schön, von dir zu hören. Wie geht's dir?«

»Gut, gut. Ich bin gerade wieder nach Rom zurückgekommen – eigentlich nach Genzano, da wohne ich nämlich. Ich dachte, ich melde mich mal bei dir und …«

Es folgte eine lange Pause.

»Ich komme übrigens fürs Wochenende nach Rom«, sagte Chloe.

»Was? Wirklich?«

»Mit meinem Freund.«

»Oh!«

»War nur Spaß.«

»Gut.«

»Mit der Mutter von meinem Freund, meine ich.«

»Oh!«

»War auch nur Spaß.«

»Hör mal, Chloe« – Francesco räusperte sich – »ich hab's dir nicht erzählt, aber ich hab da was mit dem Herzen …«

»Wie schrecklich!«

»Ja, es zeigt sich vor allem dann, wenn es um dich geht.«

»Was soll das heißen?«

»Das heißt wohl, dass ich dich liebe.«

Wieder eine lange Pause.

»Das hat mir bisher noch nie jemand gesagt.«

»Ich hab das auch noch nie jemandem gesagt.«

»Na ja, wir sehen uns ja bald.«

»Wann genau kommst du? Ich kann es kaum erwarten.«

»Am Donnerstagmorgen.«

»Soll ich dich vom Flughafen abholen?«

»Da wirst du mich kaum finden.«

»Warum nicht?«

»Weil ich mit dem Zug komme. Ich fahre am Mittwoch los.«

»Dann hol ich dich am Bahnhof ab. Wann kommt dein Zug?«

»Einen Moment, ich muss erst … Zehn Uhr fünfzehn, steht hier.«

»Ich werde da sein.«

»Ich freue mich. Bis dann!«

»Bis dann.« Er schmatzte einen Kuss in den Hörer und legte auf.

Als er in sein altes Zimmer zurückkehrte, flüsterte er: »Hab ich wirklich ›Ich liebe dich‹ gesagt und den Hörer geküsst?« Seine schlechte Laune war wie weggeblasen. Er warf sich aufs Bett, strampelte mit den Beinen, lachte, nahm einen Gedichtband, der seiner Schwester gehörte, zur Hand und blätterte ihn durch, ohne ein Wort zu lesen. »Alle Gedichte sind doch nur ein einziger

Schwindel«, dachte er. »Liebe ist nichts, was man aufschreiben kann. Wenn man Glück hat, empfindet man so etwas nur einmal in seinem Leben.« Er klappte das Buch zu. »Hmm, das wäre Stoff für ein gutes Gedicht. Ich bräuchte dazu nur noch ein paar Reime.« Er schaltete das Licht aus, versuchte einzuschlafen, aber seine Gedanken kehrten immer wieder zu Chloe zurück und der Aussicht, sie wiederzusehen. Er lächelte in der Dunkelheit, hob den Arm und bemerkte, als er auf die phosphoreszierenden Zeiger seiner Armbanduhr sah, dass es auf Mitternacht zuging. Die stickige Luft und das lästige Warten auf Marcella trieben ihn aus dem Zimmer. Der Fernseher war mittlerweile aus, sein Vater aber, der selten schlafen konnte, wenn er nicht wusste, dass alle im Bett lagen, saß in nahezu vollständiger Dunkelheit immer noch auf seinem Küchenstuhl, lauschte klassischen römischen Liedern im Radio und rauchte seine filterlose Zigarette. Seine Miene war unergründlich. Leise öffnete Francesco das Küchenfenster, zog sich einen Stuhl zurecht und setzte sich.

»Gibt es irgendwas Neues?«, fragte er.

»Ja. Italien hat verloren.«

»Italien hat verloren?«

»Drei zu null gegen Polen. Diese Pappnasen. Lassen sich von einer Fensterputzertruppe schlagen. Wir sind noch nicht mal mehr im Fußball gut.«

»Und andere Neuigkeiten?«

»Worüber denn?«

»Keine Ahnung. Die Arbeit?«

»Ach.« Sergio nahm einen Zug von der Zigarette. »Sie haben im Stahlwerk gerade wieder Leute entlassen. Weitere fünfzig stehen kurz davor.« Er hustete, und seine Augen wurden zu schmalen Schlitzen, die nichts Gutes verhießen.

»Hast du die Abfindung angenommen?«

»Nein. Die Gewerkschaft hat davon abgeraten. Sie sagt, wenn man sie annimmt, ist man sofort weg. Es besteht noch eine geringe Chance, dass ein deutscher Konzern alles übernimmt und ein paar von uns ihre Arbeit behalten. Und du? Hat dir die Reise gefallen?«

»Ja. Es war toll.«

»Was hast du alles gesehen?«

Francesco erzählte die Kurzversion seiner abenteuerlichen Reise und vermied es, Pierre oder alle unerfreulichen Situationen zu erwähnen. Für jemanden wie seinen Vater, der mit Ausnahme seines Militärdienstes in Apulien – von dem er aufgrund vorgetäuschter Depressionen vorzeitig wieder nach Hause geschickt worden war – die Gegend um Rom nie verlassen hatte, der die Weine der Region allen Grand Crus vorzog und dessen gesamtes Wissen über die Welt aus dem Fernsehen stammte, musste sich seine Schilderung wie eine Märchenstunde anhören.

»Hat dir gefallen, was du gesehen hast?«, fragte er seinen Sohn schließlich.

»Ja, sehr. Und ich hätte nichts dagegen, für eine Weile im Ausland zu leben. In England zum Beispiel oder in Holland. Einfach, um zu sehen, wie das ist.«

»Hmm, ich würde das nicht wollen«, brummte Sergio, erhob sich und drückte energisch die Zigarette im Aschenbecher aus. »Das Leben ist besser hier. Es geht doch nichts über das Zuhause. Welchen Sinn hat es, in die Welt zu ziehen? Es ist überall dasselbe: Die Leute essen, schlafen und scheißen. Was hat deine Großmutter immer gesagt? *Quanno la formica vorze mori …*«

»… *misse l'ala.* Wenn die Ameise sterben will, lässt sie sich Flügel wachsen. Aber vielleicht ist es da, wo sie hinfliegt, besser als in dem kleinen Loch, in dem sie vorher gelebt hat.«

»Das bezweifle ich.« Sergio schaltete das Radio aus, schleckte die letzten Tropfen aus seinem Glas und fügte hinzu: »Deine Schwester ist noch nicht da. Ich gehe jetzt ins Bett. Mach das Licht aus, in Ordnung?«

»Ich gehe auch schlafen.«

In diesem Moment war von der Eingangstür ein leises Knarren zu hören. Sergio steckte den Kopf in den Gang, machte das Licht an, deutete auf seine nicht vorhandene Uhr am Armgelenk und blaffte seine Tochter an: »Was glaubst du, wo du hier bist? In einer Pension? Du kommst nur noch zum Schlafen nach Hause, was? Es ist fast eins. Wer muss denn morgen wieder zur Arbeit?«

»Es ist halb eins«, korrigierte Marcella ihn, »und morgen hab ich Nachmittagsschicht. Hallo, Francesco!«, entfuhr es ihr überrascht, als sie ihren Bruder entdeckte. Francesco hob die Hand zum Gruß.

Sergios Frau kam aus dem Schlafzimmer.

»Schreit doch nicht so rum, sonst wachen wieder die Leute unter uns auf und beschweren sich …«

»Hältst du es für richtig, dass deine Tochter so spät nach Hause kommt?«

»Sei leise, sonst klopfen sie wieder gegen die Decke.«

»Hältst du es für richtig?«, beharrte Sergio. »Zu meiner Zeit …«

»Zu deiner Zeit«, unterbrach ihn Marcella, »haben es die Leute viel schlimmer getrieben, am Tag und in der Nacht.«

»Hast du das gehört, Annamaria? Hältst du es für richtig, dass ein Mädchen so mit seinem Vater spricht?«, sagte Sergio zu seiner Frau. »Behandelt man so seinen Vater?« Sergios Ton wurde schärfer, sein Temperament drohte mit ihm durchzugehen, die Bühne war schon bereitet für eine nächtliche *sceneggiata napoletana* – eine lautstarke, leidenschaftliche Aufführung, an der Francesco in der Vergangenheit so oft hatte teilnehmen dürfen.

Doch in diesem Augenblick begann das Telefon zu schrillen. Alle Blicke fielen auf den grauen Gegenstand, der sich im Lauf seiner langen Anwesenheit niemals erdreistet hatte, nach halb elf noch zu klingeln – außer damals, sechs Jahre zuvor, als die Nachricht von Großvater Micheles Tod eingetroffen war. Keiner wagte, nach dem Hörer zu greifen, alle standen wie angewurzelt um das Telefon herum.

Schließlich, nachdem es etwa zehn Mal geklingelt hatte, griff Marcella beherzt nach dem Hörer.

»Hallo?«

Es folgte ein langes Schweigen. Sergio starrte mit herunterhängender Kinnlade zu seiner Tochter hinüber. Annamaria zog sich in den Türrahmen des dunklen Schlafzimmers zurück und beobachtete die Szene mit ängstlichen Augen in Erwartung fürchterlicher Neuigkeiten. Francesco blieb am Ende des Gangs stehen, lehnte mit dem rechten Arm an der Wand und hatte ein Bein über das andere gekreuzt.

»Sì … sì … sì …«, sagte Marcella in unregelmäßigen Abständen, bevor sie hinzufügte: »Ja, der ist da … Ich gebe Sie weiter …«

Sie sah auf, dann fiel ihr Blick auf ihren Bruder. »Es ist für dich.«

Alle Blicke waren jetzt auf Francesco gerichtet. Er ging mit schweren Schritten zum Telefon, während ihm Hunderte Gedanken durch den Kopf schwirrten – Gesprächsfetzen, Gesichter, Bilder –, so, als wäre er noch halb im Schlaf. Wer konnte ihn um diese Zeit noch anrufen?

»Ja?«, sagte er, als er den Hörer in Empfang nahm.

»Franziskus!«, rief eine Stimme am anderen Ende, und Francesco war, als sehe er das so typische Grinsen in aller Lebendigkeit vor sich. Einen Augenblick lang war er wie vom Donner gerührt, während seine Eltern und seine Schwester ihn verdutzt anstarrten.

»Ich wette, du hast schon geschlafen«, fuhr die Stimme fort. »Los, aufwachen! Raus aus den Federn! Was ist bloß los mit dir? Immer am Schlafen, der Junge! Dabei ist es noch nicht mal Mitternacht – die Nacht ist noch jung, mein Freund.«

»Es ist fast eins«, sagte Francesco leise.

Einen Moment war es still.

»Ah, ich hab vergessen, die Uhr vorzustellen … ha, ha.«

»Woher hast du diese Nummer?«

»Nachdem du unter der Nummer, die du mir gegeben hast, nicht zu erreichen warst, hab ich deinen Nachnamen im Telefonbuch nachgeschlagen. Es gab nur einen weiteren Eintrag, also … bingo.«

»Ich habe deinen Anruf nicht erwartet.«

»Tut mir leid, Kumpel. Du musst mir einen kleinen Gefallen tun.«

Francesco sagte nichts.

»Meinst du, ich kann bei dir für ein paar Tage einige Kartons unterstellen? Ich werde sie später abholen. Nur ein paar Bücher, du weißt schon, nichts Schweres …«

»Klar, kein Problem«, sagte Francesco.

»Danke, Kumpel. Und … hör zu, wäre es auch möglich, dass ich für zwei, drei Tage bei dir unterkommen kann? Nur, damit ich Zeit habe, ein paar Dinge in Rom zu regeln, dann bin ich auch schon wieder weg …«

»Ja, klar, aber … können wir das nicht morgen besprechen. Nichts für ungut, aber … es ist spät, und …«

»Ah, verstehe …«, sagte Pierre.

Francesco seufzte. »Wo bist du jetzt?«

»In einer Telefonzelle auf dem Marktplatz in Genzano. Links von mir ist ein Café, vor mir ein phallischer Brunnen, und …«

»Ich weiß, wo das ist. Warte, in einer Viertelstunde bin ich da.«

Als Francesco aufgelegt hatte, brüllte sein Vater los:

»Wer zum Teufel war das? Hältst du das für eine angemessene Zeit, um bei anderen Leuten anzurufen?«

»Sergio, beruhige dich … die Nachbarn beschweren sich sonst wieder.«

»Die beiden alten Ziegen da unten kümmern mich einen Dreck. Heutzutage kann man in seinen eigenen vier Wänden nicht mal mehr furzen.« Sein Blick wanderte zu Frederico und Marcella. »Guck dir deine Kinder an!«, polterte er weiter. »Aber ich hab in diesem Haus eh nichts mehr zu sagen. Überhaupt nichts mehr zu sagen. Und du« – er deutete auf Marcella – »ich kann es kaum erwarten, dass du hier endlich ausziehst, hörst du? Das gilt auch für dich, du kleiner schnorrender Drückeberger. Verschwindet.«

»Mach nicht so einen Radau, Sergio«, sagte seine Frau. »Sonst klopft Rosa wieder mit dem Besen gegen die Wand.«

»Das wird sie nicht tun!«

»Oh, doch, das wird sie tun. Sie ist nämlich nicht taub.«

»Dann ist es mir auch egal.«

Marcella schob sich an ihrem Vater vorbei und warf ihm einen herausfordernden Blick zu, bevor sie im Bad verschwand, um sich abzuschminken. So war es an Francesco, den väterlichen Wutanfall über sich ergehen zu lassen, und so dauerte es noch weitere zwanzig Minuten, bis er Pierre endlich abholen konnte.

12

Genzano

Francesco brachte Pierre zu seiner kleinen Wohnung in der mittelalterlichen Altstadt, die seinen verstorbenen Großeltern Lina und Michele gehört hatte und die er mit Erlaubnis seiner Mutter und seiner Tante Teresa benutzen durfte – unter der strikten Bedingung, dass er keine Fremden mitbrachte. Als sie die steile Via Sforza hinaufgingen – auf der einmal im Jahr die Infiorata stattfand, das Blumenfestival von Genzano –, erzählte Pierre, dass man das Schloss in seiner Wohnung in San Lorenzo ausgetauscht hatte und seine Sachen in Kartons verpackt in der Portierskammer untergestellt waren.

»Man hat dich zwangsgeräumt?«, fragte Francesco.

»Erzähl keinen Unsinn. In Italien wird niemand zwangsgeräumt.«

»Was dann?«

»Keine Ahnung. Das muss ich herausfinden. Aber ich glaube zu wissen, wer dahintersteckt. Der Portier behauptet, er wisse von nichts – *nulla vidi.* Aber er ist auch aus Sizilien.«

»Warum hast du nicht die Carabinieri gerufen? Es ist deine Wohnung. Man kann dich doch nicht einfach so rausschmeißen.«

»Na ja«, sagte Pierre, »die Sache ist ein bisschen kompliziert. Die Wohnung läuft nicht auf meinen Namen. Ich zahl auch keine Miete. Ich benutze sie nur gelegentlich, wenn ich in Rom bin. Sie gehört einem alten Freund. Aber mach dir keine Sorgen, ich krieg das hin. Ich krieg das alles wieder hin.«

In Francescos Wohnung roch es stark nach Bienenwachs und Möbelpolitur. Seine Mutter und seine Tante Teresa wechselten sich beim Putzen ab, und ihm kam es vor, als wollten sich die beiden gegenseitig darin übertrumpfen, die Wohnung makellos rein zu halten. Folglich war die Wohnung nach Nonna Linas Tod vor drei Jahren in eine Art Schrein verwandelt worden, und obwohl Francesco hier wohnen durfte, wagte er es kaum, auch nur einen einzigen Stuhl zu verrücken. Er bot Pierre das Bettsofa im Esszimmer an, über dem ein Billigdruck der Mona Lisa hing, und zog sich selbst in das alte Schlafzimmer seiner Großeltern mit dem großen Bett zurück.

Die Hitze, die unbequeme Matratze, die späte Stunde, aber auch die Erinnerungen an die Szene in der Wohnung seiner Eltern ließen ihn nicht einschlafen; unruhig wälzte er sich hin und her. Es musste bereits auf halb drei zugehen, als er plötzlich glaubte, schwachen Zigarettenrauch wahrzunehmen. Er sprang aus dem Bett und schlich auf Zehenspitzen in den Flur. Der Geruch war hier stärker, außerdem war unter der Tür zum Wohnzimmer ein schwaches Licht zu erkennen. Vorsichtig öffnete er sie. Pierre saß mit einer Zigarette im Halbdunkel am geschlossenen Fenster, eingehüllt in grauen Qualm, der im orangefarbenen Schein der Straßenlaterne hin und her waberte.

»Pierre«, flüsterte Francesco.

»Wer bist du?« Schweigen. »Und wer bin ich eigentlich?«

»Was machst du da?«

»Ich gebe mich bittersüßen Phantasien hin.«

»Wenn meine Mutter oder meine Tante morgen hier auftauchen, machen sie Hackfleisch aus mir.«

»Wieso – wegen ein bisschen Asche auf dem Boden?«

»Marsyas hat man schon für weniger die Haut abgezogen.«

»Soll ich die Zigarette ausmachen?«

»Das wäre für den Anfang nicht schlecht. Und mach das Fenster auf, bitte.«

Francesco schaltete das Licht an und entdeckte eine leere Flasche Vecchia Romagna und eine halbleere Flasche Cointreau auf dem Tisch. Er stöhnte leise.

»Willst du auch einen Schluck?«, fragte Pierre.

»Du … du hast doch nicht …«

»Ist ein wenig schal geworden, aber noch trinkbar.«

»Du willst mich wirklich umbringen.«

»Keine Sorge, ich kauf morgen zwei neue Flaschen.«

»Bist du betrunken?«

»Ich? Betrunken? Nein. Ich hab nur einen Schlummertrunk gebraucht.«

»Wie kannst du nachts bloß immer wach bleiben?«

»Wie kannst du nachts bloß immer schlafen?« Pierre drückte die Zigarette im Kristallaschenbecher auf dem

Tisch aus und öffnete das Fenster. »Und nicht nur du. Alle. Die ganze Welt.«

Vorsichtig, um ja kein Geräusch zu machen, zog Francesco einen Stuhl unter dem Tisch hervor und setzte sich Pierre gegenüber.

»Ist irgendwas?«

»Meine Güte – jetzt sieh mich nicht so an, als wolltest du mich vom Selbstmord abhalten.«

»Na ja, du siehst ehrlich gesagt ziemlich fertig aus – ist wirklich alles in Ordnung?«

»Ja, es ist ganz herrlich hier.« Er zündete sich eine neue Zigarette an.

»Machst du dir um irgendwas Sorgen?«

»Nein. Meine Großmutter hat sich immer Sorgen gemacht. Sie ist mitten in der Nacht aufgestanden und hat Feigen oder Kirschen geerntet, weil sie Angst hatte, die Vögel würden sie am Morgen holen. Ich bin da anders. Ich mach mir nie Sorgen.«

»Gut, dann können wir ja jetzt wieder ins Bett gehen.«

»Sie ist ein rachsüchtiges Biest.«

»Was? Wer?«

»Vanessa. Sie ist ein unzufriedene Person. Im Ernst. Ich hab ein Foto von ihr. Sieh sie dir an! Sieh dir bloß ihr Gesicht an – der verkniffene Mund, ihre ganze Körpersprache. Sie strahlt nur Negatives aus. Und sie ist eiskalt im Bett, das kann ich dir sagen.«

»Gut, du bist betrunken. Reden wir morgen weiter, okay?«

»Willst du wissen, was mit meinem Leben im Moment nicht stimmt? Alles. Alles ist im Argen. Um es mal lyrisch auszudrücken: Mein Leben ist mit Scheiße benetzt. Ich habe zu viele Schulden.«

»Schulden?«

»So hoch wie der Everest. Ich habe ein Vermögen verspielt. Ich bin mit drei Hypotheken belastet. Eigentlich vier. Ich habe mich komplett übernommen. Die Ironie des Schicksals ist nur: Ich habe Millionen auf einem Offshore-Konto, komme im Moment aber nicht an das Geld ran. Es ist zu spät.«

»Ja, es ist zu spät, da gebe ich dir recht. Gehen wir ins Bett.«

»Und weißt du, was mich nervt? Du sitzt irgendwo auf dem Land ganz bequem unter einem Baum, atmest die frische Luft, lauscht den Vögeln – und nach fünf Minuten taucht irgend so ein Bauer mit seiner Schrotflinte auf und macht dich an: ›He, du, verzieh dich von meinem Grund!‹ Aber wenn du ihm sagst, dass du der Neffe vom Bürgermeister bist, entschuldigt er sich tausendmal und bringt dir am nächsten Tag einen Karton mit Eiern vorbei.«

»Du redest wirres Zeug, Pierre. Komm, lass uns ins Bett gehen.«

»Du meinst also, ich rede wirres Zeug? Hör zu, es ist doch ganz einfach: Das Geheimnis ist, dass man das Geld *benutzt*, nicht *besitzt*, okay?«

»Nein, ich kann dir nicht folgen. Morgen vielleicht.« Francesco stand auf.

»Okay, okay, keine Sorge, über kurz oder lang wirst du es schon kapieren. Geh schlafen, geh schlafen. Du solltest übrigens eine Doktorarbeit übers Schlafen schreiben. Ich verspreche, ich werde auch nicht überall meine Asche hinfallen lassen. Und den Tisch abräumen. Ach ja, wo ist denn hier der Feuerlöscher? Haha. Wir sehen uns morgen.« Etwas Rotes, Glühendes entglitt Pierres Fingern und verschwand irgendwo in der nächtlichen Dunkelheit.

»Gute Nacht«, sagte Francesco leise und wollte schon die Tür schließen, bevor er es sich anders überlegte. »Bist du sicher, dass du okay bist?«

»Klar bin ich okay. Es geht mir gut. Junge, Junge, und wie gut es mir geht. Hast du das im Fernsehen mitbekommen? Der Typ, der seine Frau und seine Kinder mit einem Hammer erschlagen und sie in einer mit Kompost gefüllten Badewanne verscharrt hat? Am Tag darauf kauft er sich ein Lotterielos und gewinnt zehneinhalb Milliarden Lire. Ist das nun gerecht?«

»Gute Nacht«, erwiderte Francesco und machte die Tür hinter sich zu. Er schlich ins Schlafzimmer seiner Großeltern und schlief innerhalb weniger Minuten ein.

Als er am nächsten Morgen erwachte, war Pierre frisch rasiert und geschniegelt wie immer. Im Haar steckte seine Sonnenbrille.

»Ihr habt hier keine Mücken, sondern richtige Kampfbomber. Schau, wie sie mich zugerichtet haben.« Er zeigte Francesco seinen über und über mit roten Schwellungen bedeckten Unterarm. »Die römischen

Mücken stechen wenigstens nicht – die werden schon vorher vom Smog gefällt.«

»Mich haben sie in Ruhe gelassen«, sagte Francesco und besah sich seine Arme.

»Das liegt daran, dass ich das süßere Blut habe – *c'ho il sangue bono, io*«, sagte Pierre. »Deswegen stürzen sich sämtliche Mücken und Vampire und Vanessas auf mich.«

Ihr Frühstück nahmen sie im Caffè Nazionale ein, gingen anschließend den Corso hinunter, dann nach oben zum Olmata-Boulevard und zurück zur mittelalterlichen Altstadt von Genzano, die sich um den Palazzo Sforza-Cesarini drängte und von dem aus man den Nemisee überblicken konnte. Sie schafften sämtliche Kartons aus Pierres Wagen in die Wohnung, wachsam beäugt von Francescos Nachbarn, die so taten, als würden sie sich von Fenster zu Fenster unterhalten, und dabei Wäsche aufhängten oder auf ihren kleinen Balkonen die Blumen gossen.

»Ich muss noch ein paar Sachen aus Rom holen«, sagte Pierre, als der letzte Karton in der Wohnung war. »Nicht viel, nur ein paar Lastwagenladungen. War nur ein Scherz. Kommst du mit?«

»Ich bleib lieber hier und räum auf, wenn du nichts dagegen hast.«

»Gut. Sollte auch nicht lange dauern. Gegen Mittag bin ich zurück. Dann darfst du mich zum Essen einladen und mir die örtlichen Sehenswürdigkeiten zeigen.«

»Gern.«

Pierre brauste in seinem Sportwägelchen davon, und Francesco kehrte in die Wohnung zurück und putzte und lüftete durch. Einige Kartons enthielten mehrfache Exemplare von Büchern, die allesamt von einem Lele Fante verfasst waren – dem »Elefant«, wahrscheinlich Pierres Pseudonym.

Francesco zog einige Bücher heraus und blätterte sie neugierig durch. Das erste war ein Essay mit dem Titel *Über Tonsuren*, angeblich die Übersetzung eines anonymen mittelalterlichen und erst kürzlich in einem alten Benediktinerkloster entdeckten Manuskripts, *De tonsurarum natura*. Die Hauptthese lautete, es sei möglich, anhand der Form und Größe der kahl geschorenen Stelle auf die Persönlichkeit des betreffenden Mönchs zu schließen. Die Einführung sowie die Anmerkungen und Kupferstiche verdeutlichten die revolutionäre Natur der Abhandlung, die nicht nur mehrere Jahrhunderte vor Giambattista della Portas *De humana physiognomonia* verfasst worden war, sondern auch Lavaters Studien über die Pathognomie, Galls Phrenologie und Lombrosos System krimineller Physiognomien vorwegnahm und mit der Untersuchung und Interpretation der kahlen Stellen von Männerschädeln den Wissenschaften ein völlig neues Tätigkeitsfeld eröffnete.

Das zweite Buch, *Italienische Graffiti*, bestand aus einer vergleichenden Untersuchung der Inschriften an den Wänden von Pompeji und Herculaneum sowie jener an den Bahnunterführungen der modernen Städte – *»Oppi, emboliari, fur, furuncule«*, »Gavazzini, Dieb und Clown!«;

»Myrtis bene felas«, »Giovannona ist eine dreckige Kuh« etc. Darin, so der Text, zeige sich, dass gewisse Manifestationen menschlicher Empfindsamkeit universaler, authentischer und aufrichtiger seien als die Verse der großen, allgemein verehrten Dichter.

Daneben gab es einen Roman mit dem Titel *Der Tag des Esels*, einen weiteren mit dem Titel *Kamasutra unter der Gasmaske* sowie eine Sammlung mit Geschichten, Theaterstücken und sogar Gedichten, unter denen die Verse herausstachen:

Geboren ward ich sub *Silvio Berlusconi,*
im Land der Korruption und Simonie.

In all diesen Büchern konnte Francesco Pierres einzigartige Stimme und seinen unverkennbaren Ton erkennen – seinen manchmal derben, manchmal einfältigen, manchmal ätzenden Humor und seine launigen, pointierten Auslassungen.

Das Telefon klingelte. Francesco eilte durch den Flur und hoffte, es wäre Chloe.

»Hallo?«

»Hallo, Francesco. Wieder da?«

»Woran merkst du das nur, Leo?«

»Geht's dir gut? Wie war deine Diaspora?«

Das war typisch für Leonardo: Er ersetzte gern das eine Wort durch ein anderes, das mit dem ursprünglichen aber nicht mehr viel zu tun hatte. Francesco machte sich dann immer einen Spaß daraus, es ihm gleichzutun.

»Meine Diaspora war ganz nett, danke. Schade, dass du gekniffen hast und nicht mitgekommen bist. Wir hätten viel Spaß gehabt. Ich hoffe, du hast das Imprimatur deiner Mutter eingeholt, bevor du mich angerufen hast.«

»Sehr witzig.«

»Wie geht's mit dem Roman voran?«

»Bin gerade mit dem Schreiben fertig. Er ist gut geworden. Viel besser als die letzten drei Versuche. Ich geb ihn dir mal zum Lesen. Aber erst möchte ich von deinem Exodus hören.«

Francesco erzählte von seiner Reise und den Leuten, die er kennengelernt hatte, von seinen Abenteuern in Deutschland, den Ereignissen in Schweden, Dänemark, Holland, England und Frankreich bis hin zu seinem Glücksgriff in der Spielbank von Monte Carlo und der Rückfahrt am Steuer eines Maserati Biturbo.

»Wow! Wie viel hast du denn gewonnen?«, fragte Leonardo.

»Es war nicht mein Wagen. Er gehört dem Typen, den ich in München kennengelernt habe.«

»Ist er reich? Was macht er?«

»Oh, er … er ist … Schriftsteller genau wie du. Sagt dir der Name Lele Fante irgendwas?«

Kurzes Schweigen.

»Willst du mich auf den Arm nehmen? Sprichst du von *dem* Lele Fante? Dem Autor von *Wassermelonen auf der Walz*?«

»Wieso? Ist er berühmt?«

»Was soll das heißen, ›berühmt‹? Er ist mein Totem!«

»Dein Totem? Ach so … dein …«

»Ist er hier? Krass. Kannst du mich ihm vorstellen? Vielleicht könnte er sich meinen Roman anschauen und mir Tipps geben.«

»Jetzt krieg dich mal wieder ein.« Francesco musste lächeln. Leonardo war der Inbegriff eines ehrgeizigen Autors und hatte alles, um eines Tages tatsächlich zu einem richtigen Schriftsteller zu werden: Intellektuellenbrille, Künstlerohrringe und zerzauste Dichterlocken. Mit Eigenschaften wie diesen und einer gehörigen Dosis Unverwüstlichkeit und Sturheit konnte er es weit bringen, besonders in einem Land wie Italien, wo Autoren und Dichter Mangelware waren. »Er ist im Moment nicht hier«, fuhr Francesco fort, »aber er wird morgen in der Libreria del Corso sein neues Buch vorstellen. Wenn du ihn also kennenlernen möchtest, dann komm doch mit.«

»Um wie viel Uhr?«

»Gegen sechs, glaube ich.«

»Ich werde um fünf da sein. Ich bringe auch meine *Poemata* mit.«

»Lieber nicht. Dein Opus magnum sollte mehr als ausreichend sein.«

»Gut, gut. Francesco, du bist schon eine Nummer. Still wie ein Mühlweiher, und dann erzählst du mir, du wärst sechshundert Kilometer in Lele Fantes Wagen gefahren, als wäre das … als wäre das nichts Besonderes. Hast du wirklich nicht gewusst, wer er ist?«

Francesco wollte schon antworten, »Ich weiß immer noch nicht, wer er wirklich ist«, aber dann beendete er das Gespräch, indem er sich mit seinem Freund für den nächsten Tag in der römischen Buchhandlung verabredete.

Er kehrte ins Schlafzimmer seiner Großeltern zurück, öffnete den weißen, eine gesamte Wand einnehmenden Schrank und versuchte darin die Kartons unterzubringen. Und während er in dem Schrank, der nach Mottenkugeln und alten Kleidern roch, die Kartons stapelte, fiel ihm ein Schuhkarton mit alten Fotos und zusammengebundenen Papieren auf. Er schüttete den Inhalt aufs Bett, um sich alles genauer anzuschauen.

An manche Fotos konnte er sich noch aus seiner Kindheit erinnern, andere hatte er nie zuvor gesehen. Er fand ein verblasstes Polaroid von sich und seiner Schwester am Meer, als sie drei und vier Jahre alt gewesen waren, ein Bild von ihm am Kassettenrecorder während einer Schulaufführung, ein weiteres, auf dem er als Harlekin verkleidet war. Daneben einen ganzen Packen Schwarz-Weiß-Aufnahmen von seiner Mutter und seinem Vater vor ihrer Ehe. Sie sahen darauf jung und glücklich aus und schienen sich auf das, was vor ihnen lag, auf ihre leuchtende, gemeinsame Zukunft, zu freuen. Die Papierbündel waren Briefe, die sie sich während Sergios kurzem Kasernenaufenthalt geschrieben hatten. Zärtliche, aufmerksame Briefe voller Zuneigung. »Ich kann es nicht erwarten, wieder nach Hause zu kommen. Ich liebe dich mehr, als ich mit Worten sagen kann«, hatte sein Vater geschrieben. Sie hatten sich so geliebt. Sie waren so schön gewesen. Was war passiert? Wann hatte ihr Leben die falsche Abzweigung genommen?

In einer Schachtel entdeckte er einige kleine Gegenstände: ein Mini-Schachspiel, eine große Glasmurmel, eine alte Münze und ein Tarotdeck, mit dem er als Junge oft gespielt hatte. Francesco nahm die Murmel zur Hand, blinzelte durch sie hindurch und versuchte vergeblich in den Spiralmustern im facettierten Inneren bekannte Gestalten zu entdeckten. Dann nahm er die Münze und betrachtete sie am Fenster. Es war ein kleines Ein-Lira-Stück aus seinem Geburtsjahr und stammte aus einer schon lange nicht mehr aufgelegten Serie. Er warf die Münze aufs Bett, wo sie auf der Seite mit dem Füllhorn, nicht auf der mit der Waage, liegen blieb. Ihn erwartete ein Leben in Überfluss, nicht eines in ausgewogener Berechenbarkeit – das konnte man vielleicht hineinlesen. Nach dem so verheißungsvollen Ergebnis zögerte er ein wenig, ließ dann aber doch die Tarotkarten aus der Hülle gleiten.

Die erste Karte, die er aufdeckte, war der Narr, Symbol der Unbeschwertheit und Täuschung. Nach einigen Karten aus den kleinen Arkana kam als zweite aus dem großen Arkanum das Rad des Schicksals. Darauf folgten nacheinander die Päpstin und die Herrscherin. Francesco hielt inne und überlegte. In welche Richtung wandte sich jetzt die Hand Fortunas? Welches Arkanum würde als Nächstes aufgedeckt werden? Die Gerechtigkeit oder, wie er fürchtete, das Gericht oder, noch schlimmer, der Teufel oder die gefürchtetste Karte des Tarots überhaupt, die Nummer 13, der Tod? Mit einiger Besorgnis drehte er die Karten um – Fünf der Stäbe, Drei der Kelche, Neun der Schwerter –, bis er schließlich erleichtert und mit einem Lächeln registrierte, dass die Liebenden erschienen waren.

Erst jetzt bemerkte er, dass draußen jemand lautstark auf die Hupe drückte. Er ging ans Fenster und gab Pierre zu verstehen, dass er in einer Minute bei ihm unten wäre.

13

Albaner Berge, Tivoli

Als Francesco nach unten kam, schritt Pierre die Straße auf und ab, rauchte eine Zigarette und wirkte auch sonst sehr nervös.

»Sollen wir die Kartons reinbringen?«, fragte Francesco.

»Nein, das machen wir später. Fahren wir!«

»Wohin.«

»Irgendwohin, spielt keine Rolle. Nur weg von hier. Ich glaube, ich werde verfolgt.«

»Du wirst *was*?«

»Zwei Typen in einer silbernen Alfetta. Sehen ziemlich verschlagen aus.«

»Bist du dir sicher?«

»Ganz sicher. Die Sache gefällt mir jedenfalls nicht. Steig ein!«

Über die holprigen Kopfsteinpflasterstraßen der Altstadt erreichten sie die Via Appia und fuhren in Richtung Süden nach Veletri. An der Abzweigung zu Nemi bog Pierre abrupt ab.

»Mensch, fahr langsamer!«, rief Francesco, als der Wagen mehrmals in kleinere Schlaglöcher krachte. »Siehst du die Zypressen dort drüben? Das ist der örtliche Friedhof. Den wollte ich mir eigentlich noch etwas aufheben.«

»Ich will nur sehen, was die anderen draufhaben.«

Pierre schaltete in den vierten Gang und drückte das Gaspedal durch.

»Fahr langsamer!«, flehte Francesco und hielt sich am Sitz fest. »Weißt du, wie viele Leute jedes Jahr auf dieser Straße umkommen?«

Aber Pierre gab keine Antwort, ungerührt beschleunigte er weiter und raste mit achtzig bis neunzig Stundenkilometern in die gefährlichsten Kurven an den Hängen zum Nemisee. »Wir werden uns noch überschlagen!«, schrie Francesco. »Wir werden auf dem Dach landen, *aaaaaaah*!«

Sie jagten an Nemi vorbei und die Via dei Laghi hinunter, und erst als sie den steilen Aufstieg nach Marino in Angriff nahmen, drosselte Pierre die Geschwindigkeit.

»Ich glaube, ich habe sie abgehängt«, sagte er mit zufriedenem Grinsen.

»Ich glaube, mir ist schlecht.«

Sie hielten in Frascati und stellten den Wagen an einer geschützten Stelle in der Nähe des Bahnhofs ab. Nach einem kleinen Imbiss in einer *fraschetta*, in der zum verdutzten Amüsement der Einheimischen eine Gruppe betrunkener deutscher Touristen unversehens Volkslieder anstimmte, schlenderten sie durch das Stadtzentrum und konnten sogar den Besuch in der herrlichen Villa Aldobrandini genießen, obwohl sich Pierre immer wieder misstrauisch umsah. Am späten Nachmittag kehrten sie zum Wagen zurück.

»Sollen wir zurück nach Genzano?«, fragte Francesco.

»Ich würde lieber warten, bis es dunkel ist.«

»Was machen wir dann?«

»Fahren wir nach Tivoli. Es ist Jahre her, dass ich dort war.«

Diesmal ließ Pierre es langsamer angehen, so dass sie, auch wegen des dichten Verkehrs, eine geschlagene Stunde brauchten, bis sie in Tivoli ankamen. Pierre, wieder ganz der Alte, parkte den Wagen in zweiter Reihe im historischen Stadtzentrum.

»Hast du keine Angst, dass du abgeschleppt wirst?«, fragte Francesco.

»Wir sind nicht in London, mein Junge«, erwiderte Pierre. »Außerdem bekommt man hier nicht alle Tage einen Maserati zu Gesicht. Die werden sich nicht trauen, ihn anzurühren.«

In einem nahegelegenen Café tranken sie einen Kaffee und spazierten anschließend durch das alte Tivoli, kamen erst an der Kirche Santa Maria Maggiore und dann an der Annunziata vorbei. Von dort gingen sie eine lange Treppe zur Piazza Campitelli hinunter, dem antiken Campus Metelli. Sie drehten um und erreichten über enge Straßen und Gassen schließlich den Vestatempel auf der tiburtinischen Akropolis, hoch über dem weiten Tal gelegen, von wo aus sie die malerischen Wasserfälle des Aniene sehen konnten.

Nächste Station war die Villa d'Este. Nach einem schnellen Rundgang durch den grandiosen Palast mit seinen überbordenden Fresken wanderten sie durch den »Garten der Wunder«, bestaunten die Springbrunnen, Grotten, Wasserspiele, die Wasserorgel und sonstigen Meisterwerke des genialischen Pirro Ligorio. Pierres Laune hatte sich spürbar gebessert. Plötzlich aber – er erzählte Francesco gerade einen dreckigen Witz über Pinocchio, der sich mit Sandpapier einen runterholte – blieb er wie angewurzelt stehen. Seine Miene verdüsterte sich.

»Heilige Scheiße …!«, flüsterte er.

»Was ist?«, fragte Francesco.

»Jemand folgt uns«, sagte Pierre und schob die Sonnenbrille hoch.

»Wo?«

»Ist gerade verschwunden. Dort drüben … da hat er gestanden« – er deutete mit dem Kopf in Richtung Brunnen – »ein Typ mit weißem Hemd und Hut. Er ist mir schon in der Villa aufgefallen.«

»Ich glaube, du bist paranoid.«

»Bin ich nicht. Ich bin mir todsicher. Dreh dich nicht um, verhalt dich ganz normal. Nicht aufschauen!«

Etwas steifbeinig gingen sie auf den Gartenwegen zurück, und nach einer Weile zischte Pierre Francesco durch den Mundwinkel zu:

»Da ist er, siehst du ihn? … Nicht umdrehen, nicht umdrehen … siehst du ihn?«

»Wie soll ich ihn sehen, wenn ich mich nicht umdrehen darf?« Aber er hatte ihn schon entdeckt – einen Mann mit weißem Hemd und Hut.

»Tu so, als hättest du ihn nicht gesehen«, flüsterte Pierre, während sie zum Ausgang eilten. »Schneller!«

Sie liefen zum Auto und verließen mit hoher Geschwindigkeit das Städtchen.

»Wohin fahren wir?«, fragte Francesco.

»Ich will sehen, ob sie immer noch hinter uns sind.«

Nachdem sie mit hundert Stundenkilometern die Via Tiburtina hinuntergerast waren und sie sich schon wieder auf der sicheren Seite fühlten, rief Pierre:

»Da ist sie wieder, die silberne Alfetta. Scheiße auch! Das müssen Profis sein.«

»Aber wer sind sie?«

»Was weiß ich? Privatdetektive? Auftragskiller? Das FBI? Eine wütende Frau ist zu allem fähig. Halt dich fest!«

Die Tachonadel kletterte in beängstigende Höhen, und nach einer Beinahe-Kollision, einer überfahrenen roten Ampel und zwei »blinden« Überholmanövern bremste Pierre schließlich ab und bog mit quietschenden Reifen auf eine schmale Landstraße ab. Kurz darauf, als Francesco allmählich wieder zu Atem kam, bemerkte er, dass sie die Hadriansvilla erreicht hatten. Sie parkten hinter einem riesigen deutschen Reisebus, der ihren Wagen verdeckte, und hasteten zum Eingang.

»Hier finden sie uns nicht«, sagte Pierre. »Es ist ein weitläufiges Gelände.«

Die ältere Frau am Ticketschalter wies darauf hin, dass man in einer halben Stunde schließen werde.

»Kein Problem, Signora«, erwiderte Pierre und zwinkerte ihr zu, »wir werden Sie rechtzeitig nach Hause gehen lassen.«

Die abendlichen Schatten legten sich auf die Campagna Romana. Im trockenen Gras zirpten die Grillen, eine dünne Mondsichel – die nur wenige Minuten zuvor nicht mehr als ein zarter Widerschein am blassen Himmel gewesen war – zeichnete sich im rötlichen Dunst der untergehenden Sonne ab.

Sie eilten den Zypressenweg hinauf, der zur wuchtigen Mauer der Pecile führte. Im ausgedehnten Gelände dahinter waren noch einige wenige sonnenverbrannte Touristen zu sehen, die neugierige Blicke auf die grünlichen Gewässer des Teichs warfen. Pierre und Francesco sahen sich auf den unebenen Marmorböden zwischen den Säulenstümpfen und verfallenen römischen Bauwerken immer wieder um und hielten nach dem Mann mit dem weißen Hemd und dem Hut Ausschau.

Mit dem Einbruch der Dämmerung legte sich eine unheimliche Atmosphäre über die Ruinen und man meinte, die Schatten der Vergangenheit zu spüren. Von Westen her kam ein leichter Wind auf, von Zeit zu Zeit drang das Rascheln der Bäume durch die einfallende Dunkelheit.

»Es wird spät«, sagte Francesco. Außer ihnen war niemand mehr zu sehen.

»Keine Sorge«, sagte Pierre und zündete sich eine Zigarette an. »Es wird keiner was dagegen haben, wenn wir ein bisschen länger bleiben.«

Sie kamen an einer Reihe von düsteren Bauwerken vorbei, die scheinbar nur noch von ihren modernen Gerüsten zusammengehalten wurden, und fanden sich auf einer freien, von hohen Gebäuden umgebenen Fläche wieder. Mittlerweile war es so dunkel geworden, dass nur noch die Umrisse der Ruinen zu erkennen waren.

»Alle anderen sind schon gegangen, wir sollten auch zurück«, sagte Francesco leicht nervös. »Es gibt kaum Mondlicht, und hier auf dem Land wird es schnell dunkel.«

»Fünf Minuten noch«, sagte Pierre und streckte die Finger einer Hand hoch. »Fünf Minuten noch, dann verschwinden wir. Du hast doch keine Angst, oder?«

»Ich? Angst? Nein …« Francesco drehte sich um. Von seinem Freund war nichts mehr zu sehen. »Pierre!«, flüsterte er. »Pierre? Wo bist du?«

»Pssst! Pssst!«, kam es von einem kauernden Schatten hinter der nächsten Mauer. »Komm rüber, hierher!«, zischte Pierre und winkte ihn zu sich heran. »Ich hab ihn gesehen«, sagte er und drückte Francescos Arm.

»Wen?«

»Den Typen mit dem Hut. Den Auftragskiller. Dort drüben!«

»Wo?«

»Dort drüben, in der Ruine.«

»Du irrst dich.«

»Nein, nein, ich hab ihn gesehen. Wenn ich es dir doch sage.«

»Was machen wir jetzt?«

»Verschwinden.«

»Wie?« Es war so finster geworden, dass Francesco kaum noch das Gesicht seines Freundes erkennen konnte.

»Folge mir«, flüsterte Pierre und tastete sich vorsichtig voran.

Sie stiegen eine von Blättern und Ästen bedeckte Treppe hinauf und befanden sich nun oberhalb der Hadriansvilla, die im Dunkeln lag.

»Wo sind wir?«, murmelte Francesco.

»Keine Ahnung.«

»Wenn wir nicht aufpassen, stürzen wir noch ab.«

»Wir stürzen nicht ab. Dort ist er!« Er zeigte auf einen verschwommenen weißen Fleck, der sich vor der glitzernden Oberfläche des Canopus bewegte. »Gehen wir wieder nach unten.«

Vorsichtig stiegen sie die Treppe hinunter und fanden sich in einem pechschwarzen, nach Moder riechenden unterirdischen Gang wieder. Hin und wieder öffnete sich über ihnen ein rechteckiges Stück des Sternenhimmels. An den dunkelsten Stellen entfachte Pierre sein Feuerzeug, ansonsten fluchte er, wenn er gegen die Mauer stieß oder über den unebenen Boden stolperte. Dann waren sie erneut im Freien und huschten – zwei Schatten in der Nacht – von einem Gebäude zum nächsten, bis sie in einen weiteren, sehr viel längeren Gang eintauchten, der diesmal keine Deckenöffnungen mehr hatte.

»Bist du dir sicher, dass wir in die richtige Richtung gehen?«, flüsterte Francesco.

Flackerndes Licht erhellte Pierres Gesicht, seine Wange schien leicht zu zittern, als er ihm zuzwinkerte.

»Hab Vertrauen.« Damit erlosch das Licht.

Sie gingen weiter. Am Ende des Tunnels mussten sie allerdings feststellen, dass sie vor einer massiven, vor Feuchtigkeit tropfenden Wand standen. Eine Sackgasse. Pierre ließ einige Male sein Feuerzeug kreisen, aber es war zwecklos: Es gab keinen Ausgang. Sie saßen in der Falle. Sie mussten zurück.

»Was ist das für ein Geräusch?«, zischte Pierre.

»Was? Wo?«, fragte Francesco, der jederzeit damit rechnete, dass sich jemand auf sie stürzte.

»Und was riecht hier so komisch?«, fragte Pierre nach einigen weiteren Schritten und leuchtete erneut mit dem Feuerzeug. »Hast du dir etwa in die Hose gemacht?« Wieder erlosch das Licht. Von den Wänden hallte Pierres Kichern wider.

Drei Minuten später traten sie aus dem Gang heraus. Wieder ging es eine Treppe hinauf, worauf sie einen Weg mit Blick über das gesamte Ruinengelände erreichten. Nach nur wenigen Schritten blieb Pierre abrupt stehen.

»Wer ist das?«

»Wer?«

»Da! Vor uns!«

»Muss Banquos Geist sein. Ich sehe nichts.«

»Scappa! Scappa!«

Sie liefen los, Pierre stürmte voraus, bis er nach links abbog und über einen niedrigen, von einem Baum oder Vandalen heruntergerissenen Maschendrahtzaun stieg.

»Pass auf«, sagte er, »vielleicht hängt noch irgendwo Stacheldraht.«

»Leuchte doch mal!«

»Nein. Dann können sie uns sehen.«

In der Ferne ertönte wütendes Hundegebell.

»Hunde!«, rief Francesco.

»Mir nach … still und leise, wenn es möglich ist.«

»Sehr witzig.«

Sie überquerten ein freies Feld mit langen, vom abendlichen Tau bedeckten Gräsern, schlugen sich durch Hecken, stiegen über Zäune und kehrten schließlich zum leeren Parkplatz zurück, wo, nur ein Stück von Pierres Maserati entfernt, unter einer Laterne eine silberne Alfetta stand.

»Warte hier«, sagte Pierre, sobald sie seinen Wagen erreicht hatten. Er öffnete den Kofferraum und holte einen Schraubenzieher aus dem Werkzeugkasten.

»Was hast du vor?«, fragte Francesco, aber Pierre war bereits verschwunden.

Einige Augenblicke später tauchte er wieder auf, kurz darauf waren sie auf dem Weg zur Hauptstraße. Wiederholt sah Pierre in den Rückspiegel, bis er plötzlich mit der Stimme eines Feldwebels, der sich über die neuen Rekruten lustig machte, losbrüllte: »Na, ihr Helden, ihr wolltet euch den Feind schnappen? Tolle Arbeit habt ihr da geleistet – leider hat man euch erwischt, ihr Schnarchtassen, und so richtig in die Pfanne gehauen! *Mute le schegge, mute!*«

Und damit brach er in sein typisches Gelächter aus.

14

Genzano, Rom

Francesco hatte kaum Zeit, die Ereignisse des Abends zu verdauen. Schon am nächsten Morgen um zehn vor acht rief seine Mutter ihn an und hielt ihm eine Standpauke, die sich gewaschen hatte.

»Ist das ein Benehmen? *Te si 'mmattitu?* Dein Vater hat ganz recht. Kaum bist du wieder da, schon hängst du den ganzen Tag und die ganze Nacht rum und schleppst Fremde ins Haus!«

Irgendjemand, aller Wahrscheinlichkeit nach Guiseppina, die an den Rollstuhl gefesselte Nachbarin, die an ihrem winzigen Küchenfenster ständig auf Beobachtungsposten war, musste Tante Teresa einen Tipp gegeben haben.

Francesco hielt es für das Klügste zu schweigen.

»Comare Pia hat mich angerufen. Sie hat Zigarettenkippen im Hof gefunden. Hast du geraucht?«

»Die sind von einem Freund. Nur ein, zwei Zigaretten, alle Fenster waren offen.«

Pierre tauchte aus dem Wohnzimmer auf. »Schwierigkeiten?«, fragte er ihn wortlos. Francesco nickte nur, flüsterte *»Cazzi amari«* und scheuchte ihn fort.

»Und wer ist das, dieser Freund?«

»Er und seine Frau haben mich in Deutschland aufgenommen. Sie waren sehr nett zu mir. Er bleibt nur für ein, zwei Tage.«

Das Wort »Frau« rief positive Assoziationen bei Annamaria wach, und sofort war sie besänftigt.

»Kommst du zum Mittagessen?«, fragte sie.

»Kann ich meinen Freund mitbringen?«

»Ja, ja, aber ich hab keine Zeit für irgendwas Besonderes.«

»Ist nicht nötig. Ein Teller Pasta reicht vollkommen.«

Natürlich wurde Ihnen nicht nur ein Teller Pasta vorgesetzt. Der Tisch im Esszimmer – der von Francescos Eltern kaum genutzt wurde, weil sie nur selten Gäste hatten – bog sich unter der Last der Vorspeisen und Teller mit gegrilltem Schweinefleisch aus Ariccia, San-Daniele-Schinken, Mortadella, luftgetrockneten Würsten aus Norcia, grünen Oliven und anderen Köstlichkeiten. Der erste Gang bestand aus Tagliatelle mit Waldpilzen – die ersten Pilze der Saison und erst am Abend zuvor von ihrem Nachbar Gioacchino gesammelt, wie Francescos Mutter erklärte. Zum zweiten Gang gab es Rippchen, Kutteln und gebratene Wachteln, dazu grüne Bohnen, Bratkartoffeln in Balsamico, Blattsalat und Artischocken *alla giudìa* – dann der Nachtisch, Obst, getrocknete Feigen und Kaffee. Das alles wurde von zwei Flaschen Wein begleitet.

»Nichts, was man im Supermarkt bekommt«, wie Annamaria am Ende der Mahlzeit, vorn auf der Stuhlkante hockend, mit einem verlegenen Lächeln klarstellte. *»Chell'è vinaccio de bastone.«*

Sergio – unrasiert, ungekämmt und immer noch schmollend wegen der Ereignisse vor zwei Tagen – sprach während des Essens kein Wort. Er musterte Pierre mit finsterer Miene und geflissentlicher Distanz. Er trug sein fleckigstes Unterhemd – vielleicht aus Starrsinn oder Groll, vielleicht aus Protest gegen die Welt und das Leben im Allgemeinen – und säuberte sich am Tisch mit einem Zahnstocher die Fingernägel. Erst als der Schnaps aufgefahren wurde, beendete er sein Schweigen.

»Probieren Sie davon?«

»Was ist das?«, fragte Pierre und hielt ihm sein Glas hin.

»Wogda.«

»Wodka?«

»Wogda.«

»Richtiger?«

»Liebesgrüße aus Moskau.«

Pierre nahm einen ordentlichen Schluck und ließ den Wodka im Mund herumschwappen, als wollte er sich den Mund ausspülen.

»Hmm«, sagte er dann. »Nicht schlecht.«

»Nicht schlecht?«, kam es von Sergio, der das Gesicht verzog.

»Ja, er ist gut.«

»Er ist nicht nur *gut*«, höhnte Sergio. »Das ist eine Fünfzigtausend-Lira-Flasche. Können Sie *scopa* spielen?«

»Ich kenne die Regeln.«

Also spielten sie in den folgenden zwei Stunden Karten, und da der Wodka zur gegebenen Zeit von Toscani-

Zigarren und Whisky abgelöst wurde und Sergio häufig gewann, wurde die Stimmung freundlicher und entspannter.

»Wir sollten uns langsam auf den Weg machen«, erinnerte Francesco seinen Freund, als es auf fünf Uhr zuging. »Wir brauchen eine Stunde bis zur Buchhandlung.«

»Wir haben noch mehr als genug Zeit. Ich fahre. Entspann dich.«

Der Tag hatte sich noch nicht abgekühlt, als sie in der Libreria del Corso eintrafen. Nur drei Leute waren erschienen, unter ihnen Leonardo. Sobald er Francesco und sein schriftstellerisches Idol entdeckt hatte, scharwenzelte er in respektvollem Abstand um sie herum und hoffte, vorgestellt zu werden.

Da die Klimaanlage nicht funktionierte, war es im Laden noch heißer und stickiger als im Freien – wenn in Rom während der langen Sommerferien irgendetwas kaputtging, konnte man sich nur bekreuzigen und auf den September hoffen. Zum Ersatz wirbelte in jeder Ecke der Buchhandlung ein halbes Dutzend Ventilatoren, die den Eindruck vermittelten, als wollten sie jeden Moment mitsamt dem Raum abheben.

Pierre, verärgert wegen der stickigen Luft und dem spärlichen Publikumsinteresse, schlenderte an den gut fünfzig vor dem Podium in geraden Reihen aufgebauten Stühlen vorbei und ging auf den Ladeninhaber zu, einen untersetzten Mann mit rotem Gesicht und braunem Flaumbart, der gerade das Mikro testete.

»Ba, ba, prova, prova.«

»Gehört Ihnen der Laden?«, fragte Pierre kurz angebunden.

»Ba, ba.«

»Hallo?«

»Eine Sekunde. *Ba, ba.*«

Pierre entriss ihm das Mikro und fing zu singen an: *»Ba, ba, baciami piccina sulla bo, bo, bocca piccolina* … Was ist das, ein Gesangswettbewerb?«

»Ich … äh … teste nur das Mikrofon.«

Mit einem Grinsen drehte sich Pierre zu Francesco um. »Ein Witzbold.« Damit wandte er sich wieder an den Buchhändler. »Ich brauche kein Mikro. Wie es aussieht, können wir alle in der ersten Reihe unterbringen.«

»Ähm … es kommen … ähm … sicher noch einige Besucher. Ähm … es ist noch früh … ähm … wir haben noch zehn Minuten.«

»Es kommen noch einige Besucher? Wie viele? Sechs? Sieben? Glauben Sie, ich bin den weiten Weg aus England angereist, um einer Handvoll Hanseln mein neues Buch vorzustellen? Wessen Idee war das überhaupt? Was? Wer hatte die großartige Idee, Ende Juli in Rom eine Buchpräsentation zu veranstalten – ohne Klimaanlage? Das ist schlichtweg kriminell.«

»Na ja, ähm … das war … ähm … an Neujahr.«

»Ach so? Und warum können wir das Buch nicht zu einem Zeitpunkt vorstellen, wenn die Leute wirklich in die Buchläden gehen und Bücher kaufen und nicht in den Ferien sind und mit den Gedanken am Meer und am Strand und beim Segeln?«

»Weil … ähm … heute, ähm … der Erscheinungstermin ist.«

Pierre schüttelte mit einem verdrießlichen Lächeln den Kopf.

»Manche Leute können noch nicht mal das Pinkeln in einer Brauerei organisieren. Tut mir leid, aber unter diesen Umständen mache ich nicht mit.«

Jetzt trat die dünne Buchhändlerin, die unter der Hitze regelrecht zu welken schien, an Pierre heran.

»Möchten Sie vielleicht etwas zu trinken?«

»Nein, ich möchte lieber woandershin.«

Er drehte sich um und stand nun Leonardo gegenüber, der auf diese Gelegenheit nur gewartet hatte.

»Hallo, ich bin ein Freund von Francesco.«

»Angenehm«, erwiderte Pierre und schlenderte davon.

Aber so schnell gab sich Leonardo nicht geschlagen.

»Wissen Sie, ich bin auch Schriftsteller. Ich habe Kurzgeschichten verfasst und Gedichte und ein Theaterstück«, plapperte er aufgeregt.

Pierre blieb in aller Seelenruhe stehen und sah ihn eindringlich an.

»Wie schön. Das freut mich sehr. Sie haben die Sachen nicht zufällig dabei?«

»Zufälligerweise habe ich tatsächlich etwas dabei. Ich habe gerade einen Roman fertiggestellt, und ich dachte mir, vielleicht könnten Sie ja mal einen Blick darauf werfen und mir sagen, was Sie davon halten. Aber fühlen Sie sich zu nichts verpflichtet. Ich könnte Ihnen das Manuskript gleich geben, wenn Sie mögen. Die Kurzgeschichten und die Gedichte kann ich Ihnen später schicken. Ich bin ein großer Bewunderer Ihrer Werke.«

»Schön. Ich fühle mich sehr geehrt. Können wir uns nach der Lesung darüber unterhalten?« Kopfschüttelnd und augenrollend ging Pierre hinaus und zündete sich eine Zigarette an.

In den nächsten zehn Minuten begann sich die Buchhandlung erstaunlicherweise tatsächlich zu füllen, wenngleich mit einem sehr gemischten Publikum, das aus pensionierten Schullehrern, japanischen Touristen und kleinen alten, schwarzgekleideten Frauen bestand, wie sie in den heißen Sommermonaten in jeder größeren italienischen Stadt zu sehen sind. Alle schienen allein gekommen zu sein, saßen für sich, ließen ein oder zwei Plätze Abstand zu ihren Nachbarn und starrten mit leerer, ausdrucksloser Miene vor sich hin.

Als der letzte verspätete Besucher Platz genommen hatte, eröffnete der Ladenbesitzer die Präsentation.

»Ähm … es ist mir eine Ehre … ähm …«, begann er und strich sich über seinen spärlichen Vollbart, »wir sind sehr stolz … ähm … den großen Schriftsteller … Lele Fante … ähm … heute Abend bei uns zu haben. Seine Werke sind sehr erfolgreich … ähm … und wurden in viele Sprachen übersetzt …«

»Zwölf«, unterbrach Pierre.

»Zwölf … und, ähm … wir sind heute hier … ähm … um sein neuestes Buch vorzustellen … ähm … *Le Nozze di Sfigaro oder die Hochzeit des Mr. Unheil* … was ohne Zweifel ein … ähm … neuer Bestseller werden wird … Sie können ihn heute zu einem … ähm … Sonderpreis von tausend Lire erwerben. Aber jetzt möchte ich es dem … ähm … Autor überlassen … ähm … über sein neues Buch zu reden. Meine Damen und Herren … ähm … Lele Fante.«

Es folgte bleiernes Schweigen – nichts, noch nicht einmal die Andeutung eines aufmunternden Applauses, nur das trockene Hüsteln eines alten Mannes war zu hören.

Pierre ließ den Blick über die gut zwanzig Salzsäulen schweifen und erhob sich.

»Also, meine Damen und Herren, in Anbetracht der Hitze und der kaputten Klimaanlage müssen Sie zugeben, dass es in Rom niemals regnet, es regnet nicht nur niemals, sondern wenn es regnet, schüttet es …«

Die eiserne Stille, mit der sein angedachtes Witzchen empfangen wurde, ließ ihn nach Worten suchen, und er überlegte, wie viele Ausländer wohl anwesend waren. Der Alte hüstelte erneut. Pierre griff sich ein Exemplar vom Bücherstapel auf dem Tisch und wandte sich mit gezwungenem Lächeln an sein Publikum. Die unbeweglichen Monolithen erwiderten seinen Blick regungslos und passiv. Ein altes Weiblein in der dritten Reihe schien, nach den geschlossenen Augen und dem grünlichen Teint ihrer Gesichtshaut zu schließen, bereits jetzt das Zeitliche gesegnet zu haben. Kurz hatte Francesco den Eindruck, also wollte sein Freund Reißaus nehmen, aber dafür war Pierre zu sehr der geborene Entertainer.

Mit neuem Schwung fixierte er seine Zuhörer und begann zu lesen: »*Fiat lux*, sprach Gott am Anfang und versuchte sich zu merken, dass er noch unbedingt mit Agnelli reden musste, dem Lamm Gottes. So ward es also Licht geworden. Und gleich darauf schuf Gott die Sterne und die Erde und die Meere, das Gras und die Früchte, Fisch und Vieh und die Hühner und den Mann und die Frau. An diesem Punkt hielt Gott inne, kratzte sich an seinem weißen Bart und sagte: ›Moment mal! Ich hab so das Gefühl, als würde das nicht gutgehen. Kann ich das Letzte wieder zurücknehmen?‹ Aber es war zu spät, widerwillig sprach er daher: ›Also gut, Leute, seid fruchtbar und mehret euch, verbreitet euch über die Erde, macht sie euch untertan, herrscht über Fisch und Vieh und alles, was sonst noch kreucht und fleucht. Aber bitte, bitte macht euch das Leben nicht gegenseitig zur Hölle – dafür wird leider mehr als genug Zeit sein, obwohl ich sie noch gar nicht erschaffen habe.‹ Bedauerlicherweise waren Gottes Worte nie auf taubere Ohren gestoßen.«

Aus irgendeinem Grund lachten alle, unter anderem Leonardo, der so durch die Nase prustete, als würde er sich schnäuzen. Mit feurigem Funkeln in den Augen las Pierre weiter, er gestikulierte, legte besondere Betonung auf manche Wörter, hielt inne, änderte seinen Gesichtsausdruck. Das Publikum war gefangen und lachte über jeden Witz, jede Anzüglichkeit des Autors – bis es in einen lautstarken, befreienden Schlussapplaus ausbrach.

»Danke, danke«, sagte der Ladeninhaber. »Wir können … ähm … jetzt Fragen stellen. Jeder … ja, der Herr dort links.«

»Sind Sie zufällig mit John Fante verwandt, dem amerikanischen Schriftsteller?«

Pierre überlegte kurz.

»Seltsamerweise nicht«, antwortete er. »Aber der Schriftsteller Rino Ceronte ist ein naher Verwandter von mir. Wir haben mal eine Weile zusammen in Afrika gelebt.«

Leonardo lehnte sich zu Francesco und flüsterte ihm begeistert ins Ohr:

»Hast du das kapiert? Rino Ceronte … ›Rhinoceros‹.«

»Ein Genie«, entgegnete Francesco knapp.

»Noch … ähm … irgendwelche Fragen?«, fragte der Besitzer der Buchhandlung.

Eine junge Frau in der zweiten Reihe erhob sich.

»Ich habe hier ein paar Zeichnungen, sie sind von mir selbst angefertigt … hier. Ich will Sie nicht stören, aber ich möchte darauf hinweisen, dass nach der Veranstaltung jeder, der möchte … Wir in der Gemeinschaft von Sant'Egidio haben sie alle selbst gemacht … weil ich … und ich schäme mich nicht deswegen, ich habe ein paar Probleme gehabt, geistiger Natur, aber … die Zeichnungen sind von uns allen selbst gemacht, in unserer Freizeit, und unser Zeichenlehrer, Andrea Bonfiglio, führt uns raus und … Wir machen auch andere Sachen … man kann sie kaufen … damit helfen wir der Gemeinschaft … wir sollten nicht diskriminiert werden … Ich spreche hier auch im Namen der anderen dort … danke.«

»Schön, schön, nehmen Sie bitte wieder Platz. Gibt es noch … ähm … andere Fragen? Sonst könnten wir … ähm … ja, der junge Mann in der vierten Reihe.«

»Ich möchte Lele nur fragen«, sagte Leonardo, »ob er für angehende junge Schriftsteller einen Ratschlag parat hat.«

In diesem Moment ging knarrend die Tür zur Buchhandlung auf. Francesco drehte sich um. Zwei Frauen betraten den Laden, eine mit langen dunklen Haaren, die andere mit schwingenden roten Locken, ihnen folgte ein finster dreinblickender Mann von gewaltiger Statur. Hinter ihnen erschienen zwei weitere Personen: zunächst der Typ, der ihnen am Tag zuvor gefolgt war, danach Vanessa in einem jaspisfarbenen Kleid und mit schwarzem Hut. Francesco drehte sich wieder zu Pierre um.

»Tja«, sagte dieser und legte das Buch auf den Tisch, »ich glaube … nun gut … was soll ich auf eine solche Frage schon sagen …« Ihm versagte die Stimme, und er lief knallrot an. »Wo ist das Wasser?«, stammelte er, wischte sich über die Stirn, und als er das Glas an den Mund führte, schien seine Hand leicht zu zittern. »Welchen Rat kann ich schon geben«, fuhr er fort und schien sich wieder etwas zu fangen, während er unstete Blicke nach hinten warf, wo fünf Augenpaare ihn unentwegt anstarrten. »Ich denke, ich kann nur eines raten: Hüte dich vor deinen Musen und heirate sie nie – manche von ihnen werden zu hinterhältigen Biestern. Haha.«

Leonardo nickte, als habe er eine tiefsinnige philosophische Wahrheit vernommen.

»So, dann werde ich jetzt Bücher signieren«, verkündete Pierre mit angespanntem Lächeln. Er setzte sich an den Tisch und warf einen raschen Blick auf seine Uhr.

Es gab einen letzten Applaus, nachdem sich der Großteil der Zuhörerschaft zerstreute. Der Ladenbesitzer und seine dünne Buchhändlerin begannen die Stühle zusammenzuklappen und das Mikro und die Ventilatoren wegzuräumen, einige wenige Gäste kamen nach vorn zum Autor, gratulierten ihm und ließen sich ihre Bücher signieren. Vanessa wartete hinten neben dem Ausgang und besprach sich eindringlich mit den beiden Privatdetektiven.

Als Francesco, der sich ebenfalls angestellt hatte, an der Reihe war, beugte er sich zu seinem Freund vor und flüsterte:

»Was willst du jetzt tun?«

»Kein Plan«, erwiderte Pierre ebenso leise. »Aber es wird sich schon alles ausgehen. Bitte bleib und lass mich nicht im Stich.«

Der Letzte, der vor Pierre trat, war Leonardo.

»Was dagegen, wenn ich Ihnen jetzt gleich meinen Roman überreiche?«, fragte er und hob eine schwere

Plastiktüte vom Boden auf. »Ihre Meinung wäre mir wirklich sehr wichtig.«

»Nein, lieber nicht, ich würde das Manuskript nur verlieren. Wie wäre es, wenn Sie mir den Roman mit der Post schicken, zusammen mit Ihren Kurzgeschichten und Gedichten?«

»Oh, danke, vielen Dank. An welche Adresse soll ich sie senden?«

»Ich gebe Ihnen meine Adresse.« Pierre griff sich einen Zettel und kritzelte darauf:

61 PONCE STREET
TWATFIELD
DORKSHIRE
~~GR8 1KR~~
TO5 5ER

Francesco warf einen kurzen Blick auf die Adresse und lächelte verhalten, während sich Leonardo bei seinem Helden überschwänglich bedankte und sofort nach Hause stürzte, um von seinen Gedichten und Geschichten eine Kopie zu machen, damit er sie schon am nächsten Tag zur Post bringen konnte.

Der Ladeninhaber und die Buchhändlerin waren in den hinteren Räumlichkeiten verschwunden, und Vanessa und die anderen sahen nun ihre Gelegenheit gekommen, um sich Pierre vorzuknöpfen. Die Frau mit den roten Locken schien vor Zorn zu beben, während die Dunkelhaarige im Hintergrund blieb und auch sonst den Blick gesenkt hielt. Von den beiden Detektiven schien jener, der am Tag zuvor den Hut getragen hatte – was wohl nicht nur dem Schutz vor der Sonne, sondern auch der Kaschierung seines blanken Schädels gedient hatte –, das Sagen zu haben, während der andere offenbar eher fürs Grobe zuständig war. Pierre winkte ihnen mit einem unschuldigen Lächeln zu.

»Wie geht es euch? Linda, Gabriella! Wie schön, euch zu sehen. Denkt ja nicht, dass ich euch vergessen hätte. Seit Monaten wollte ich mich schon bei euch melden. Gabriella, du wirst morgen dein Geld zurückbekommen – versprochen. Ich werde dir einen Scheck schicken, per Einschreiben. Und glaube ja nicht den Unsinn, den Vanessa dir erzählt. Wir wollen hier doch keine Szene, oder? Wir sollten doch höflich miteinander umgehen, uns an einem Tisch zusammensetzen und ganz in Ruhe über alles reden, wie das zivilisierte Zeitgenossen machen – ohne arglistige Hintergedanken, ohne Vorwürfe. Wirklich, diese ganze Sache beginnt mich zu ermüden«, er seufzte tief, »und ich würde mich freuen, wenn das alles mal ein Ende hätte.« Er strahlte in die Runde. »Möchtet ihr ein signiertes Exemplar von meinem neuen Buch?«

»Sie werden bald noch einiges mehr zum Signieren bekommen«, sagte der glatzköpfige Privatdetektiv, strich sich über die pockennarbige Nase und grinste.

»Wie meinen?«, fragte Pierre, obwohl er nur zu gut verstanden hatte. »Wer sind diese Clowns?«, fragte er Vanessa.

»Sie arbeiten für mich«, entgegnete sie und starrte Pierre durch ihre Sonnenbrille an. »Warum hast du mein Angebot nicht angenommen?«

»Welches Angebot? Ach, das! Nun, ich hatte gehofft, es gäbe noch einen Verhandlungsspielraum.«

»Den gibt es nicht.«

»Verstehe. Gut, dann gebe ich mich damit zufrieden.«

»Wirklich?«

»Ja, na klar, kein Problem. Du kennst mich doch, ich mache nie Probleme. Gib mir die Papiere, und ich unterschreibe. Dann haben wir hier eine spezielle Signierstunde für meine Ex-Frauen, haha.«

»Und was ist mit *mir*?«, keifte Linda, die ihre Stimme kaum noch unter Kontrolle hatte.

»Was ist mit dir, Liebling?«

»Du hast mir meinen Frieden geraubt, du hast mein Leben zerstört.«

»Hab ich das? Ach, mein armes, kleines Mädchen – der böse, böse Pierre. Ich dachte, du hättest mehr als genügend Trost bei deinem Raubvogel gefunden, diesem glatzköpfigen Anwaltshabicht, deinem Chef, deinem *Partner* … wie hieß er gleich noch …« Er lachte anzüglich.

Linda verpasste ihm eine schallende Ohrfeige.

»Autsch«, sagte Pierre immer noch lachend und fasste sich an die Wange, während der grobschlächtigere der beiden Privatdetektive Linda zurückhalten musste, die am liebsten auf Pierre losgegangen wäre. »Du stehst hier in der falschen Schlange, Liebes. Hier stellt man sich fürs Signieren an, nicht fürs Zuschlagen. Selbst Judas hat seinen Herrn und Meister mit einem Kuss begrüßt, nicht mit …«

»Tut mir leid, wenn ich störe«, unterbrach ihn die spindeldürre Buchhändlerin, die inzwischen wieder mit dem völlig entgeisterten Ladenbesitzer aufgetaucht war, »aber wir müssen jetzt wirklich schließen.«

»Aber sicher«, sagte Pierre und fuhr sich durch die Haare. »Wir führen hier gerade nur eine Szene aus einer griechischen Tragödie auf. Also – besten Dank für die hübsche Buchpräsentation. Ist doch ganz gut gelaufen, oder? Wir müssen mindestens sechs oder sieben Bücher verkauft haben.«

»Fünf«, antwortete der Buchhändler mit einem verhaltenen Gähnen. »Gar nicht so schlecht.«

Kopfschüttelnd erhob sich Pierre und ging zum Ausgang. Als sie schließlich alle auf dem Bürgersteig standen, ergriff er wieder das Wort:

»Wie wär's, wenn wir alle noch was essen gehen?«

»Wo?«, fragte Vanessa.

»Im Rosati auf der Piazza del Popolo. Ich hol nur rasch meinen Wagen, dann treffen wir uns in zwanzig Minuten dort.«

»Ihren Wagen gibt es nicht mehr«, sagte der Detektiv mit der Glatze.

»Der ist aus dem Weg geräumt, verschwunden, kaputt«, fügte sein Gefährte, der Klotz, hinzu.

»Haha«, lachte Pierre und drohte den beiden mit dem Finger. »Ihr habt euch doch nicht an meinem Autochen vergriffen, oder?«

»Wer hat denn damit angefangen?«

»Womit angefangen?«

»Wer hat uns denn die Reifen zerstochen?«, sagte der Kahlkopf.

»Und das mitten in der Pampa und mitten in der Nacht«, pflichtete der Klotz ihm bei.

»Kommt schon«, erklärte Pierre lachend. »Eure dämliche Alfetta könnt ihr doch nicht mit meinem Wagen vergleichen. Das ist ein Schmuckstück. Im Ernst jetzt – ihr habt euch mit euren dreckigen Pfoten doch wohl nicht an meinem Auto vergriffen, oder?«

»Sie hätten unsere dämliche Alfetta eben in Ruhe lassen sollen. Auch dafür werden Sie noch zahlen. Kommen Sie!«

»Fassen Sie mich nicht an.«

»Ich sagte, kommen Sie. Hier entlang!«

»Nehmen Sie Ihre Flossen weg. Ich kann allein gehen.«

»Basta.« Der Klotz packte Pierre am Hemdkragen und zerrte ihn an den Straßenrand. »Taxi!«

Sie stiegen in zwei gelbe Taxis – Pierre und Francesco mit den beiden Privatermittlern in das eine, Vanessa mit Linda und Gabriella in das andere. Unterwegs ließ Pierre nicht locker: »Ich kenne eine gute Werkstatt ganz in der Nähe von Tivoli, die ist auf alte Autos spezialisiert. Ich kann euch die Nummer geben. Außerdem habt ihr einen komischen Akzent, woher kommt ihr eigentlich? Lasst mich raten: aus irgendeinem verschlafenen Nest in den Bergen. Ciociaria? Marsica? Da macht man ziemlich guten Ziegenkäse. Stimmt es eigentlich, dass die Leute dort in ihrer Freizeit mit den Schafen vögeln?« Er lachte und wandte sich an Francesco. »Was ziehst du so ein langes Gesicht?«

»Ich denke nach«, erwiderte Francesco.

»Worüber?«

»Dass die Karten gelogen haben.«

»Was? Welche Karten? Alles wird gut, glaub mir.« Er zwinkerte. »Ich hab nämlich noch ein As im Ärmel.«

Zu dieser Tageszeit herrschte kaum Verkehr und so legten sie den Weg zur Piazza del Popolo in weniger als zehn Minuten zurück. Nahezu gleichzeitig fuhren die beiden Wagen vor dem Rosati vor. Während der Kahlkopf das eine Taxi bezahlte und der Klotz das andere, flüsterte Pierre Francesco zu: »Leih mir fünfzigtausend, schnell.«

Francesco zog einen Fünfzigtausend-Lire-Schein aus der Hosentasche und drückte ihn Pierre unauffällig in seine hinter dem Rücken verborgene Hand.

»Wunderbar. *A buon rendere*«, sagte Pierre leise.

Alle näherten sich nun dem Eingang zum Rosati: die Frauen voraus, die Männer hinterher. Das erste Taxi war bereits fort, das zweite setzte sich gerade in Bewegung, als Pierre sich plötzlich umdrehte und rief: »So ein Mist, ich hab mein Buch im Wagen liegen lassen …« Er rannte zum Wagen, riss die Tür auf und warf sich hinein, und schon drehte das Taxi mit quietschenden Reifen auf dem Kopfsteinpflaster um, raste los und war verschwunden, bevor irgendjemand realisierte, was gerade geschehen war.

Die beiden Detektive tauschten ungläubige Blicke aus, bevor sie lautstark losfluchten. Die Frauen redeten wild durcheinander, ungeachtet der neugierigen Blicke der Cafégäste und Passanten. Francesco sagte nichts. Er sah lächelnd dem davonbrausenden Taxi hinterher. Pierre, dieser Teufel und Verwandlungskünstler, der nichts so sehr liebte wie einen *coup de théâtre*, hatte es wieder mal geschafft und sich aus dem Staub gemacht.

15

Rom, Genzano

Als Francesco am nächsten Morgen Chloe an der Stazione Termini abholte, erwartete er das Mädchen mit dem Pferdeschwanz zu sehen, das er in London kennengelernt hatte. Stattdessen kam ihm eine wunderschöne Frau mit offenen schulterlangen blonden Haaren, perfektem Make-up und glänzenden Perlohrringen entgegen und umarmte ihn.

»Hallo, Chloe. Du bist … du bist …«

Sie gab ihm einen Kuss auf den Mund und nahm seine Hand. »*Ciao, bello*«, sagte sie.

»Und dein Italienisch gefällt mir auch.«

Sie luden das Gepäck in einem Hotel in der Nähe des Torre delle Milizie ab, bevor sie sich zu Fuß auf eine lange Besichtigungstour machten, die bei der Trajanssäule und den Kaiserforen anfing, zum Kolosseum führte und zurückging zur Piazza Venezia, den Kapitolinischen Museen und dem Marcellustheater. Am Nachmittag, nach einer ausgiebigen Pause in einem kleinen Café vor dem Pantheon, setzten sie ihre Wanderung unter der gnadenlos brennenden Sonne fort und blieben nur stehen, um vom kühlen Wasser aus einem Brunnen zu trinken oder einen schnellen Kuss auszutauschen. Sie schlenderten über die Piazza Navona und den Campo de' Fiori, besuchten die Fontana di Trevi und die Piazza di Spagna, bis sie erschöpft den Pincio erreichten, wo sie sich hinsetzten und in der frischen Abendbrise eine der herrlichsten Aussichten über die ganze Stadt genossen.

»Es gibt noch so vieles, was wir nicht gesehen haben«, sagte Francesco.

»Ja, aber für einen Tag reicht es vielleicht.«

Sie kehrten ins Hotel in der Via della Cordonata zurück, wo Chloe Francesco fragte, ob er ihr helfen könne, das Gepäck auf ihr Zimmer zu bringen.

»Ich sehe, du hast ein Doppelzimmer«, sagte Francesco, als er die Tür öffnete. »Wie schön.«

»Ja, mir ist bei der Buchung ein Fehler unterlaufen … Aber vielleicht könntest du ja bleiben? Damit es nicht gar so vergeudet wäre.«

»Ich bin es aber nicht gewohnt, mit jemandem in einem Bett zu schlafen. Ich kann eine richtige Plage sein.«

»Wer sagt denn, dass du schlafen sollst.«

Am folgenden Tag wachten sie sehr spät auf, frühstückten in einer nahegelegenen Bar und setzten ihren Stadtrundgang fort. Sie begannen mit dem Petersdom und besichtigten in den Folgestunden einen Großteil der Denkmäler und Museen, die sie noch nicht besichtigt hatten. Am Abend, nachdem sie aus dem Hotel ausgecheckt und einen von Chloes Koffern im Schließfach der Stazione Termini untergebracht hatten, fuhren sie mit der U-Bahn nach Anagnina und von dort mit dem Bus weiter nach Genzano.

In dem Städtchen war nicht viel los, nur eine Gruppe Jugendlicher hatte sich auf dem Marktplatz versammelt. Die nächtliche Kühle legte sich schon über die Straßen und Gassen, als sie die steile Via Garibaldi hochgingen und nach rechts in die Altstadt abbogen, und in den Bäumen raschelte ein leichter Wind. Und als sie vor dem Palazzo Sforza-Cesarini standen, wurden sie mit einer zauberhaften mondbeschienenen Szenerie belohnt.

»Das ist ja wunderschön«, rief Chloe aus und bewunderte die imposante Fassade. »Wann ist es erbaut worden?«

»Oh, ich bin mir nicht ganz sicher, im siebzehnten oder achtzehnten Jahrhundert. Aber die Fundamente sind viel älter. Im Mittelalter stand hier eine Burg.«

»Warum ist alles dunkel? Ist es nicht bewohnt?«

»Ja, es steht schon eine ganze Zeit leer. Alles verfallen.« Francesco kratzte sich an der Nase. »Meine Mutter und ihre Familie haben mal darin gewohnt.«

»Ach? Und wo hast du dein Pferd und deine Rüstung gelassen?«

»Sie haben hier nur *gewohnt*. Es hat ihnen nicht gehört. Nach dem Krieg war es eine Art Auffanglager für diejenigen, die bei den Bombardierungen ihre Häuser verloren hatten und evakuiert werden mussten.«

»Luxuriöse Unterkünfte.«

»Nicht wirklich. In jedem Stockwerk haben Dutzende Familien gehaust, die einzelnen Wohnungen waren lediglich mit Pappkarton abgetrennt, es gab keine Toiletten, keine Badezimmer. So ging das über Jahre, bis die Familien schließlich von der Gemeinde eine Wohnung zugewiesen bekamen. Hast du Lust, einen Blick reinzuwerfen?«

»Großer Gott, nein. Da drin ist es ja stockdunkel. Da habe ich Angst.«

»Komm schon, es passiert dir nichts. Ich habe hier oft gespielt, als ich klein war.«

»Gut, aber nur kurz, und nur, wenn du meine Hand hältst.«

Sie quetschten sich zwischen den beiden, nur durch lose Ketten zusammengehaltenen Türflügeln hindurch und standen in der Eingangshalle. Vor ihnen lag die Haupttreppe, beleuchtet vom fahlen Mondlicht, das durch die scheibenlosen Fenster der Fassade fiel.

»Gehen wir rauf!«

»Was? Auf gar keinen Fall!« Chloe schüttelte den Kopf; ihre Haare schimmerten.

»Bitte. Ich will dir etwas zeigen.«

»Das ist mir zu gefährlich.«

»Es gibt hier keine Ratten, Gespenster oder Vampire, ich schwöre es.«

»Ja, aber vielleicht bricht der Boden ein.«

»Red keinen Unsinn. Du wirst nicht enttäuscht sein, versprochen.«

Sie stiegen in den ersten Stock hinauf – Chloe folgte ihm vorsichtig und schrie einige Male leise auf, wenn sie mit dem Fuß gegen Steine oder Geröll stieß –, dann gingen sie durch einen dunklen Gang, bis sie einen großen, mit Fresken geschmückten Raum erreichten. Von den Balkonfenstern hatte man einen fantastischen Blick über den Nemisee und die steilen, ins Mondlicht getauchten Hänge.

»Das … das gehört zum Schönsten, was ich jemals gesehen habe«, sagte Chloe nach einem Moment des Schweigens.

»Sagte ich dir doch.«

»Was ist auf den Fresken dargestellt? Ich kann sie kaum erkennen.«

»Das hier ist, glaube ich, eine Jagdszene, hier unten ist der See, und das ist Diana, die ein Reh jagt.«

»Sie wirkt sehr ernst, oder?«

»Die Liebe, überhaupt alle Angelegenheiten der Menschen interessieren sie nicht – nur die Jagd. Der See ist ihr geweiht: Man nennt ihn auch den ›Spiegel der Diana‹.«

»Warum Spiegel?«

»Warum? Weil Diana auch die Mondgöttin ist und ihr Gesicht sich wie jetzt auf der Oberfläche des Sees spiegelt. Schau, wie herrlich und friedlich sie ist.«

»Hier ist alles so voller Mythen und Geschichte.«

»Ich weiß. Es gibt ganz viele Sagen und Legenden, aber die meisten sind mittlerweile vergessen.«

»Wie kannst du Italien nicht mögen?«

»Oh, ich mag es. Es gibt keinen Quadratzentimeter, den ich nicht mag. Was mich aufbringt, ist, wie heruntergekommen die Italiener mittlerweile sind – ihre Blödheit, Borniertheit.«

»Borniertheit?«

»Du siehst diesen Palazzo hier? Früher war er einmal schön und voller Leben – jetzt ist er eine finstere, tote

Ruine. Es kommt mir vor wie die perfekte Metapher für unser Land.«

»Aber könnte man ihn nicht renovieren?«

»Wie? Durch wen? Es kümmert doch keinen. Außerdem wäre es zu viel Arbeit. Eine Generation kann nicht den Schaden wiedergutmachen, den viele Generationen vor ihr angerichtet haben.«

»Das sehe ich anders. Ich glaube, dass die Arbeit und die Ideen schon eines Einzelnen vieles bewirken können.«

»Ja, ja. Man muss sein Schicksal nur in die eigene Hand nehmen. Sprechen wir in zwanzig Jahren noch mal darüber, dann sehen wir ja, ob sich was geändert hat – oder ob alles noch schlimmer geworden ist. Hmm … es schiebt sich eine Wolke vor den Mond. Wir sollten besser wieder gehen, bevor es zu dunkel wird.«

Vorsichtig gingen sie die Treppe hinunter und blieben in der Eingangshalle stehen.

»Täusche ich mich, oder riechst du auch Zigarettenrauch?«, fragte Chloe.

»Vielleicht kommt es von draußen.«

»Schau, hier liegt eine glühende Kippe. Kann es sein, dass uns jemand gefolgt ist?«

»Das bezweifle ich, aber wir sollten nicht mehr allzu lange hierbleiben.«

Sie schlichen sich aus dem Palazzo Sforza-Cesarini und betraten durch einen Torbogen die Altstadt, wo sie schließlich Francescos Wohnung erreichten. Kurz bevor er die Tür öffnete, flüsterte er: »So, und jetzt möchte ich, dass du federleicht, unsichtbar und stumm wirst. Abrakadabra.«

»Warum?«, sagte Chloe leise.

»Siehst du die Wohnung nebenan? Hier lebt eine halblahme alte Hexe, und sie ist den ganzen Tag auf Wachtposten – ihr entgeht nie etwas.«

»Wirklich? Hallo! Ich bin jetzt da! Freut mich, Sie kennenzulernen!«, rief Chloe und winkte in Richtung des kleinen Fensters.

»Danke, Chloe.«

Er sperrte die Tür auf, schaltete das Licht im Flur an und trat auf Zehenspitzen ein. »Möchtest du ihr vielleicht noch ein Ständchen bringen?«, fragte er.

»Morgen vielleicht.«

»Gut, dann richte ich schon mal die Gitarre und das Akkordeon her.«

Sie zogen sich aus, legten sich nebeneinander aufs Bett, kuschelten sich aneinander und sahen dem Mond zu, der über den Himmel wanderte.

»Warum machen wir aus unserem Leben nicht eine lange, immerwährende Zugreise?«, sagte Francesco.

»Wohin willst du?«

»Hmm … nach Athen, so für den Anfang.«

»Was ist mit Budapest?«

»Madrid?«

»Tokio?«

»Da kommt man mit InterRail aber nicht hin.«

Sie kicherten in der Dunkelheit. Francesco erzählte uralte Geschichten, bis sie beide Arm in Arm einschliefen. Als Francesco mitten in der Nacht aufwachte, musste er nur eine leichte Decke über sie beide breiten, und sie schliefen den besten Schlaf ihres Lebens, bis sie am Morgen von den Glocken von Santa Maria della Cima geweckt wurden.

Kurz nach acht lief Francesco die breite Treppe der Via Livia hinunter, um in einer der Bars am Corso das Frühstück zu holen. Es war ein schöner Morgen, die Hitze des Tages war bereits in der Luft zu spüren. Nur wenige Schritte vor den beiden Brunnen am unteren Ende der Treppe hörte er plötzlich einen lauten Pfiff.

Er blieb stehen und sah sich um. Wieder ein Pfiff. Er spähte in die Richtung der Trattoria dei Cacciatori, und dort, in der Tat, konnte er Pierre erkennen – breitbeinig saß er auf einem roten Fahrrad, hatte die Sonnenbrille in die Stirn geschoben und beide Zeigefinger noch in die Mundwinkel geklemmt. Dem schelmischen Lächeln, das er Francesco zuwarf, war anzumerken, welches Vergnügen es ihm bereitete, ihn zu überraschen.

»*Hengstius italianus!* Du hast dich herumgetrieben, was? Die Stute zum Wiehern gebracht? Wie gefällt ihr deine *Andouillette de Gennesanno*?«

»Pierre, du bist unmöglich«, sagte Francesco nur. Kopfschüttelnd ging er auf ihn zu.

»Hast du deinen wunden Lenden etwas Ruhe gönnen können? Schau dir nur deine Augenringe an! Sag mir nicht, dass das alles nur platonisch ist! Wie kommst du mit dem englischen Fohlen zurecht? Heute Morgen schon ein wenig ausgeritten?« Das alles begleitete er mit einer eindeutigen Handbewegung und einem anerkennenden Pfiff.

»Pierre, Pierre, was machst du hier so früh am Morgen – noch dazu auf einem Fahrrad?«

»Gefällt dir mein neuer Maserati Biruota?« Pierre zündete sich seine unvermeidliche Zigarette an und blies eine Rauchwolke aus. »Mein neues Transportmittel. Auf Kredit besorgt. Vorübergehende Maßnahmen.«

»Was ist passiert? Haben sie dir wirklich den Wagen ramponiert?«

»Ach, ein kurzfristiger Verlust.« Er winkte ab. »Das werden diese Kretins mir noch büßen. Sollen wir einen Kaffee trinken?«

»Klar.«

»*Vamos.*«

Sie ließen sich in einer ruhigen Ecke in einem der Cafés auf dem Platz nieder und bestellten Cappuccino, Mineralwasser und *cornetti.*

»Fast so wie an dem Morgen in München«, sagte Pierre lächelnd.

»Ja. Seitdem haben wir ein paar Kilometer zurückgelegt.«

»Und dabei unseren Spaß gehabt. Willst du eine Zigarette?«

»Warum nicht?«

Schweigend rauchten sie, tranken ihren Cappuccino und aßen ihre *cornetti.* Pierre war es dann, der das Schweigen brach.

»Also, was ist passiert, nachdem ich abgedüst bin? Ich hätte noch zu gern ihre Gesichter gesehen, vor allem die von Stan und Ollie.«

Francesco lachte und drückte die Zigarette aus, während sich Pierre eine neue ansteckte. »Na ja, sie waren nicht gerade begeistert, würde ich sagen.«

»Und, was haben sie gemacht?«

»Der eine Detektiv hat den Größeren angebrüllt: ›Du Idiot! Du Idiot! Was stehst du rum wie ein Schaf? Los, ihm nach! Mach schon!‹ Der Dicke also flugs in ein Taxi und dir hinterher, aber schon nach zehn Minuten steht er wieder auf der Matte und sieht aus wie ein geprügelter Hund, und der andere brüllt: ›Idiot, Idiot, du hast ihn laufen lassen! Er ist dir entwischt!‹ Es war komisch, einfach saukomisch.«

»Gut. Und die liebenswerten Damen?«

»Die? Ach, die haben sich bloß über dieses und jenes unterhalten. Ich hab mich mit Gabriella unterhalten. Sie war sehr nett.«

»Ja, sie ist sehr in Ordnung. Keine Unruhestifterin wie die anderen beiden.«

»Linda und Vanessa sagten mir, sie würden bis Montag bleiben. Und rate mal: Sie haben mich gebeten, ihnen unverzüglich mitzuteilen, wenn du mit mir wieder Kontakt aufnehmen solltest.«

»Ich habe noch was Besseres für die beiden: Du gibst ihnen das hier.«

Pierre kniff die Augen zusammen und stieß eine Rauchwolke aus, während er einen geschlossenen Umschlag über den Tisch schob. »Was ist das?«

»Mach es noch nicht auf. Ich will, dass du es ihnen laut vorliest.«

»Und was ist es?«

»Mein Letzter Wille, mein Testament.«

»Dein …«

»Testament. Das große Finale. Mein erstes ›postumes‹ Werk.« Grinsend nahm Pierre einen tiefen Zug von der Zigarette.

»Hör zu«, antwortete Francesco, »ich würde das liebend gern tun. Nur, ich werde heute mit Chloe abreisen.«

»Du fährst schon wieder weg? Wohin?«

»Ach, irgendwohin – vielleicht sogar wieder nach England. Ich habe doch noch eine Woche auf meinem InterRail-Pass.«

»Na ja, eine kurze Pause in Rom, so viel Zeit wirst du doch wohl noch haben.«

»Tut mir leid, Pierre, ich glaube nicht …«

»Es ist der letzte Gefallen, um den ich dich bitte, und dann – versprochen – werde ich verschwinden und mich in Luft auflösen … wusch!« Er wischte mit der Hand durch die Luft.

Francesco blickte auf den Umschlag, dann wieder zu Pierre, der ihn fragend ansah, dann wieder zum Umschlag.

»Also gut, ich gebe mich geschlagen«, seufzte er und steckte sich den Umschlag in die Hosentasche. »Ich tu dir den Gefallen. Ich rufe Vanessa an, vielleicht können wir uns am Nachmittag treffen. Sie ist im Hotel Bernini abgestiegen, das ist nicht weit vom Bahnhof.«

»Danke, Sir.« Pierre tätschelte seinen Unterarm. »Ich wusste, ich kann mich auf dich verlassen.«

»Gut, dann zahle ich jetzt und besorge noch etwas zum Frühstück für Chloe.«

»Nein, nein. Diesmal geht die Rechnung auf mich.« Betont lässig drückte Pierre seine Zigarette aus und zog ein dickes Bündel Geldscheine aus der Hosentasche.

»Wow«, entfuhr es Francesco. »Hast du eine Bank ausgeraubt?«

»Ich muss zugeben«, sagte Pierre und zählte fünfzigtausend Lire ab, »mit Geld lässt sich die Armut wesentlich besser ertragen.« Er zwinkerte Francesco onkelhaft zu. »Hier … die Knete, die du mir gestern ausgelegt hast.«

»Danke.«

»Und hier«, fügte Pierre hinzu und legte einen 100000-Lire-Schein obendrauf, »ein Geschenk von deinem Freund, ein kleines Dankeschön, weil du ihm in einer Notlage geholfen hast.«

»Aber …«

»Behalt es einfach.« Er drückte Francesco den Schein in die Hand. »Kauf deinem Mädchen einen Ring. Lad sie zum Essen ins Ritz ein. Du weißt, mir rinnt das Geld nur so zwischen den Fingern durch. Also nimm es, bevor es weg ist.«

»Na gut. Danke, Pierre.« Francesco lächelte seinem Freund zu, dann fragte er:

»Was wirst du jetzt machen?«

Pierre zündete sich die letzte Zigarette aus seinem Päckchen an und inhalierte, bevor er darauf antwortete.

»Na ja, ich bringe meine Probleme in Ordnung. In meinem Testament ist alles geregelt. Mein Ableben wird sehr friedlich vonstatten gehen.«

»Was soll ich mit den Kartons machen?«

»Ich werde dir aus dem Grab heraus Anweisungen zukommen lassen.«

»Werden wir uns wiedersehen?«

»Vielleicht, vielleicht auch nicht. Ich will dir nur einen abschließenden Rat geben« – wieder nahm er einen sehr langen Zug von seiner Zigarette – »mach was aus deinem Leben.«

Damit ging er an die Theke, zahlte, winkte und zwinkerte Francesco ein letztes Mal zu, bevor er den Corso hinunterradelte und dabei eine dünne Rauchfahne hinter sich herzog. Kurz darauf stieg Francesco mit einem Tablett samt Servierglocke und Chloes Cappuccino und *cornetto* die Treppe zur Altstadt hinauf. Noch immer gingen ihm Pierres Abschiedsworte durch den Kopf. Als er in seine Straße einbog, sah er eine bekannte Gestalt vor der Tür zu seiner Wohnung stehen, und sein Herzschlag setzte für einen Moment aus.

»Mama!«

Annamaria sah zu ihm und drückte die Tür auf.

»Da bist du ja! Es hat sich nämlich niemand gemeldet. Ist dein Freund fort?«

»Mein Freund? Ja, ja, der ist weg. Ähm, was machst du hier?«

»Ich hol deine Wäsche ab. Gestern konnte ich nicht kommen. Ich wollte dich anrufen, aber …«

»Ja, ich weiß«, sagte Francesco und drückte sich nervös an seiner Mutter vorbei. »Ich war den ganzen Tag in Rom.«

Annamaria sah ihren Sohn argwöhnisch an, dann warf sie einen Blick aufs Tablett.

»Du lässt es dir gutgehen, was?«, kam es fragend von ihren Lippen.

»Das, ach ja! Na ja, es ist Samstag, du weißt schon, da frühstücke ich gern hier und lese dazu ein Buch und …«

»Kann ich reinkommen?«

»Nein, nein, bleib lieber hier, Mama«, rief Francesco und sah sich unruhig um. »Weißt du was? Ich bring dir den Wäschesack raus.«

»Ich muss noch die Blumen gießen.«

»Den Blumen geht es sehr gut – es ist ihnen nie besser ergangen in ihrem langen Blumenleben.«

Annamaria aber marschierte bereits durch den Gang, spähte in jedes Zimmer und vergewisserte sich, dass auch wirklich alles in Ordnung war.

»Hmm«, sagte sie zufrieden, nachdem sie einen Blick ins Schlafzimmer geworfen hatte. »Du hast das Bett gemacht. War Tante Teresa gestern hier?«

»Das weiß ich nicht. Setz dich einfach in die Küche, ja? Ich hole die Wäsche.«

»Trink doch erst mal deinen Cappuccino, bevor er kalt wird.«

»Gut.«

Sie setzten sich an den kleinen Küchentisch, und erst jetzt – im Licht, das durch das Fenster fiel – bemerkte Francesco, dass seine Mutter ein elegantes Kleid trug, Lippenstift und türkisfarbenen Lidschatten aufgetragen hatte und sogar beim Friseur gewesen war.

»Wer heiratet denn heute?«, fragte Francesco lächelnd.

»Dein Vater hat mich zum Essen in ein Restaurant am Meer eingeladen.«

»Ist er verrückt geworden? Hat er in der Lotterie gewonnen? Was ist los?«

»Er hat ein Schreiben von dem deutschen Konzern erhalten, der das Stahlwerk übernimmt.«

»Und?« Er nippte am Cappuccino.

»Sie sagen, dass sie ihn weiter beschäftigen wollen. Sie bieten ihm einen neuen Vertrag mit fast dem doppelten Gehalt. Er soll eine ganze Produktionsabteilung leiten.«

»Was? Das sind ja tolle Neuigkeiten. Ich wette, er hat sich heute Morgen rasiert.«

»Hat er. Du hättest ihn sehen sollen, wie er durch die Wohnung stolziert ist. Mit Anzug und Krawatte.«

»Meine Güte, das ist ja ein richtiges Wunder! Wann fängt er an?«

Aus einem der anderen Zimmer kam ein lauter Knall.

»Im September. Hat da nicht eine Tür geknallt?«

»Es zieht wahrscheinlich nur durch – ein offenes Fenster.« Francesco wischte sich ein Schweißtröpfchen von der Oberlippe. »Im September also. Das ist nicht mehr lang hin.«

»Nein, und die Zeit bis dahin wird sogar noch kürzer, weil wir in Urlaub fahren.«

»Ihr fahrt in *Urlaub*? Ihr beide?«

»Für zehn Tage.« Die Augen seiner Mutter strahlten. »Venedig und Florenz.«

Francesco stand auf und umarmte seine Mutter.

»Das freut mich so sehr. Es freut mich für dich, Mama, und auch für Papa.«

»Vielleicht haben wir jetzt ja auch mal Glück im Leben.«

»Vielleicht. Vielleicht ist es wirklich so, Mama.«

Nachdem seine Mutter fort war, ging Francesco von Zimmer zu Zimmer und rief nach Chloe. Es kam keine Antwort. Wo war sie hin? Hatte sie sich aus der Wohnung geschlichen? Er sah im Badezimmer nach, unter dem Bett und sogar im Schrank: nichts. Sie war verschwunden. Dann kam ihm eine Idee. Er ging zu dem kleinen Balkon in der Ecke des Schlafzimmers und versuchte die Tür zu öffnen. Sie war abgeschlossen, der Schlüssel fehlte.

»Chloe, bist du da draußen? Du kannst jetzt wieder reinkommen.«

Gleich darauf hörte er, wie der Schlüssel umgedreht wurde, und die Tür ging auf.

»Siehst du?«, sagte Chloe grinsend. »Wenn ich will, mache ich mich federleicht, unsichtbar und stumm.«

»Das Knallen der Tür hat dich verraten.«

»Sie wollte sich einfach nicht schließen lassen.«

»Los, packen wir und brechen wir auf.«

»Wohin?«

»Zur ersten Station unserer Reise.«

»Gib mir einen Kuss. Gefällt dir, wie ich das Bett gemacht habe?«

»Zu bürgerlich. Vielleicht sollten wir es wieder ein bisschen zerknüllen, bevor wir gehen.«

16

Rom

Das Hotel Bernini rühmt sich für seine Lage an einem der herrlichsten Plätze Roms. Gelegen zwischen dem Palazzo Barberini und der Via Vittorio Veneto, mit Blick auf Gian Lorenzo Berninis Tritonenbrunnen, bietet das Hotel schamlosen Luxus für alle, die sich die gesalzenen Preise leisten können. Nach einem fürstlichen Frühstück oder ausladenden Mahl im Hotel kann der wohlhabende und beflissene Tourist, der danach strebt, die Dinge wieder in eine normalsterbliche Perspektive zu rücken, nach nur wenigen Schritten die nahegelegene Kapuzinerkirche sowie deren Krypten besichtigen, in denen Tausende menschlicher Schädel und Knochen lagern.

Francesco und Chloe trafen am frühen Nachmittag im Bernini ein, einer Zeit, in der die römischen Straßen im Sommer unter der unbarmherzigen Sonne zu leiden haben. Chloe ließ sich mit ihrem Buch, Tschechows *Drei Schwestern*, in einer kühlen Ecke der Lobby nieder, während Francesco in den ersten Stock hochging, wo Vanessa und die anderen ihn erwarteten.

»Hallo«, begrüßte er sie. Linda und Vanessa saßen sichtlich angespannt auf einem Ledersofa, ihnen gegenüber die beiden Privatdetektive. Dazwischen ein niedriger Tisch mit Marmorplatte, auf dem zwei Flaschen Mineralwasser und fünf Gläser standen.

»Ist Gabriella nicht hier?«, fragte Francesco, nachdem er auf dem rosaroten Lehnstuhl zwischen den beiden Sofas Platz genommen hatte.

»Sie kommt nicht«, erwiderte Vanessa und verzog das Gesicht. »Sie hat bereits einen *Termin*. Was zu trinken gefällig?«

»Wasser wäre schön, danke.«

Der Klotz schraubte eine Flasche auf, schenkte ein Glas ein und reichte es ihm.

»Also, worum geht es in diesem Brief?«, fragte Linda voller Ungeduld. »Ist das wieder einer seiner Tricks?«

»Er sagt, es sei sein ›Letzter Wille und Testament‹«, erklärte Francesco und holte den Umschlag aus seiner Hosentasche.

Der kahlköpfige Detektiv lachte und streckte die Hand aus. »Kann ich sehen?«

Francesco zog den Umschlag zurück. »Er hat mich gebeten, es Ihnen laut vorzulesen.«

»Kommen Sie, das lassen wir ihm doch hoffentlich nicht durchgehen, oder? Nicht schon wieder!«

Die beiden Frauen sahen sich an, worauf Vanessa frostig antwortete: »Soll er seinen Willen haben. Ein letztes Mal.«

Linda nickte. »Bitte öffnen Sie den Brief und lesen Sie vor.«

Unter den Blicken der vier Anwesenden riss Francesco den Umschlag auf, nahm die Blätter heraus und zählte sie zweimal durch.

»Stimmt etwas nicht?«, fragte der Klotz.

»Es sind zehn Seiten, hinten und vorn beschrieben, in sehr kleiner Schrift.«

»Und?«

»Ich mache mir bloß Sorgen, dass ich heute Abend meinen Zug verpasse.«

Ohne den geringsten Anflug eines Lächelns sagte der Kahlkopf. »Fangen wir an!«

Francesco nahm einen Schluck, räusperte sich, wartete und begann zu lesen.

»Meine geliebten Damen, hier spricht euer verstorbener Ehemann, und er tut es vom Jenseits aus. Ich weiß, dass ihr mir aus dem einen oder anderen Grund am liebsten den Tod an den Hals wünscht, es dürfte euch daher freuen zu hören, dass ich ab sofort – so weit es euch betrifft – tot und begraben bin. Bevor ich jedoch aus eurem Leben verschwinde und mich auf die lange Reise ohne Wiederkehr mache, halte ich es für meine Pflicht, einige Dinge klarzustellen und meine irdischen Angelegenheiten zu regeln.«

Francesco sah auf. Alle starrten ihn hochkonzentriert an.

»Bevor ich auf meinen Letzten Willen zu sprechen komme«, las Francesco weiter, »möchte ich ein paar Worte über mein Leben verlieren und erklären, wie ich zu dem Mann wurde, den ihr während meines irdischen Lebensweges als euren Gefährten gekannt habt. Meine Herkunft liegt im Dunkeln. Ihr wisst, wo ihr geboren wurdet, wisst aber nicht, wo ihr sterben werdet. Bei mir ist es umgekehrt. Nach allem, was ich von einem meiner Verwandten erfahren habe, fand man mich eines schönen Februarmorgens in einem Weidenkörbchen am Ufer eines korsischen Flusses: Meine Mutter hatte beschlossen, dass ich schon als Kleinkind das Schwimmen lernen sollte – ohne Schwimmreifen allerdings. Andere behaupten, ich sei während eines Unwetters vom Himmel gefallen – aber das sind die Geschichten der Alten, und denen darf man, wie man weiß, nicht trauen.

Alles in allem aber lief es für mich, wie ich zugeben muss, gar nicht mal so schlecht. Der Mann, der mich fand und den ich in der Folgezeit als meinen Vater ansah, war in der hiesigen Gegend eine bekannte Persönlichkeit. Wäre er *wirklich* mein Vater gewesen, könnte ich sagen, dass ich in seine Fußstapfen getreten wäre. Er war ein veritabler Taugenichts, ein Tunichtgut, wie er im Buche steht, hatte vier oder fünf Familien und einen ganzen Harem an Ehefrauen. Aber er war auch ein sehr netter Kerl mit einem großen Herzen und drei Goldzähnen, und ich mochte ihn. Das einzige Problem war nur: Er wollte, dass ich die Karriere eines Diebes mache – Diebe sind auf Korsika jedoch nicht gern gesehen, schon gar nicht bei den Bauern. Ein Schuss aus einem Gewehr, und das war es dann mit dir. Als ich zwölf war, packte ich daher meine Sachen und versteckte mich als blinder Passagier auf einem Schiff. Nach ein oder zwei Wochen wurde ich mehr tot als lebendig am Haarschopf aus einer Abstellkammer herausgezogen. Ich wurde in ein Kloster in Ligurien gebracht, wo man mir das ABC und das Ave Maria beibrachte – ansonsten hielt man mich dort eher kurz, weshalb ich von dort ausbüxte und schließlich im Haus eines Schneiders landete, einem Witwer, der knausriger war als drei schottische Shylocks zusammen. Aber er fasste Zuneigung zu mir und wollte mich adoptieren. Nur dachte ich nicht im Traum daran, mich von ihm adoptieren zu lassen, weshalb ich erneut die Flucht ergriff, mich in einem Zug versteckte und nach Rom gelangte.«

»Warum erzählt er uns diesen ganzen Schwachsinn?«, fragte der Klotz. »Können wir nicht ein paar Seiten überspringen, damit wir gleich zum Wichtigen kommen?«

»Er hat schon immer gern gefaselt«, meinte Linda.

»Wenn wir ihn ständig unterbrechen«, sagte Vanessa, »kommen wir nie ans Ende.«

»Sie hat recht«, sagte der Kahlkopf. *»Continua.«*

»Dort«, setzte Francesco seine Lektüre fort, »nahm mich bald darauf eine reiche Dame unter ihre Fittiche, die eine leitende Stelle bei der Caritas innehatte und einmal in der Woche Wunderheilungen vornahm. Sie putzte mich heraus und schickte mich auf eine gute Schule. Ein paar Jahre später starb die Dame und hinterließ mir ein hübsches Sümmchen, und damit begann ich meine Reise um die Welt – Spanien, Südamerika, Russland, Griechenland. Dann hatte ich vom Reisen die Nase voll und blieb jeweils für längere Zeit am selben Ort. Und wie ihr alle sehr gut wisst: Sät ein junger Mann seinen Samen aus, wird er Wind ernten.

Der erste richtige Wirbelwind, der mir in die Scheune fuhr, kam von einem Mädchen, mit dem ich befreundet war und das mir eines Tages eröffnete, sie habe einen Braten im Ofen. Ich sah ihr in die Augen und sagte: ›Nein, nein, meine Liebe. Du hast ein hübsches Gesicht, aber ich will mir nicht so früh einen Sarg zimmern lassen.‹ Also gab ich ihr mein ganzes Geld und zog weiter in ein anderes Land. Dort geriet ich mit einer jungen Dame, der ich im Überschwang die Heirat versprochen hatte, in ähnliche Schwierigkeiten. Trotz möglicherweise bester Absichten schauen einem die Frauen als Erstes auf die Füße und denken sich: ›Wie kann ich es anstellen, damit sie so schnell wie möglich Wurzeln schlagen?‹ Aber das war nicht mein Ding. Die meisten Menschen schätzen sich glücklich, wenn sie ihr Leben leben und nach fünfzig, sechzig oder siebzig Jahren sterben. Sie werden Anwälte, Banker, Geschäftsleute, Politiker – sie arbeiten achtzig Stunden die Woche und schuften an ihrer brillanten Karriere, bis sie zu einem großen Macker oder einem großen Arschloch geworden sind. Ihre Frauen und Kinder sitzen derweilen brav zu Hause in herrschaftlichen Vororthäusern mit perfekt getrimmtem Rasen, funkelndem SUV in der Garage und einem reizenden Freundeskreis, mit dem sie sich am Wochenende treffen. Und was macht die Gesellschaft? Die Gesellschaft respektiert solche Leute, bewundert sie, stellt sie als erfolgreiche Vorbilder hin – und jeder ist zufrieden und fühlt sich bestätigt. Solange man sich in seine Rolle fügt, gestattet es die Gesellschaft, dass man sich seinen

Platz selbst aussucht, dann kann man alles werden, was man will. Man möchte in einem Krankenhaus arbeiten oder Bildhauer oder Tänzer oder Sänger oder Fußballer werden? Alles kein Problem. Aber wehe, dieses Leben oder diese Karriere oder diese Familie reichen einem nicht – wehe, man will aus den Ketten ausbrechen, die einem diese sesshafte Gesellschaft auferlegt, und möchte mehrere Leben gleichzeitig führen: Dann bricht die Hölle los. Jeder fällt über dich her, als wärst du der verachtenswerteste Verbrecher überhaupt, die Verkörperung allen Übels schlechthin, der Abschaum des Universums.«

»Was für ein Unfug!«, Linda fuhr auf und schüttelte ihre roten Locken.

Vanessa sah sie kurz an, bevor sie ihren kalten Blick wieder auf Francesco richtete.

»Ich«, fuhr dieser fort, »war schon immer ein freier Mensch. Ich gebe mich nicht zufrieden mit einem Beruf, einer Karriere. Es befriedigt mich nicht, nur eine Frau zu lieben oder zu heiraten. Ein Schicksal reicht nicht aus für mich: Ich besitze die Energie, die Leidenschaft und vor allem den Mut, mehr als nur ein Leben zu leben. Mein Motto lautet: Lebe so viele Leben wie möglich, denn du hast nur eines.

Ihr solltet nicht anklagend auf mich zeigen, nur weil ich anders bin als ihr und mich nicht euren monogamen Wunschvorstellungen füge. Wir sind als freie Menschen geboren und sollten auch in unserem Leben frei sein – so wie die Bienen, die den Pollen aufnehmen und ihn von Blume zu Blume tragen.«

»Was für ein Gewäsch«, sagte der Klotz.

»Muss ganz schön einen sitzen gehabt haben, als er das getextet hat«, pflichtete der andere Detektiv bei.

Francesco blätterte um und las weiter.

»Frauen werden maßlos überschätzt, das Gleiche gilt auch für die Arbeit und den Reichtum. Danach trachtet jeder auf dieser Welt, aber das Leben besteht aus so vielem mehr, und das Größte, wonach wir streben können – nennt mich einen Idealisten –, ist die Freiheit. Freiheit nicht nur von den Fesseln der Gesellschaft, sondern Freiheit von uns selbst, von den selbstauferlegten Hemmungen und Verboten, die uns an unsere Existenz ketten.

Wenn mir mehr Zeit bliebe, würde ich liebend gern über Geld und den damit verbundenen Irrglauben reden, aber es drängt, und ich muss euch noch einiges zu meinem Leben nach dem Tod sagen.

Als Erstes: Ich will nicht, dass ihr um mich weint. Ich weiß, das wird nicht geschehen, aber ich kann euch versichern, der Ort, an dem ich jetzt meine Knochen parke, ist nicht halb so schlecht wie jener, den ihr von nun an bewohnen werdet. Ich werde nicht in der Meditation Zuflucht suchen, sondern ein aktives Leben führen. Ich werde trotz meiner schlechten Erfahrungen mit Frauen auch nicht zölibatär leben. Nein, wenn ihr das lest, werde ich mit meiner früheren Gemahlin erneut am Himmelsaltar das heilige Gelübde abgelegt haben.«

»Wovon spricht er?«, rief Linda mit schriller Stimme.

»Hört sich an wie ein Rätsel«, sagte der Klotz und kratzte sich an der Wange.

»Alles Geschwafel«, meinte der Kahlkopf. »Fahren Sie fort!«

»Und damit«, las Francesco, »kommen wir zu meinem Letzten Willen und Testament.« Erwartungsvolle Stille senkte sich über die Zuhörer, als Francesco um der Wirkung willen kurz innehielt. »Houdini, Entfesselungskünstler wie ich, wünschte sich von seiner Frau, dass sie einmal im Jahr eine Seance abhält, damit er sich ihr wieder offenbaren kann. Ich war versucht, von dir, Linda, das Gleiche zu verlangen, aber ich weiß, dass du eine vielbeschäftigte Frau bist und es kaum wollen würdest, dass ich wieder auftauche, selbst wenn ich noch am Leben oder nur halbtot sein sollte. Wie gesagt, meine Jetons sind eingelöst, ich wandle nicht mehr auf jener Erde, über die du noch schreitest. Trotzdem hoffe ich, dass ich eines Tages doch zurückkomme und dir erscheine – und sei es als Albtraum, sei es in Form von Erinnerungen, bei denen dir das Herz schwer wird und du einen Kloß im Hals bekommst.

Da du nichts brauchst, habe ich beschlossen, dir auch nichts zu hinterlassen. Es tut mir sehr leid, meine Liebe: Die Wohnung in Slotermeer wird bald einen neuen Besitzer haben, du wirst dich also nach einer neuen Bleibe umsehen müssen. Die Hypothekenzahlungen sind zwei Jahre im Rückstand, und die Banken haben mir die peinigendsten Liebesbriefe gesandt und angekündigt, große, dicke, cupidohafte Gerichtsvollzieher vorbeizuschicken. Ich versuchte ihnen klarzumachen, dass ihre Leidenschaft nicht erwidert würde und die meiste Zeit niemand da sein dürfte – ich erklärte, du wärst häufig mit deinem *Partner* beim *Workout*, aber es hatte keinen Zweck. Es ist einfach zu viel Liebe in der Welt, die sich manchmal eben durch nichts aufhalten lässt. Stell dir bloß vor: Erst neulich habe ich Jesus und Kain beim Schachspiel unter einem Baum gesehen. In diesem Augenblick hätte ich dir fast einen Abschiedskuss geben wollen, aber ich konnte es nicht über mich bringen – je mehr ich mein Herz erforsche, umso mehr spüre ich, dass ich keinen anderen Wunsch habe, als dir ein ödes und trostloses Leben zu wünschen.«

Linda grinste und zuckte mit den Schultern. »Er lügt. Ich habe nie einen von diesen angeblichen Briefen zu Gesicht bekommen.«

»Vielleicht hat er sie an eine andere Adresse weiterleiten lassen«, warf der kahlköpfige Detektiv ein und sah jeden der Reihe nach kurz an.

»Ja, möglich«, sagte der Klotz und nickte. »Aber vielleicht ist das auch wieder nur einer seiner üblen Scherze.«

»Ein Telefon«, rief Linda plötzlich und sprang auf. »Besorgt mir ein Telefon, sofort, bitte.«

»An einem Samstagnachmittag können Sie sowieso nichts mehr unternehmen«, sagte der Kahlkopf mit beschwichtigendem Lächeln. »Warten Sie bis Montag, wenn Sie wieder in Amsterdam sind. Wir helfen Ihnen dann auch, keine Sorge.«

Linda setzte sich wieder und schüttelte schweigend den Kopf.

»Soll ich zu Ende lesen?«, fragte Francesco und drehte das letzte Blatt um. »Es ist nur noch eine Seite.«

»Ja«, sagte der Kahlkopf mit einem dünnen Lächeln auf den Lippen. »Soll der *pagliaccio* uns noch ein wenig unterhalten.«

Aber keinem war zum Lachen zumute. Vanessa saß mit starrer Miene da, als wappnete sie sich schon jetzt gegen ein Füllhorn schlechter Neuigkeiten.

»Danken will ich, wie der Dichter so schön sagt, mit meinen letzten Gedanken«, begann Francesco wieder. »Ohne dich, Vanessa« – sie zuckte zusammen, als ihr Name fiel – »wäre nicht nur die Welt der Stümperkunst, auch dein bescheidener Diener Pierre wäre sehr viel ärmer gewesen. Daher muss ich dir danken, dass du mir erlaubt hast, in den tiefen, dunklen Brunnen deines Reichtums zu schauen, um diesen Überfluss nach Lust und Laune wenigstens teilweise über die ganze Welt – woher er schließlich auch stammte – zu verteilen.

Ich wusste immer, dass deine Eiseskälte ansteckend ist, war dann aber doch erstaunt, wie schnell es dir gelang, meine Offshore-Konten einzufrieren. Jetzt sieht es so aus, als wäre auch für dich Weihnachten früher als sonst gekommen und als stünde dir ein langer Winter bevor. Du wirst bald einen Brief eines Museums aus Israel erhalten, in dem man sich bei dir für die Schenkung von Dutzenden deiner eigenen Gemälde sowie der wertvollsten Werke aus der Sammlung der Schreiber-Stiftung bedankt. Gib dich nicht unmanierlich oder kühl, sondern schicke ihnen eine freundliche Bestätigung. Schließlich wird damit nur ein geringer Teil dessen zurückgegeben, was einst unrechtmäßig gestohlen wurde.«

Kurz sah Francesco zu Vanessa hinüber. Sie blinzelte schweigend vor sich hin, gab ansonsten aber nicht die geringste Regung preis.

»Und«, fuhr er fort, »wenn dein Bild nicht auf der Titelseite jeder deutschen Zeitung, von der *Welt* bis zum *Flensburger Tageblatt*, erscheinen soll, dann schlage ich dir vor, dass du mir wieder Zugang zu meinen hart verdienten Kröten ermöglichst und sie außerdem mit einem freiwilligen Anteil deiner Goldreserven aufstockst. Achte darauf, dass er meinem früheren Lebensstil angemessen ist, denn das Leben nach dem Tod kann sehr kostspielig sein.

Mein letzter Wunsch ist folgender: Lass das mit der Malerei sein. Glaub einem alten Connaisseur und Liebhaber der schönen Dinge: Du vermittelst nicht den Eindruck, als würde die Malerei dir wirklich Spaß machen. Du solltest in Betracht ziehen, in ein wärmeres Klima umzusiedeln – vielleicht taust du dann ein wenig auf. Adieu.«

»Ist das alles?«, fragte der Klotz.

»Das ist alles«, sagte Francesco.

»Was für ein Dämlack.«

»Ich hab's«, rief Vanessa und setzte sich auf. »Ich glaube, ich hab's.«

»Was?«, kam es unisono von den beiden Detektiven.

»Das Rätsel.«

»Das was?«

»Er sagt, er will mit seiner früheren Gemahlin am Himmelsaltar das Gelübde ablegen. Das heißt, er wird wieder heiraten – in der Kirche Aracoeli. Santa Maria in Aracoeli, Die Heilige Jungfrau Maria vom Himmelsaltar. Mit Gabriella. Deswegen ist sie nicht hier, deswegen wurde sie in seinem ›Letzten Willen‹ nicht erwähnt.«

Die beiden Detektive sahen sich verwirrt an.

»Ara …«

»Santa …«

Sie sahen zu den beiden Frauen, dann sahen sie wieder sich an.

»Los«, sagte der Kahlköpfige und stand auf. »Wenn wir schnell sind, können wir ihn uns vielleicht noch schnappen.«

Francesco räusperte sich. »Ich komme aber nicht mit«, sagte er.

Alle sahen ihn an.

»Ich muss noch einen Zug erwischen«, erklärte er.

Vanessa beugte sich zu ihm vor und gab ihm zwei eilige Küsse auf die Wange.

»Danke. Danke für alles«, sagte sie.

Der Klotz reichte ihm eine Visitenkarte.

»Falls er sich wieder melden sollte, rufen Sie uns an. Es gibt eine große Belohnung.«

»Klar.«

Er sah den beiden Ermittlern nach, die die Treppe zum Eingang hinuntereilten, gefolgt von den beiden Frauen auf ihren Highheels. Dann ging er selbst in die Lobby hinunter, wo Chloe noch immer in ihr Buch vertieft war.

»Fertig?«, fragte sie.

»Das hoffe ich. Ich erzähle dir später alles. Gehen wir.«

Als sie nach draußen traten, brannte die Sonne auf den Asphalt. Chloe und Francesco gingen auf dem Weg zur Stazione Termini die Via Barberini hinauf und wurden dabei Zeuge einer skurrilen Szene, die sich auf der gegenüberliegenden Straßenseite abspielte. Der Klotz hopste wie ein dickes Rumpelstilzchen mit vornübergebeugtem Rumpf um die silberne Alfetta herum und schrie in einem fort: »Er hat schon wieder die Reifen aufgeschlitzt! Er hat schon wieder die Reifen aufgeschlitzt! Alle vier!« Die beiden Frauen standen entgeistert auf dem Bürgersteig, während der Kahlkopf nach einem Taxi Ausschau hielt und vor sich hinfluchte: »Was für ein Arsch! Was für ein Arsch!«

Chloe und Francesco überließen die kleine Gruppe ihrem Schicksal und gingen weiter. Als sie den kleinen Platz vor der Fontana dell'Acqua Felice überquerten, hörten sie ein verhaltenes Hupen hinter sich. Es kam von einem roten Alfa Romeo Spider, der im Schatten in einer Ecke des Platzes geparkt war. Aus dem heruntergekurbelten Seitenfenster hing eine Hand mit einer Zigarette und winkte ihnen träge zu. Sie erkannten die grinsende Gestalt hinter dem Steuer sofort.

»Pierre!«, rief Francesco. Gabriella, eine Sonnenbrille im Gesicht, saß lächelnd auf dem Beifahrersitz. Francesco und Chloe gingen hinüber und begrüßten die beiden. »Schön zu sehen, dass du noch am Leben bist.«

Pierre lachte glucksend und paffte genüsslich an seiner Zigarette. »Und? Wie wurde mein Testament aufgenommen?«

»Gar nicht mal so schlecht. Aber die beiden Typen scheinen nicht sehr glücklich darüber zu sein, was du mit ihrem Wagen angestellt hast.«

»Sie werden lernen, dass sie mich nicht provozieren dürfen. Wenn die mich schnappen wollen, brauchen sie schon Flügel. Wo sind sie jetzt?«

»Wahrscheinlich auf dem Weg zum Himmelsaltar.«

»Ha, ha. Da kommen sie zu spät. Wir sind schon in den Flitterwochen, nicht wahr, meine Liebe?« Gabriella lächelte ihnen zu. »Ich würde es mir ja zu gern ansehen, wie sie in dieser Affenhitze die über hundert Stufen hinaufhecheln, aber wir haben Besseres zu tun.« Er schnippte die Zigarette fort. »Sollen wir euch zur Termini mitnehmen?«

Francesco schüttelte den Kopf. »Ich glaube, auf der Motorhaube ist es nicht sonderlich bequem.«

Pierre lachte. »Ach, verdammt! Hab ganz vergessen, dass ich jetzt eine Sardinenbüchse fahre. Na gut, bis dann also!«

»Bis dann, Pierre.« Sie schüttelten sich die Hand. »Weißt du schon, was du mit den Kartons vorhast?«

»Ach, keine Sorge. Ich werde mich bei dir melden. Bald!«

Pierre drehte den Zündschlüssel, winkte ihnen noch einmal zu, und dann röhrte der Wagen auf dem Kopfsteinpflaster davon und verschwand unter fröhlichem Gehupe auf der Via XX Settembre.

Chloe und Francesco sahen sich halb fragend, halb amüsiert an und gingen dann schweigend, aber mit einem breiten Lächeln und Hand in Hand zur Piazza della Repubblica weiter.

Auch sie, ging es Francesco durch den Kopf, hatten Besseres zu tun.

Epilog

Viele Reisen später

Zwanzig Jahre sind eine erschreckend lange Zeit im kurzen Leben eines Mannes. So viele Wege werden in dieser Zeit eingeschlagen, so viele Abzweigungen genommen. Mit jedem Schritt entscheidet man sich für eine neue Wendung, mit jeder Handlung setzt man eine neue Ursache-Wirkungskette in Gang: der berühmte Flügelschlag eines Schmetterlings, der in anderen Weltteilen einen Sturm entfacht.

Vor kurzem war Francesco einundvierzig geworden. Eines Tages konnte er seine Autoschlüssel nicht finden. Ungeduldig ging er ins Schlafzimmer und wühlte in einer Schublade des Kleiderschranks. Darin hatte sich im Lauf der Jahre allerhand Krimskrams angesammelt, unter anderem drei Gürtel, zwei alte Lederbrieftaschen, ein Scheckbuch, eine schwarze Krawatte, unbenutzte Manschettenknöpfe, ein Handy-Adapter, zwei kleine Schlösser samt Schlüssel, ein abgelaufener Pass, sein erster *London Streetfinder*, eine Holzwäscheklammer, ein Block mit orangefarbenen Post-its, ein Buchkatalog, ein gelber Umschlag mit dem ersten ausgefallenen Zahn seiner ältesten Tochter, eine drei Jahre alte Kondompackung, Knöpfe, Münzen, Stifte, Fahrkarten, Kundentreuekarten, Visitenkarten von längst vergessenen Leuten, Kreditkartenquittungen und Einladungen.

Francesco seufzte. »Was für ein Durcheinander.«

Er schüttelte den Kopf und sah auf seine Uhr, dann entdeckte er ganz hinten in der Schublade eine dunkelblaue Plastikhülle mit der Aufschrift »INTERRAIL«. Er griff danach und zog das zusammengelegte Heft mit den Zugfahrkarten heraus. Vorne standen sein Name, sein Geburtsdatum, seine Unterschrift und der Kaufpreis in der mittlerweile nicht mehr existierenden Währung: 390000 Lire – was ihm für einen ganzen Monat Freiheit und Abenteuer recht billig erschien. Er schlug das Heft auf, blätterte es durch und betrachtete sinnend die verschiedenen Haltestellen auf seiner Reise vor zwanzig Jahre: Bologna, München, Köln, Berlin, Wittenberg – alles mit Datum und Stempel der Schaffner versehen. Mit einem Mal waren die Erinnerungen wieder da: die Orte, die er aufgesucht, die Dinge, die er getan, die Menschen, die er auf seiner Reise durch Europa kennengelernt hatte – Vanessas Päckchen, der Überfall in Amsterdam, die Kalamitäten in London, der Gewinn in Monte Carlo, Pierre.

Jemand rief nach ihm.

»Gleich«, rief er zurück. »Ich komme.«

Er fragte sich für einen kurzen Moment, was wohl geschehen wäre, wenn er damals in Berlin den Zug nach Prag genommen hätte und nicht den nach Lund. Wer hätte jetzt nach ihm gerufen, wenn er seine Verabredung mit Elke nicht verpasst hätte, in welchem Land, in welcher Stadt würde er heute wohnen, wenn Christer an jenem Abend nicht zu früh in seine Wohnung zurückgekommen oder wenn Kyle an jenem Samstag in London aufgetaucht wäre? Wäre er jetzt Lehrer? Oder Schauspieler, Anwalt, Geschäftsmann? Würde er jetzt einen ordentlich gemähten Rasen und einen familienfreundlichen Kombi vor seinem Fenster sehen? Würde er überhaupt Kinder haben? Und wenn ja, welche Sprache würden sie sprechen? Welche Namen würden sie tragen?

Zwischen den Fahrkarten zur italienischen Grenze und den Schnellzugaufschlägen fand er Pierres »Testament«. Er las es wieder und musste bei den Worten seines alten Freundes unwillkürlich lächeln. Weiß Gott, was aus ihm geworden war. Er hatte gesagt, er würde sich wieder melden, damals, doch tatsächlich war er spurlos verschwunden. Seine Kartons standen noch immer in Großmutter Linas Schrank, und in Italien war kein weiteres Buch von Lele Fante erschienen. Wenn Pierre noch am Leben war, musste er mittlerweile um die sechzig sein. Vielleicht hatte er sich irgendwo niedergelassen, vielleicht führte er immer noch sein Nomadenleben und zog nach wie vor von Land zu Land, von Frau zu Frau, wechselte die Identitäten, brach Herzen, stahl Vermögen. Vielleicht veröffentlichte er unter anderem Namen, vielleicht schipperte er mit Mr. Glinskis auf einer Jacht durchs Mittelmeer. In den Jahren nach seiner abenteuerlichen Reise hatte Francesco so manches Mal, wenn er einen Pfiff oder eine Autohupe hörte, unwillkürlich erwartet, Pierre zu sehen, der ihm, Zigarette zwischen den Fingern, aus einem schicken Sportwagen zuwinkte oder zugrinste. Und was würde Pierre über ihn denken? Was würde er sagen? Hatte Francesco etwas aus seinem Leben »gemacht«? Er hatte ein hübsches Haus, eine liebende Frau, zwei tolle Kinder, einen erfolgreichen Job und ein komfortables Einkommen. Hätte er mehr aus sich machen können? Mehr Leben als nur dieses eine Leben, das er sich geschaffen hatte? War es besser, mehrere unterschiedliche Wege zu beschreiten, als sich dem einen Leben zu ergeben und dieses zu genießen?

Drei Jahre nach seiner letzten Begegnung mit Pierre war er in einer Rätselzeitschrift in der Rubrik »Unerhörtes« auf folgenden kurzen Artikel gestoßen:

Der Amerikaner Ray Duncan, ehemaliges Model, 43 Jahre, war mit vier Frauen gleichzeitig verheiratet und hatte es geschafft, diese Tatsache vor ihnen erfolgreich zu verheimlichen. Als man ihm auf die Schliche kam und er im vergangenen Dezember von der Polizei verhaftet wurde, erklärte er, dass er trotz der drohenden fünfjährigen Haftstrafe sehr froh über die Enthüllung sei. Denn die Strapazen, alles geheim zu halten und vier Frauen unter einen Hut zu bringen, hätten ihm das Leben zu einer »einzigen Hölle« gemacht.

Francesco hatte sich gefragt, ob sich hinter diesem Mann möglicherweise Pierre verbarg. Ray Duncans Staatsangehörigkeit und sein ehemaliger Beruf als Model aber wollten nicht so recht zu seinem alten Freund passen.

Vor nicht allzu langer Zeit waren Francesco Artikel über das Leben und die Missetaten von Christophe Rocancourt in die Hände gefallen – einem Hochstapler, Betrüger und Playboy, der jahrelang mit seinen Lügen und seinem mondänen Auftreten die New Yorker High Society um den Finger gewickelt hatte. Doch auch in diesem Fall, trotz der Übereinstimmung von mehreren Fakten – der von ihm gesprochenen Sprachen (Italienisch, Französisch und Englisch), der Gerüchte über seine Beziehungen zur Familie Rockefeller, der Tatsache, dass auch Rocancourt sich als Waise ausgab –, waren da zu viele Dinge, die einfach nicht stimmten, in erster Linie das Alter. Dennoch war Francesco überrascht, dass es offensichtlich auch andere Menschen gab, die Pierres unorthodoxer Lebensphilosophie folgten – mit dem Unterschied allerdings, dass sie verhaftet wurden, während Pierre immer damit durchgekommen zu sein schien.

Pierre war nicht der Einzige unter Francescos Reisebekanntschaften, der aus seinem Leben verschwunden war. Er hatte auch keinen Kontakt mehr zu Kyle oder Elke und wusste nicht, ob das Schicksal ihnen Glück, Pech oder ein langweiliges Dasein zugedacht hatte. Vanessa jedenfalls hatte laut den Informationen, die er im Internet über sie fand, Ende der 90er Jahre den CEO eines multinationalen Petrochemie-Konzerns geheiratet. Ihre Arbeiten wurden immer noch weltweit in den wichtigsten Galerien und Museen ausgestellt, allerdings schien sie die Malerei aufgegeben und sich stattdessen der »transzendentalen« und »metaphysischen« Skulptur zugewandt zu haben. Auf ihrer Wikipedia-Seite und in anderen Online-Biographien fand sich nichts über Pierre, so, als ob es ihn nie gegeben hätte. Ebenso wenig wurden ihr Vater oder Großvater, ihr revolutionäres Pamphlet oder Hinweise auf irgendeinen Skandal in der Familiengeschichte erwähnt. Es fanden sich einzig und allein seitenweise Lobeshymnen und Besprechungen ihrer Kunst. Einige Monate zuvor hatte in Venedig eine Retrospektive ihrer Werke stattgefunden, und Francesco war versucht gewesen, hinzufahren und zu sehen, ob ihre gerunzelte Stirn verschwunden und sie immer noch so schön war, wie er sie in Erinnerung hatte – letztendlich aber hatte er sich dagegen entschieden und stattdessen von einem Internet-Händler eines ihrer kleineren »oneirischen« Bilder erworben, das nun in seinem Arbeitszimmer hing.

Gelegentlich hatte Francesco noch Kontakt mit Boudewyn in Amsterdam gehabt, bis sein Freund nach der Heirat mit einer jungen Ukrainerin aufs Land gezogen war. Ein Brief, den er einige Jahre später von ihm bekam, warf ein gespenstisches Licht auf die zu diesem Zeitpunkt schon zehn Jahre zurückliegenden Ereignisse im Apartmentblock in Slotermeer. Boudewyn setzte ihn darüber in Kenntnis, dass es wenige Monate nach seinem Auszug zu einem ähnlichen Vorfall gekommen sei. Das Opfer, ein zwanzigjähriger Student aus Rotterdam, der einen Freund besucht hatte, war mit eingeschlagenem Schädel in einer Blutlache im zweiten Stock gefunden worden. Der Student überlebte, konnte sich aber nicht erinnern, wer ihn überfallen hatte. Die Polizei führte umfangreiche Ermittlungen durch, aber keiner der Anwohner – auch nicht der in der Zwischenzeit nach Irland zurückgekehrte Mephisto – schien mit dem Vorfall etwas zu tun gehabt zu haben. Vieles im Leben bleibt für immer ein Rätsel, und Francesco musste sich wohl damit abfinden, dass dieses Ereignis dazu gehörte.

Die einzige Freundschaft, die über die Jahre Bestand gehabt hatte, war die mit Leonardo. Unbeeindruckt von der Tatsache, dass er auf seine zahlreichen Briefe an Lele Fante nie eine Antwort erhalten hatte, war aus Leo schließlich noch ein preisgekrönter Schriftsteller geworden. Als solchen jedenfalls sah er sich, nachdem er zusammen mit neunzehn weiteren Schreibern einen von der Ugo-Papetti-Forschungseinrichtung in Monticchio veranstalteten Wettbewerb gewonnen hatte und zwei seiner Geschichten von Mayfly angenommen worden waren, einem »Verlagshaus«, das sich auf die digitale Veröffentlichung von Werken »ephemerer und flüchtiger Natur« spezialisiert hatte. Alle paar Monate erhielt Francesco per E-Mail von Leo einige Gedichte, die sein Freund im Ausland zu veröffentlichen suchte, nachdem der italienische Markt völlig *emaskuliert* war.

An jenem Augusttag vor zwanzig Jahren hatte Francesco nicht nur eine neue Reise angetreten. Der Schlussvers aus Rilkes Sonett »Archaischer Torso Apollos« – *Du musst dein Leben ändern* – hatte ihm im Ohr geklungen, als er mit Chloe den Nachtzug nahm. Er hatte beschlossen, sein altes Leben hinter sich zu lassen und zu einem neuen aufzubrechen. Mit dem in Monte Carlo gewonnenen Geld kaufte er Kleidung und einen Koffer für die Reise und leistete eine Anzahlung auf eine neue Wohnung. Als er eine Woche später aus London seine Eltern anrief, hatte er seinen Vater in der Leitung.

»Meinst du nicht, dass es für dich an der Zeit ist, nach Hause zu kommen?«, sagte Sergio.

»Ich komme nicht zurück, Papa.«

»Du kommst nicht?«

»Ich bleibe in England.«

Es folgte eine lange Pause.

»Mach, was du willst. Solange du eines Tages nicht bei uns anklopfst, weil du Geld willst. Du weißt, was ich immer sage, mein Junge: Wenn die Ameise sterben will …« Damit legte Sergio auf.

Als er damals mit Chloe die Victoria Station verließ, hatte er das Gefühl, als schlüpfe er aus seiner Puppenhülle. Vor ihm lagen die große, weite Welt und ein grenzenloses Leben voller unendlicher Möglichkeiten.

Im Flur hörte er jetzt schnelle Schritte, eine Sekunde später öffnete eine kleine Hand die Schlafzimmertür.

»Daddy«, sagte Arabella, seine Jüngste, und lächelte ihn an. »Mummy hat den Schlüssel gefunden.«

»Hmm?«

»Komm, komm mit! Ich zeig dir, wo er ist.«

Francesco legte das InterRail-Heft zurück und schloss die Schublade. Dann stand er auf und nahm seine Tochter an der Hand.

Zusammen gingen sie ins Wohnzimmer. Chloe saß auf dem Sofa und wickelte Wolle auf, die ihr Laura, die Älteste, mit ausgestreckten Armen hinhielt.

»Hier«, sagte Arabella und zeigte zum Kaminsims. »Hinter der Uhr.«

»Ah.« Francesco seufzte. »Die Putzfrau. Da hätte ich lange suchen können.«

»Was hast du denn im Schlafzimmer getrieben?«

Er wandte sich der schönen, lächelnden Chloe zu.

»Ach«, sagte er, »ich bin in die Vergangenheit gereist.«

»Na«, sagte Chloe scherzhaft-tadelnd, legte das Knäuel zur Seite und stand auf. »Dann musst du mir mal beibringen, wie das geht, wir sind nämlich zwanzig Minuten zu spät dran.«

»Zwanzig Minuten zu spät?«, sagte er und erschrak fast ein wenig. *Ich dachte, wir sind zwanzig Jahre zu spät dran*, hätte er beinahe laut gesagt. *Lassen wir doch einfach alles stehen und liegen und nehmen den nächsten Zug …*

Stattdessen steckte er den Schlüssel in die Tasche und löschte das Licht im Flur, nachdem Chloe und die Mädchen nach draußen gegangen waren. Er warf einen letzten prüfenden Blick in das dunkle Haus, dann machte er die Tür hinter sich zu.

Danksagung

Ich möchte Andrew Brown danken, der eine frühe Fassung des von mir auf Italienisch geschriebenen Buches ins Englische übersetzt hat. Viele seiner originellen Wendungen und Formulierungen haben es in den endgültigen Text geschafft. Vielen Dank an meinen Bruder Mirco für seine Unterstützung und seine Kommentare zu den verschiedenen Fassungen. Dankbar bin ich auch Ian Thomson, der mir erlaubte, die Geschichte des mysteriösen Überfalls für das Amsterdam-Kapitel zu verwenden. Großer Dank geht an Tim Bates von Pollinger Ltd., der mich darin bestärkte, zur Ursprungsidee für den Roman zurückzukehren, sowie an alle Freunde und Lektoren – besonders an Mike Stocks und Alexander Middleton, die mir sehr geholfen haben, alles zu verbessern.